한국 근대
문학 기행

도쿄 이야기

한국 근대
문학 기행

도쿄 이야기

김남일 지음

학고재

근대 문학의 '장소들'이 보여주는
지난날 우리가 꾸었던 꿈

외부로 빠져나가는 하늘길이 막혀 있다시피 한 동안, 그러니까 자영업자들과 소상공인들이 계속되는 사회적 거리두기에 진절머리를 치고, 방호복을 입은 의료진들의 노고에 보내던 격려의 박수마저 차츰 시들해지는 동안, 나는 하루의 꽤 많은 시간을 책을 읽으며 보냈다. 쉽게 엄두를 내지 못했던 숙제 때문이었다. 비대면의 세월이 외려 기회로 다가왔다.

문학을 통해 아시아의 근대를 읽어보자는 게 내 오랜 관심이었는데, 이번에는 특히 한국 근대 문학사의 '풍경'이 내 주제였다. 어떤 논리적 맥락에 따라 그 시대의 숨은 의미를 찾아낸다든지 하는 것은 처음부터 내 능력 밖의 일이었다. 나는 대체 우리 문학의 근대가 어떤 모습이었는지 한 폭의 그림을 그리고 싶었을 뿐이다. 당장은 말 그대로 풍경화였다. 영변의 약산 진달래꽃이 제일 먼저 떠오르고, 이어 죄인처럼 수그리고 코끼리처럼 말이 없던 이용악의 두만강이나 어느 날 소설가 구보 씨가 하루 종일 돌아다녔던 식민지 서울의 도처처럼 우리 문학의 무대로서 뚜렷한 아우라를 지닌 '장소들'이 떠오른 건 당연한 절차였다. 전략 같은 건 없었다. 있다면 오직 하나, 나는 마치 A부터 Z까지 도서관의 책들을 모조리 읽자고 달려든, 사르트르의 소설 『구토』에 나오는 독서광과 크게 다르지 않은 전략을 세웠다. 그러다 보니 때로 책은 읽지 않고 숫제 눈에 띄는 대로 지명에만 밑줄을 긋고 있는 나 자신을 발견하곤 헛웃음을 흘리기도 했다.

나는 물론 우리 문학의 근대를 꾸려 온 선배 작가들이 실은 그 근대를 당혹으로 맞이했다는 사실을 알고 있었다. 결과적으로 그건 결코 행복한 경험이 아니었다. 나라를 빼앗긴 수모에 가공할 물리적 폭력과 상상조차 힘들 만큼 끔찍한 빈곤이 언제까지고 그들을 쫓아다녔다.

그럼에도, 고백하건대, 코로나 시대의 내 독서는 더없이 행복했다.

가령 이런 장면:

이태준은 1930년대 중반에 쓴 장편 『성모』에서 지금으로선 꽤 낯선 교실의 풍경을 그려낸다. 이제 막 중학생이 된 철진이가 엄마에게 자기네 반 이야기를 들려주는데, 아예 지리부도까지 펴놓고 침을 튀기는 것이었다.

"엄마? 우리 반에 글쎄 여기 이 제주도서 온 아이두 있구 또

나허구 같이 앉았는 아인 함경북도 온성서 온 아이야. 뭐 경상
남도 진주, 마산, 부산서도 오구 평안북도 신의주, 그리구 저
강계서 온 아이두 있는데 갠 글쎄 자동차루, 이틀이나 나와서
차를 탄대…. 퍽 멀지, 엄마?"

지도를 거침없이 짚어가는 그 손가락이 퍽 부러울 뿐이다.

한설야는 고향인 함흥을 떠나 서울에 유학을 왔다가 말 때
문에 멀미를 내고 만다. 서울 말씨를 쓰는 치들은 그렇다 치더
라도 제주도에서 유학을 온 동급생하고는 어떻게 말을 섞어야
할지 도무지 자신이 없었다. 한 걸음 더 나아가 이태준의 등단
작 「오몽녀」(1925)의 등장인물들은 마치 외국말과 다름없는
함경도 육진 방언을 친절한 각주 하나 없이 마구 토해낸다. 어
디 말만 그러한가. 눈은 또 어떠한가. 서울에 내리는 눈은 눈
도 아니었다. 한설야보다도 더 먼 함경북도 성진 출신의 김기
림은 서울에 와서는 제 고향에서처럼 틱 틱 틱 하늘을 가득
채우면서 아쉬움 없이 퍼붓던 주먹 덩이와 같은 눈송이를 본
적이 없노라 했다. 김남천이 벗들과 더불어 술을 마시다가 마
주친, 고향 평안남도 성천의 눈 내리던 어느 밤의 풍경은 이제
는 그때 그 자리를 함께했다는 어린 기생만큼이나 오직 아득
할 따름이다. 나는 그런 드물고 귀한 풍경들을 하나하나 주워
내서는 퍼즐처럼 무엇인가 커다란 그림을 짜 맞추는 내 작업
에 꽤 보람을 느꼈다.

당대의 많은 작가들에게 '장소'는 분명 문학적 상상력의 한 토대였다. 하지만 그것이 언제나 즐거운 회상만 뒤에 남기는 건 아니었다. 예를 들어 노상 〈평양성도〉 따위 병풍 그림으로 나 보던 것을 1909년에야 겨우 기차를 타고 가 처음 눈에 담을 때 최남선의 가슴을 설레게 하던 '그 잘난 우리 님'으로서 평양이, 1931년 화교 배척 폭동 당시 김동인이 직접 목격한 참으로 황망하고 또 처참하기 짝이 없던 그의 고향 평양하고는 도무지 같은 도시일 리 없었다. 이광수는 자하문 밖 산자락에 집을 짓고 또 파는 과정에서 세상사 큰 이치를 깨달았다고 썼다. 그와 동시에 우리는 어려서 죽은 아들에 대한 추억까지 끌어내 조선인의 징병을 권장한 그가 보여준 쓸쓸한 뒷모습도 기억해야 한다.

나는 혼자서 북악을 거슬러가며 집으로 가는 길을 더듬었다. 전차도 훨씬 전에 끊겼으며, 큰길은 전선에 울리는 바람소리와 나 자신의 구두소리뿐이었다.
내 마음은 봉일의 추억으로 꽉 차 있었지만, 그게 꼭 슬픔만은 아니었다.
"군인이 될 수 있다. 군인이 될 수 있다고."
나는 혼자서 중얼거리고 있는 것을 깨달았다. 나는 목소리를 높여, "군인이 될 수 있다"고 외쳐보았다.[1]

이광수의 그 군인이 대체 누구를 향해 총부리를 겨누게 될지 굳이 말할 필요는 없으리라.

이 책을 쓰게 된 내 최초의 관심이 우리 '땅'에 대한 것 이상으로 우리 '문학'에 대한 그것에서 비롯되었다는 사실만큼은 분명히 밝혀야 한다. '도쿄 편'이 이를 설명해준다. 도쿄—엄밀한 의미에서는 '동경'이라는 기표—는 싫든 좋든 우리 근대 문학의 자궁 같은 곳이었다. 사실 우리의 근대는 수신사를 파견하던 시절 이후 도쿄와 떼려야 뗄 수 없는 관계를 맺는다. 근대 문학사에 이름을 올리게 되는 거의 대부분의 주요 작가들 역시 도쿄를 통해 어떤 형태로든 문학과 인연을 맺게 된다. 가령 최남선이 처음 가서 보고 기겁한 도쿄는 서울에서 말 그대로 대롱으로만 보던 것하고는 전혀 딴판 세상이었다. 그런 충격과 경탄이 『소년』의 발간으로, 또 거기 실은 우리 문학사 최초의 신체시로 이어졌다는 건 주지의 사실이다. 아직 학생 신분을 벗어나지 못한 이광수 역시 『소년』과 그에 이은 『청춘』의 주요 필진이었다. 두 사람은 도쿄에서 처음 맺은 인연을 한 40년 좋이 이어간다. 그 인연의 절정 또한 도쿄를 빼고 말할 수 없다. 1944년 그들이 새삼 도쿄까지 건너가 나눈 대담의 기록이 실물로 남아 있기 때문이다.[2] 거기서 조선을 대표하는 두 지성인은 도쿄에서 공부하는 조선의 청년 학도들을 향해 "조선이란 점에 너무 집착하는 모습"을 벗어나 "대동아의 중심이자 중심인물이 된다는 기백"을 지닐 것을 요구한다. 그러면서도 같은 지면에서 그들은 처음 도쿄에 와 문학에 눈을 뜨던 시절부터 새삼 회상을 이어나가는 가운데, 몇십 년을 '국어(일본어)'로 글을 써오긴 했으나 '외국인'으로서 흉내 내기가 가능할지 근본적으로 의문이라는 속내 또한 솔직히 드러낸다.

처음에는 서울과 도쿄에 북방 편을 보태 총 세 권을 써내자했다. 남한의 다른 지역들은 일찌감치 제외했다. 가령 삼남 지역이라면 기왕에 나온 책들이 적지 않은 데다, 내가 특별히 무엇을 보탤 재주와 능력도 없다고 판단했다. 반은 농담이지만, 그곳을 고향으로 둔 많은 동료 작가들이 보낼 지청구와 핀잔도 조금은 겁이 났다. 같은 이유에서, 적어도 서울에 대해서만큼은 내 나름의 이야기를 들려줄 필요가 있었다. 특히 도쿄에 대해서 쓰기로 작정한 이상 그 짝으로서도 반드시 잘 써야 한다고 다짐했다. 서울 대 도쿄, 우리 문학사라는 링에서 벌어지는 두 도시의 흥미진진한 대결을 나 스스로 고대했다. 나머지 하나는 당연히 휴전선 너머 금단의 땅이었다. 북한, 북녘, 북쪽, 북방 따위로 이름부터 골치가 아파도, 사실 그곳을 빼곤 처음부터 이 책을 쓰자고 덤벼들 이유조차 없었을 것이다. 일단 '북방'이라는 이름을 염두에 두고 시작했다. 하나, 작품들은 물론 여러 가지 관련 자료들을 두루 찾아내 읽는 동안 욕심은 점점 커졌다. 그곳 출신 작가들이 먼저 애를 태웠다. 문학사의 한 귀퉁이에 이름 석 자를 겨우 올린 작가들일수록 건몸이 달아 내 소매를 세게 잡아끌었다. 놀랍게도 그들이 신문, 잡지에 쓴 원고지 몇 장짜리 수필 하나에서 전혀 뜻밖의 보물을 발견할 때가 많았다. 만주로 이민을 떠나는 동포들의 가긍한 처지를 기록한 이찬의 짧은 산문 한 편은, 시인에게는 미안한 말이겠지만, 그가 쓴 어떤 시 못지않게 깊은 울림을 전해주었다. 지금 우리가 쉽게 접하기 어려운 지역일수록 한두 사람의 작가가 남긴 드문 자취에 눈이 번쩍 뜨이곤 했다. 가령 이정호의 개마고원과 강계, 김만선의 신의주 따위가 그러했다. 고향이 그곳이든 아니면 어쩌다 한번 지나는 여행길이었대도 작가들은 이리 수군 저리 소곤 애타는 마음을 드러냈다. 결국 북방 편을 한 권에 담아내는 것은 무리라고 판단했다. 옮겨야 할 이야기도 많거니와 우리의 눈길을 벗어나 점점 더 아득히 사라지는 그 땅에 대해서 좀 더 넉넉히 지면을 나누는 것이 의무인 양 내 어깨를 눌렀다. 이제 누구든 쉽게 통일을 해서 뭘 하느냐고 말하는 게 대세가 되었다. 사실 통일은 사서 고생일지 모르고, 해도 당장 땅장사에 난개발이 크나큰 시름이리라. 남녘 땅 사람들의 이런 심리적 변화를 아는지 모르는지, 휴전선 너머는 21세기도 이렇게나 시간이 흘렀는데 여전

히 철옹성이다. 진달래꽃이 피고 지던 소월의 그 영변이 이제
는 끔찍하게도 핵으로만 기억된다. 이럴진대 100년 전 백석이
함흥 영생고보에서 무슨 생각을 하며 학생들을 가르쳤는지,
또 제 고향 평안도에 가서는 다시 이름도 생소한 팔원 땅에서
추운 겨울날 손등이 죄 터진 주재소장 집 가련한 애보개 소녀
를 만났을 때 어떤 심정이었을지가 무슨 대수란 말인가.

하더라도 그게 미국도 중국도 일본도 아닌, 바로 우리 땅이
고 우리 문학이었다. 나는, 쓸데없이 근심이 많아선지, 나마
저 외면하면 그 땅과 그 문학이 어디론가 흔적도 없이 사라지
기라도 할 것처럼 초조했다. 게다가 그 땅은, 어지간히 넓기도
해라! 나는 마침내 황해도를 포기하는 대신 평안도와 함경도
를 따로 떼어내는 것으로 내 초조를 달랬다.

물론 근대 문학의 '장소들'은 내가 다룬 범위보다 훨씬 더
넓다. 예컨대 우리 문학사의 '북방'만 해도 비단 휴전선 이북
에서 압록강, 두만강 두 강 이남까지로 제한되지 않는다. 산해
관 너머 중국은 물론, 하얼빈이라든지 시베리아, 심지어 중앙
아시아의 차디찬 초원에도 우리 작가들이 남긴 발자취가 생생
하다. 오직 내 능력과 여건이 거기까지 미치지 못해 아쉬울 따
름이다. 다음을 기할 수밖에.

돌이켜보면 버겁고 험한 여정이었지만, 내가 어떤 길잡이

도 없이 무작정 길을 떠나온 건 아니었다. 내 머릿속 항로에는 꽤 오래전부터 한 권의 책이 등대처럼 빛을 던져주고 있었다. E. 사이덴스티커의 『도쿄 이야기』[3]. 저명한 일본학자로서 그는 『일본문학사』를 쓴 도널드 킨과 더불어 일본 문학을 세계에 알리는 데 크게 이바지했다. 흔히 가와바타 야스나리의 『설국』을 번역해 그가 일본인 최초로 노벨 문학상을 받는 데 결정적인 구실을 한 번역가로 알려졌지만, 내게는 『도쿄 이야기』의 저자로 각별한 인상을 남기고 있었다. 1923년 도쿄를 잿더미로 만든 관동 대지진으로부터 시작되는 그의 책을 읽으면서 나는, 그때는 아직 도쿄를 한 번도 가보지 못한 처지에서도, 도쿄가 어떤 도시인지 그 지리적·역사적 배경까지 넉넉히 짐작할 수 있었다. 게다가 그는 에도에서 도쿄로 환골탈태한 거대 도시의 이면을 읽어내기 위해 자신이 특히 좋아한 한 사람의 작가에게 많은 걸 기댔는데 그것 역시 탁월한 선택이었다. 나는 그때 나가이 가후가 누군지도 몰랐지만, 그 후 우리말로 번역되어 나온 그의 소설들과 산문집을 통해 새삼 그가 일본 근대 문학사에서 어떤 위치를 차지하는지 이해하게 되었다. 나가이 가후는 평생 박쥐우산을 들고 도쿄의 이 골목 저 골목을 누볐다. 하지만 산책자로서 그의 발길이 닿은 곳은 사실 도쿄가 아니었다. 그는 변화와 미래에는 눈길을 주지 않았다. 처음부터 끝까지 에도의 흔적만을 고집스럽게 찾아다녔을 뿐이다. 그의 그런 괴벽에 별로 관심이 없더라도, 가령 대지진이 휩쓸고 간 제국의 수도를 바라보면서 그 처참한 폐허가 실은 끝 모르고 내닫던 교만과 탐욕의 결과로서 자업자득의 천벌이라 그가 질타할 때, 그 목소리(1923년 10월 3일 일기)에는 충분히 귀를 기울일 만한 가치가 있다.

아쉽게도 나는 썩 마음에 드는 그런 식의 서울 이야기를 읽은 기억이 없었다. 호암 문일평이나 조풍연, 이규태 같은 이들의 노작勞作에 문학이 훨씬 큰 비중을 차지했더라면 하는 게 내 아쉬움이었다. 어쨌거나 일을 저질렀다. 소설가가 소설을 쓰지 않고 엉뚱한 짓을 한다는 눈총이 왜 아니 두렵겠는가. 하더라도 전문 연구자가 아니라 소설가라서 외려 용기를 낼 수 있었다. 집필 과정에서 스스로 배운 바가 적지 않다. 더러는 지난날 선배 작가들이 꾸었던 황홀한 꿈을 함께 꾸었고, 훨씬 많이는 그들이 시도 때도 없이 맞닥뜨렸던 간난신고에 더불어 눈물을 훔치고 더불어 한숨을 내쉬었다. 그러다가도 역사책에 남은 굵은 고딕체 사건들 사이로 빠져나간 장삼이사 갑남을녀들의 무수한 삶의 편린들이 그들의 펜 끝을 통해 훌륭하게 되살아나는 것을 보고 감개에 젖기도 했다. 알고 보니, 당연한 말이지만, 그들은 장소들이 아니라 '사람들'의 이야기를 썼던 것이다.

전체를 관통하는 제목을 감히 『한국 근대 문학 기행』이라 붙였다. 대상이 되는 시기를 한국 문학의 '근대'로 국한했음을 거듭 밝힌다. '고대'는 아예 내 능력 밖이고, '현대'에 대해서도 뭐라도 말하려면 아직 많은 시간이 필요하리라.

당장 가까운 벗들과 함께 서울을 여기저기 누비면서 '서울 편', 즉 『한국 근대 문학 기행: 서울 이야기』에 대한 품평부터 듣고 싶다. 도쿄로 가는 하늘길이 열렸으니 내가 활자로만 더듬었던 지역도 두 발로 천천히 짚고 다닐 기회가 생길 것이다. 가령 동아시아 3국의 근대 문학을 대표하는 작가들, 이광수와 나쓰메 소세키와 루쉰이 짧게나마 한 도시 한 하늘 아래 지냈다는 건 어쨌든 의미 있는 문학적 '사변'이 아닐 수 없다. 그 사변의 뜻을 독자들과 더불어 새기고 싶다. 그래도 내 가장 큰 꿈은 따로 있으니, 휴전선 너머 동해를 오른쪽으로 끼고 내달리는 함경선 기차를 타고 북상하면 띄엄띄엄 정거장마다 나와 이제나저제나 하고 어리숭한 후배 작가를 기다리고 있을 한설야, 이북명, 안수길, 김기림, 최서해, 김광섭, 현경준, 최정희, 이용악 같은 선배 작가들을 만나고, 또 문산에서 끊어진 경의선 철도를 이어나가면 마침내 평양은 물론이고 성천, 개천, 정주, 삭주, 구성, 희천, 강계, 초산, 벽동, 의주 따위 이름조차 낯설고 그래서 더 아름다운 고장들을 두루 만나는 것!

그 꿈을 이루기 위해선, 지난날 우리가 꾸었던 꿈이 무엇이 있었는지 다시 살피고 묻는 것으로 시작하는 도리밖에 없다.

이래저래 '이야기'가 답이다.

내 무모한 용기에 대한 격려와 함께 교만과 무지에 대해서도 많은 질정을 부탁드린다.

2023년 봄

김포에서 김남일

차례

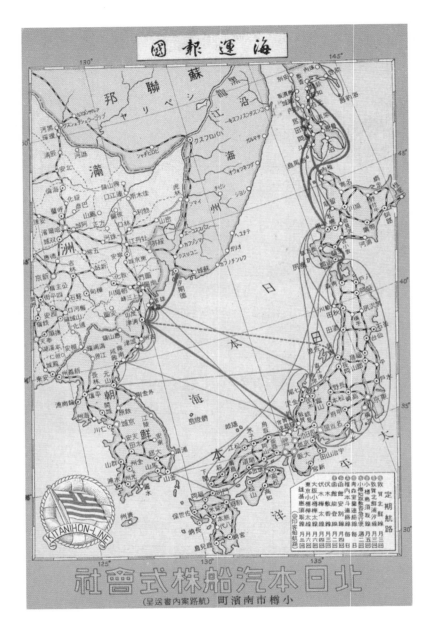

조선 항로 안내도(1940년대)

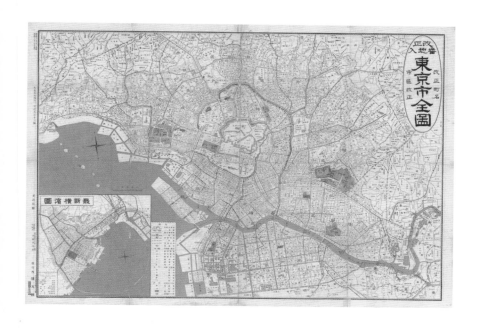

도쿄시 전도(1916)

인생은 살기 어렵다는데

시가 이렇게 쉽게 씌어지는 것은

부끄러운 일이다.

육첩방은 남의 나라

창밖에 밤비가 속살거리는데

등불을 밝혀 어둠을 조금 내몰고

시대처럼 올 아침을 기다리는 최후의 나

나는 나에게 적은 손을 내밀어

눈물과 위안으로 잡는 최초의 악수.

― 윤동주, 「쉽게 씌어진 시」에서

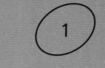

도쿄의 세 천재

춘원 이광수가 도쿄 메이지
학원 시절에 쓴 일기가 전한다.¹ 거기서 그는 자아도취에 빠진
한 소년의 자화상을 보여준다. 아직 이보경이라는 아명을 쓰던
열여덟 살 소년은 스스로 "나는 천재인가?" 하고 질문을 던지
는가 하면, 거울에 비친 제 얼굴을 보고 그 아름다움에 황홀해
하기도 한다. 어느 날 꿈에서 그는 조선인을 선동하였다는 이
유로 사형 선고를 받는데, 오후에 있을 집행을 기다리며 죽는
건 두렵지 않으나 오직 가슴속에 품었던 어떤 힘을 다 써보지
못하고 세상을 떠나는 게 슬플 따름이라고 탄식한다. 그런 그
에게 행운이 찾아온다. 처형 직전 기쁜 소식이 날아온 것이다.
"사형은 중지다!" 하고. 물론 소년의 이런 꿈까지 들춰내 그가
1849년의 도스토옙스키를 흉내 냈다고 탓하는 건 옹졸한 일이
되리라.

　남들이 더러 그를 교만하다고 한 모양이다. 문(문일평)이라
는 친구를 찾아갔더니 그건 당연한 일이라 했다. 문은 이광수
를 '파격의 남아'라 일컬으며, 대인물은 흔히 세상에서 배척을
받았노라 했다. 거짓을 싫어하는 성품 탓에 세상에서 환영받기
어려운 법이라고도 했다. 그날 이광수는 혼고에서 연극《오셀

이광수, 제2차 일본 유학 시절 메이지 학원에서 찍은 사진.
셋째 줄 원 안의 인물.

로》를 보고 쉬는 틈에 나쓰메 소세키의 『산시로』를 읽었는데,
밤에 집에 돌아와서는 이렇게 일기를 썼다.

1910년 1월 2일
나는 어디까지든지 나체 생활을 하자. 아니, 나는 아직 나
체가 되지 못하였다. 더욱더욱 나체가 되도록 힘쓰자. 세
상이야 무에라고 하든지 그것을 상관 말아라. 세상이 네게

무슨 권위냐. 세상을 다스릴 자가 네가 아니냐.

이광수는 또 다른 유학생 H의 이야기를 종종 한다. 가령 간밤에 H에게 바이런의 전기를 읽어주느라고 밤늦게야 잠자리에 들었지만, 가슴은 싱숭생숭하고 성욕은 격렬하게 치밀어 쉽게 잠을 이루지 못했다는 식이다. 사실 바이런을 그에게 소개하고 『카인』, 『해적』, 『돈 후안』 같은 책들을 빌려준 것은 H였다. 이광수는 그때 스스로 청교도적 생활을 하는 소년이라고 생각하고 있었다. 하지만 H는 바이런을 통해 소년 이광수의 의식 저 깊은 곳에 머물고 있던 '악마'를 자꾸 들쑤시고 또 불러냈다. 악마주의는 힘이 있고 깊이가 있었다. 청교도주의는 천박했다. 이광수는 바이런을 만나고 나서 마치 부자유한 감옥이나 수도원에서 끝없이 넓고 밝은 신천지로 나온 것 같은 기분이 들었다. 둘은 한 발 더 나아갔다. 발매 금지된 책들을 사서 읽는 것을 자랑으로 여기게까지 되었다. 그때 발매 금지라면 사상적인 게 아니라 노골적인 성애 묘사와 풍속 괴란의 혐의 때문이었다.

H는 『임꺽정』의 작가 홍명희로서, 도쿄 시절부터 대단한 독서가였다. 그런데 그가 즐겨 읽는 게 바로 그 발매 금지 분야였다. 이광수와 최남선이 그 시절을 함께 보냈기에 수십 년 후에도 기억은 생생했다.

이광수와 홍명희. 둘의 인연은 도쿄에서 시작된다.

향산광랑(이광수): 저는 바이런이 좋았지요. 아무 연고도
관계도 없이 바이런이 좋았지요. 그다음 러시아의 것이었
는데 고리키가 유행할 때지요.

최남선: 고리키는 그 뒤겠지요. 홍명희 씨는 꽤 빈틈이 없
어 책을 모으는 솜씨가 뛰어났지요. 관능적 책 말이외다.

향산광랑: 옛날엔 한번 발매 금지되지 않은 경우엔 별로
팔리지 않을 정도. 홍명희 씨는 이 점을 잘 알고 있었지요.

책방에 의뢰해놓고 발매 금지가 되면 그놈을 모두 수집했던 것. 아슬아슬한 관능적인 것도 있었지요. 사상적인 것이 아니라···.[2]

청교도적 생활을 하던 소년 이광수는 마침내 이렇게 생각하기에 이르렀다.

'쾌락의 일순은 고통의 천년보다 낫지 아니하냐?'

그건 천하의 바람둥이 돈 후안의 말이었다. 나아가 카인이 하나님에게 대놓고 하는 원망은 이상한 매력으로 그를 사로잡았다. 정직하고 근엄한 톨스토이는 까마득히 멀어졌다.

나는 술 먹기를 시작하였다. 나는 길에서나 전차에서나 젊은 여자를 보면 실컷 음란한 마음을 품는 것을 당연하게 생각하였다. 내가 예수의 가르침을 배반하고 악마주의의 제자가 될 때에 열팔구 세의 춘기 발동기인 나는 성욕의 노예가 되었다. 나는 오다께 바아 상의 딸이 집에 와 자는 밤에 억제할 수 없는 육욕을 가지고 거의 밤을 새운 것을 기억한다. 나는 그것을 이루지 못한 것을 내가 용기가 부족한 때문이라고 한탄하였다. 나는 요시와라라는 창기촌에도 몇 번 갔다. 갈 때에는 갖은 추태를 다 부려서 더러운 욕심을 만족하리라는 결심을 단단히 하고 가건마는, 정

작 가서 낮에 분칠을 하고 귀신 같은 모양을 하고 있는 여
자들의 모양을 면대하면 그것이 모두 짐승의 일 같아서 침
뱉고 물러나왔다.

저주와 불평과 불만과 육욕과, 이러한 열등 감정의 포로가
되어버린 나는 밤이면 술이 취하는 때가 많았다. 같이 있는
H, K 등 친구들은 내가 이렇게 변하는 것을 걱정해주었으
나 나는,

"흥, 너희 같은 속물이 어떻게 내 깊은 사상을 알아?"

하고 가장 깨달은 체하였다.[3]

그는 훗날 그 시절을 기억하여 이렇게 썼는데 '그의 자서전'
이라는 이름이 붙은 만큼 '나의 자서전'으로 읽기에는 다소 무
리가 있겠다. 반면 일기에서는 "아아, 나는 악마화하였는가. 이
렇게 성욕의 충동을 받는 것은 악마의 포로가 됨인가. 나는 몰
라, 나는 몰라"(1909.11.7)라고 솔직한 심정을 썼다.

요시와라는 에도 시대부터 유명한 홍등가였다. 처음에는 니
혼바시 근처에 있었는데 메이레키 대화재(1657) 이후 센소지
뒤쪽으로 이전했다. 유곽은 높은 담장과 폭 9미터의 도랑으로
둘레를 에워쌌다. 유녀의 도망을 막기 위한 조치였다. 출입구는
대문 하나로 그곳을 통과하려면 신분 고하를 막론하고 모두 손
님으로 똑같은 대접을 받았다. 가마에서 내리는 것은 물론이고

사무라이는 칼을 맡기고서야 들어갈 수 있었다. 유녀들은 대개 비참한 생활을 했지만 개중에는 가부키에 결코 뒤지지 않는 춤과 음악을 통해 나름대로 에도 문화의 일부를 당당히 떠맡은 이들도 많았다. 유녀 중에서 지위가 높은 여자는 오이란이라고 불렸다. 오이란은 진열장 같은 창살 뒤에서 손님을 기다리지 않았다. 오이란을 부르려면 찻집인 자야茶屋를 통해야 했다.

 나가이 가후는 누구보다 유곽과 유녀를 사랑한 작가였다. 그의 여러 작품, 즉 『스미다 강』(1909)이라든지 『냉소』(1915), 『묵동기담』(1937) 같은 소설이 모두 요시와라라든지 스미다 강 건너 무코지마의 유곽을 무대로 한 것들이다. 그는 물론 그런 곳들이 암흑과 부정의 거리라는 것을 알고 있었다. 그래도 그는 "칭송받는 새하얀 벽에서 수많은 오점을 찾아내기보다는 아예 버려진 넝마 한구석에도 아름다운 자수가 남겨져 있다는 것을 발견하고 기뻐하는 쪽"[4]이기를 선택했다. 나가이 가후가 부유하고 명망 있는 집안 출신으로 스스로 그런 배경을 등지고 유곽을 찾았다면, 히구치 이치요에게는 요시와라가 끔찍하게 가난한 삶의 어쩔 수 없는 종착지 같은 곳이었다. 그렇다고 그녀가 화류계에 몸을 담은 건 아니다. 생활고에 시달린 나머지 요시와라 근처까지 밀려나 구멍가게를 냈는데, 그때 보고 들은 요시와라를 작품에 옮겨냈을 뿐이다. 하지만 그녀가 폐결핵으로 죽기 직전에 완성한 대표작 『키재기』(1896)에서 요시와라는

1910년경 요시와라 유곽의
최상급 유녀 오이란들과
유곽 풍경.

옛 도쿄, 주로 시타마치 서민들의 삶을 섬세하게 묘사한 소설가
히구치 이치요(1872~1896)의 초상이 들어간 일본은행권.

삶의 막장이나 퇴폐의 소굴이 아니라 오히려 어떤 민중적 활력
을 대변하는 장소로 등장한다. 물론 그런 활력도 그곳에서 사는
소년소녀들이 성장하면서 서서히 사라질 운명이지만. 미도리는
어느 날 아침 갑자기 머리를 묶은 몸이 되어 어제까지 천방지축
함께 뛰놀던 쇼타에게도 부끄러움을 느껴 혼자 제 방 그늘로 숨
어든다. 그렇게 소녀는 유녀가 되고, 소녀가 남몰래 마음을 주
던 또 다른 소년은 승려 학교에 들어가기 위해 마을을 떠난다.

참고로, 히구치 이치요는 2004년 일본은행권의 5,000원권
지폐에 등장한다. 일본 작가로는 나쓰메 소세키에 이어 두 번
째였다.

보호국에서 온 고아 소년 이광수에게 실은 배짱 같은 것은 없었다. 돈도 없었다. 결국 그는 소설을 쓰는 것으로 충동을 다스리려 한다. 아름다운 소녀를 사랑해서 그녀를 안고 키스한 꿈을 꾼 날 밤에는 「사랑인가」라는 소설을 썼다. 일어로 쓴 그 소설은 사실 소녀가 아니라 동급생인 미소년을 짝사랑하는 이야기였는데, 메이지 학원의 교지인 『백금학보』에 실렸다. 나중에 이 작품은 그의 첫 번째 소설로 비정된다. 훨씬 훗날 발표하는 단편 「윤광호」(1918)에서 그는 「사랑인가」의 소재와 주제를 더욱 발전시킨다. 「사랑인가」에서 문길은 사랑하는 미사오를 만나러 갔다가 용기가 없어 보지 못하고 돌아오다가 다마가와 전차 선로에서 자살을 꾀한다.

"아아, 쓸쓸하다. 단 한 번이라도 좋으니, 누군가에게 안기고 싶어라. 아아, 단 한 번이라도 좋으니. 별은 무정타."

철로에 누워 이렇게 탄식하는 것으로 소설이 끝난다. 「윤광호」에서는 조선의 유학생 사회에서 특대생으로 널리 이름이 알려진 윤광호가 실은 P라는 학생을 짝사랑하여 번민에 빠지고, 그러다 용기를 내어 사랑을 고백한다. P는 윤광호가 사랑에 필요한 세 가지 중 재지才智만 있을 뿐, 황금도 없고 용모도 뛰어나지 못하다면서 구애를 거절한다. 실의에 빠진 윤광호도 자살을 택하고 만다.

이광수와 홍명희는 도쿄의 어느 공중목욕탕에서 처음 만났다. 아직 이보경이라는 아명을 쓰던 이광수는 곁에서 몸을 씻는 이의 이마에 망건 자국이 짙게 나 있기에 아무래도 조선 사람같아 보여서 말을 걸었는데, 아니나 다를까 그가 바로 충청도 괴산의 양반가 출신 홍명희였던 것이다. 이광수는 춘원 이전에 고주孤舟라는 호를 썼고, 홍명희는 벽초 이전에 가인假人이라는 호를 썼다. 이광수는 '외로운 배'라는 뜻의 별호를 통해 사고무친의 제 쓸쓸한 처지에서도 도도한 욕망을 딱히 숨기지는 않았다. 홍명희는 바이런의 시 『카인』에서 음을 따되 하필이면 '가짜 인간'이라는 뜻을 붙였다. 그렇게 하여 그는 그때 이미 바이런은 물론 숱한 러시아 작가들로부터 흠뻑 세례를 받아 학교 공부는 뒷전으로 밀어둔 채 끊임없이 인생의 미로를 헤매는 한 식민지 청년의 위악적인 심사를 고스란히 드러내보였다.

홍명희는 한마디로 책벌레였다. 책을 한번 붙잡았다 하면 끝장을 마주할 때까지 손에서 놓지를 않았다. 어느 날 그는 러시아 소설 『루딘』의 일어 번역판 『부초』를 사서 저녁 식사 후부터 읽기 시작했다.5 몇 장을 넘겼을까 할 때 함께 방을 쓰는 이대용 군의 벗들이 우르르 몰려들었다. 부득불 독서를 중지할 수밖에 없었는데, 이야기판에 끼어들어도 실은 책이 읽고 싶어 좀이 쑤시는 판이었다. 이대용 군이 미울 지경이었다. 참다못한 그는 한 손에 램프를 들고, 다른 손에 『부초』를 들고 뒷간으로

들어갔다. 거기 쭈그리고 앉아서는 조금만 더 조금만 더 하다
가 마침내 책 한 권을 다 떼었다. 이대용 군의 벗들은 진작 돌
아간 뒤였다. 홍명희가 어기적어기적하는 걸음으로 들어서자
이미 이불을 덮고 누워 있던 이대용 군이 껄껄 웃으면서 한마
디 던졌다.

"거, 전무후무한 굉장한 뒤일세그려."

홍명희는 다달이 부쳐주는 돈이 넉넉해서 원하는 책을 실
컷 사 볼 수 있었다. 일본 작가로는 나쓰메 소세키를 아주 좋아
하여 '숭배자'라는 소리마저 들었다. 최남선은 그 시절 홍명희
가 나쓰메 소세키라면 줄줄 외울 정도였다고 기억한다. 홍명희
는 그밖에도 시마자키 도손, 다야마 가타이, 도쿠토미 로카 등
주로 자연주의 작가들의 작품을 즐겨 읽었으며, 러시아 문학에
대해서는 침통하고 사색적인 부분이 스스로 기질에 잘 맞는다
고 생각했다. 홍명희는 자기가 사서 본 책은 반드시 이광수에
게 주어서 읽기를 권했다. 가난한 이광수로서야 불감청 고소원
에 감지덕지였겠지만, 한때 바이런 때문에 마음고생이 자심했
던 것도 다 그 영국 시인의 악마주의에 심취한 홍명희에게 탓
을 돌릴 수밖에 없었다.

홍명희가 1888년 생이니 이광수보다는 네 살이 연장이었다.
그 사이에 위아래로 각기 두 살 터울이 지는 육당 최남선이 있
었다. 그는 서울의 부유한 중인 집안 출신으로 도쿄에는 몇 차

례 머물렀지만 진득하니 오래 공부하지는 않았다. 그러나 홍명희와 이광수에게는 짧은 만남만으로도 일생의 벗이 되기에 충분한 결을 주었다. 최남선은 한문에 능통했고 우리 역사에 해박했다. 그런 그가 도쿄 시절부터 한 가지 꽤 확고한 뜻을 지니고 있었다. 조선에도 신문학의 씨를 뿌리겠다는 것, 그러기 위해서 반드시 출판 사업을 일으켜야 한다는 것이었다. 사실 그 또한 도쿄에서 홍명희 못지않게 책방 문턱을 타넘곤 하였다. 그러나 홍명희가 양반가의 자제답게 그저 욕심 많은 독서인으로 만족했다면, 최남선은 서점에 들를 때마다 부러움을 넘어 분함까지 느꼈다.

열다섯의 가을에 일본으로 건너가 본즉 놀랍다. 그 출판계의 우리나라보다 성대함이여. 한번 발을 책사에 들여놓으면 정기 간행물·임시 간행물 할 것 없이 아무것도 본 것 없고, 또 그 물건들의 내용이나 외모에 대하여 조금도 비평할 만한 지식 없는 눈에 다만 다대하다, 굉장하다, 찬란하다, 향기롭다…. 한마디로 가리면 엄청나다 하는 감이 날 뿐이라. 무엇에 대하여서든지 무슨 구경을 할 때에든지, 우리나라 사물에 비교해보아 무슨 한 생각을 얻은 뒤에야 마는 이 사람이라. 이를 대할 때에도 그 앞에 한 번 머리를 숙였고, 숙였다가 한숨 쉬고, 한숨 쉬다가 주먹 쥐고, 주먹

아사쿠사의 철도 마차를 그린 우키요에(우타가와 시게키요, 1882).

질 때에 곧 "이다음 기회가 있을 터이지" 하는 믿지 못할 헛
된 욕망을 껴안고 스스로 위로함이 있었노라.[6]

최남선은 1904년 내장원이 양반가의 자제 50명을 선발하여
재정을 지원한 황실 특파 유학생이었다. 하숙집에는 아직 전등
도 달리지 않은 때였고, 긴자에서 아사쿠사까지는 철도 마차라
는 것이 다녔다. 1882년에 첫선을 보인 탈것으로, 넓은 도로 한
복판에 레일을 깔고 그 위로 승객들이 탄 차체를 달리게 하는
것인데, 동력은 말 두 마리였다. 최남선은 도쿄에서도 일류인
부립 제일중학교에 들어갔다. 14세의 어린 나이에도 일본어를

안다는 이유로 한국인 학급의 반장이 되었다. 그게 족쇄가 되었다. 학교 측에서는 한국 학생들이 창문에서 소변을 본다든지 부엌에서 음식물을 훔치는 사건이 발생할 때마다 그를 불러 질책했다. 나이 든 유학생이 유곽에 들렀다가 성병에 걸렸을 때에도 통역으로 나서 병원에 데려가야 했다.[7] 그러나 그는 부친의 신병 때문에 부득이 다니던 학교를 그만두고 불과 3개월 만인 1905년 1월 귀국한다. 이듬해에는 다시 관비 유학생으로 두 번째 유학길에 올라 와세다 전문학교에 입학하지만, 조선의 황제를 일본의 황족에 넣을 수 있는가 없는가를 주제로 한 토론회 사건(모의 국회 사건)으로 다시 귀국한다.

일본에 체류하는 동안 최남선은 유학생 잡지 『대한유학생회보』를 한두 달 꾸려본 경험이 있었다. 그래서 더욱 마음이 급했다. 그때부터 그는 아예 출판과 인쇄에 관한 실질적인 정보를 모으기 위해 부지런히 발품을 팔았다. 그 결과 불과 1년 후에는 엄청난 분량의 참고 서적과 당장 인쇄소를 차려도 될 만큼의 최신 인쇄 기계와 납활자 꾸러미를 사가지고 서울로 돌아올 수 있었다. 그게 1908년 6월이었고, 우리나라 최초의 순문학잡지 『소년』은 그해 11월호로서 세상에 첫선을 보이게 된다. 거기에 홍명희는 이반 크릴로프의 우화시를 비롯해 러시아 시 몇 편을 번역해 실었다. 이광수는 단편 「어린 희생」과 「헌신자」를 비롯해 몇 편의 글을 꾸준히 발표한다.

홍명희, 최남선, 이광수.

혹자는 이 세 사람을 일러 '동경 삼재' 즉 '도쿄의 세 천재'라 불렀다. 하지만 내남없이 무엇 하나 내세울 게 없던 처지에서 그건 아무런 위안도 되지 않는 허명일 따름이었다. 다만 안중근이 하얼빈 역사에서 이토 히로부미를 척살한 소식은 도쿄에 아직 남은 홍명희와 이광수의 가슴에도 어떤 분발의 감정을 불러일으켰음이 틀림없다.

홍명희는 다이세이 중학교의 5학년 2학기로 학업을 포기했다.[8]

'그까짓 졸업은 해서 무얼 해?'

그는 졸업 시험도 포기한 채 고국으로 돌아가버렸다. 이광수도 더 이상 도쿄에 머물 마음이 못 되었다.

조선인 유학생들은 다들 음울한 표정으로 노래를 불렀다.

석탄 백탄 타는 데는
연기가 퍼벌썩 나건만
우리네 가슴 타는 덴
연기도 재도 없네

이 〈사발가〉가 유학생들의 답답한 심정을 고스란히 반영했다. 이어 "에야라 난다 듸야라 내가 니 사랑이라" 하고 후렴을

부를 때에는 누구라 할 것 없이 주르륵 눈물을 흘렸다.[9] 1910년 초, 이광수도 기어이 귀국하고 말았다.

그해 8월 29일, 대한제국은 지도에서 사라졌다.

2

동경 유학생이 간다

1881년 시골에서 처음 올라온 소년 다야마 가타이는 나중에 소설가가 되어 제가 두 눈으로 목격한 메이지의 도쿄를 이렇게 회상했다.

그 시대는, 도쿄는 진흙탕의 도회, 토담집이 즐비한 도회, 참의원이 타고 다니는 상자 마차의 도회, 다리 곁에 노점이 수두룩한 도회였다. 돌이켜보면 꿈같은 느낌이 든다. 교바시와 니혼바시의 큰길에 긴자 거리를 제외하면 서양 풍의 큰 건물은 지금의 스다쵸의 니로쿠 신문사 자리에 있었던 게레 상회라는 집 한 채였다. 그것은 3층짜리 큰 건물로, 옥상에는 바람을 맞으면 빙빙 돌아가는 풍향계처럼 생긴 게 있었다. 아무튼 외국 식료품인가 뭔가를 팔고 있었다.[1]

활기 있되 아직 모든 게 정돈되지 못해 조금은 어수선한 메이지 초기의 도쿄. 그곳에 조선에서 온 유학생들이 모습을 드러내기 시작했다. 한국 문학사의 근대 역시 그렇게 현해탄을

재동경조선유학생학우회의 육상운동회 기념 사진(1917).

건너온 '동경 유학생'*들과 더불어 막을 열게 될 터였다.

그해 4월 조선의 조정은 조사시찰단** 62명을 파견했다. '시찰'이라는 말이 드러내듯, 일본의 근대적인 문물과 제도를 보

---

* 동경 유학생: 일제 강점기에 도쿄는 '동경'이라는 기표로만 존재했다. 그러나 이 책에서는 '동경 유학생' 혹은 '동경제대'처럼 꼭 필요한 경우에만 그 기표를 사용할 것이다. 그 경우, '도쿄'라는 기표로는 당대의 뉘앙스, 특히 권력관계를 제대로 살려내지 못하겠기 때문이다.

** 조사시찰단(朝士視察團): 한국사 용어 수정에 따라 '신사유람단'을 이렇게 변경한다.

43

고 듣고 배워오라는 뜻이었다. 그때 유길준과 유정수, 윤치호 3인이 도쿄에 남아서 학업을 시작했다. 말하자면 그들이 최초의 동경 유학생이었다.

그로부터 1년 6개월여가 지난 1883년 1월 16일, 열여덟 살 청년 윤치호는 영어 사전과 독학용 영어 학습서를 산 다음 곧 짐을 꾸려 신바시 정거장으로 달려갔다.[2] 그의 목적지는 요코하마였다. 이때부터 그는 주일 네덜란드 공사관의 서기관으로부터 영어를 배우기 시작했고, 대신 그에게는 조선어를 가르쳤다. 실은 조선에 관심이 있던 서기관이 마침 조선어 선생을 구하던 차라 둘의 이해가 딱 맞아떨어졌던 것이다. 서기관의 부인은 미국인으로 그때 이미 일본에 머문 지 16년이나 되었다 했다. 그 무렵 조미 통상 조약이 체결되어 미국에서는 루시우스 푸트를 초대 주한 특명 전권 공사로 임명했다. 푸트가 부임차 우선 요코하마에 들렀는데, 그의 고민은 통역관이었다. 당장 신임장을 작성하는 일부터가 문제였다. 푸트가 일본 외무상 이노우에 가오루에게 답답한 마음을 토로하자 이노우에는 마침 도쿄에 와 있던 김옥균에게 천거를 부탁했다. 김옥균은 더 답답했다. 수백 년 빗장을 꽁꽁 걸어 잠근 조선 천지에 그런 인물이 있을 리 없었다. 고민 끝에 겨우 이렇게 대답했다.

"영어를 할 줄 아는 사람이 한 사람 있기는 있는데 이제 막 영어를 배우는 중이라 과연 통역을 할 수 있을지 모르겠소."

나중에 말을 들은 윤치호는 기겁했다. 그는 이제 요코하마에 하숙을 잡아놓고 영어를 배우기 시작해서 겨우 교재 한 권을 떼었을 뿐이었다. 더군다나 이게 한갓 여염의 일인가. 나라와 나라의 신의가 걸린 국사였다. 윤치호는 손사래를 치며 사양하고 또 사양했다. 그러나 거듭되는 강권에 얼마 후 그는 요코하마를 떠나 조선의 제물포로 향하는 미국 군함에 몸을 실었다. 일본인 통역사가 함께 올라탄 게 그나마 다행이었다.[3]

윤치호는 이윽고 고종 임금 앞에 서게 되었는데, 훗날 그때의 일을 이렇게 회상했다.

"통역이 되기는 하였으나 어찌나 불안한지 며칠 동안은 밤에 잠도 잘 자지 못했으며 일영 사전을 한 권 사가지고 푸트 공사와 함께 서울에 와서 서툰 영어로나마 고종 황제께 신임장을 봉정하고 나니 잔등이에서 식은땀이 흘렀으며 자기의 부족한 영어가 훌륭하게 통용된 것이 매우 신기로웠다."[4]

사실 윤치호의 어학 실력은 탁월했다. 그는 같은 해 미국으로 건너간 보빙사 민영익의 신임장까지 작성했는데, 그때 '비준'이라는 낯선 외교 용어까지 정확하게 'ratification'으로 옮겨냈던 것이다.

호랑이 담배 피던 시절 일이지만, 전후 맥락을 조금 더 살펴보자.

1876년 5월 조선은 일본에 수신사를 보낸다. 그해 2월에 체결한 조일 수호 조약(강화도 조약)에 따라 급히 마련한 절차였다. 76명의 사절단을 이끈 정사 김기수는 한 달 남짓한 여정을 『일동기유』(1877)라는 기록으로 남겼다. 그에게 애초 선진 문물을 많이 보고 배우겠다는 의지 따위는 별로 없었다. 그보다는 과거 조선통신사 시절의 위엄일랑 잃지 않겠다는 자세를 고집했는데, 이 때문에 정작 일본에 가서도 대개 "저들이 두 번 세 번 와서 요청하면 괄시하는 모양으로 있을 수도 없어서 마지못하여 응할 뿐"5이었다. 개국(1854) 이후 적극적으로 구미 제국에 시찰단을 파견했던 일본의 자세와는 달라도 아주 달랐다. 가령 메이지 유신(1868) 이전에 미국을 방문한 이른바 '만엔 원년(1860)의 사절단'은 워싱턴에 머무는 동안 스미스소니언 박물관, 국회의사당, 해군 공창, 해군 천문대 등을 두루 방문했고, 훗날을 위해 이를 『항해일기』, 『항미일록』 등 꼼꼼한 기록으로 남겼다. 또 귀국할 때는 직접 구입하거나 기증받은 영어 원서들을 무려 1,200권이나 가지고 돌아왔다. 이 책들은 향후 일본에 대대적인 번역 붐이 일어나게 하는 데에도 일정하게 기여한다. 이제 곧 일본의 대표적인 계몽사상가가 될 후쿠자와 유키치도 이때 범선과 다름없는 별도의 증기선 간린마루호를 타고 태평양을 건넜다. 그는 샌프란시스코에서 웹스터 영어 사전과 함께 중영 사전을 한 권 구입했는데, 돌아오자마자 그것을 번역하고 가나로 토를 달아 역서를 펴냈다. 사절단이 귀

1876년 수신사로 일본에 파견된 김기수.

국한 게 5월 5일인데 가을에는 책이 나왔으니, 그가 얼마나 조
바심을 냈는지 알 수 있다. 이는 물론 향후 정력적으로 펼쳐지
게 될 그의 저술과 출판 작업의 서막이기도 했다. 막부는 막부
대로 이때의 체험을 바탕으로 부국강병 작업에 박차를 가했다.

예컨대 1865년 요코스카에 동양 최대 규모의 조선소와 도크를 세우는 대역사를 시작한 데에도 이때의 견문이 크게 작용했다.[6] 반대로 김기수는 일본 측에서 요코스카 조선소를 보여주겠다고 했을 때 병을 둘러대며 아예 응하지도 않았다.

물론 뻣뻣한 김기수라고 난생처음 목격하는 신문물에 경탄하지 않을 도리는 없었다. 그중에서도 일본 최초로 부설된 철로 위를 달리는 화륜차가 압권이었다. 일행은 5월 29일 10시 45분 특별 열차편으로 요코하마를 떠났는데 12시 넘어 도쿄 신바시 역에 도착했다. 그야말로 눈 깜짝할 새였다. 김기수는 이렇게 적었다.

> 차마다 모두 바퀴가 있어 앞 차의 화륜이 한 번 구르면 여러 차의 바퀴가 따라서 모두 구르게 되니 우레와 번개처럼 달리고 바람과 비처럼 날뛰었다. 한 시간에 3백~4백 리를 달린다고 하는데 차체는 안온하여 조금도 요동하지 않으며 다만 좌우에 산천·초목·옥택屋宅·인물이 보이기는 하나 앞에 번쩍 뒤에 번쩍하므로 도저히 걷잡을 수가 없었다. 담배 한 대 피울 동안에 벌써 신바시에 도착되었으니 즉 90리나 왔던 것이다. (생략) 즉시 불을 뿜고 회오리바람처럼 가버려 눈 깜짝할 사이에 보이지 않으니 머리만 긁고 말문이 막히며 서운하게도 놀랄 뿐이로다.[7]

신바시—요코하마 구간의 개통은 영국에서 철도가 개시된 지 반 세기 만의 일이었고, 세계에서는 터키에 이어 열여섯 번째 였다. 1872년 10월 14일에 열린 신바시 역 개통식에는 천황과 내외 사신이 참석했고 불꽃놀이도 벌어졌다. 김기수 때는 한 시간이 좀 넘었지만, 기차는 보통 29킬로미터 구간을 53분에 주파했다.

『일동기유』에는 이밖에도 화륜선이라든지 전신 따위 신문물에 대해 경탄을 섞은 감상평이 있었지만, 기본적으로 일본에 대해 품고 있던 의구심을 씻어낼 만큼은 아니었다.

1880년 제2차 수신사로 일본에 간 김홍집은 주일 청국 공사 황쭌셴(황준헌)이 쓴 『조선책략』을 가지고 돌아왔다. 책에서는 러시아의 한반도 진출을 막기 위해 "친중국親中國, 결일본結日本, 연미국聯美國"의 외교 정책을 취할 것이며, 자강을 위해 청과 일본에 유학생을 파견해야 한다고 주장했다. 이 사실이 알려지자 격렬한 논란이 일었다. 특히 재야 유생들의 반발이 거셌는데, 이는 결국 전국적인 규모의 위정척사 운동으로까지 이어졌다. 서학(천주학)이든 실학이든 조선 500년을 지탱해온 유교적 질서를 흔드는 모든 이념은 사악하다, 당연히 물리쳐야 한다고 했다. 수구의 목소리가 그토록 거셌다. 그럼에도 문명개화는 피할 수 없는 시대의 요구였다. 1881년 청에 김윤식을 단장으로 하는 영선사를 파견한 조정은 일본에는 박정양, 어윤중, 홍영식 등을 조사朝士로 하는 시찰단을 파견했다. 이들은 들끓는 위정척사의 여론을 의식하여 국내에서는 암행어사로, 바다를 건너서는 '신사'들의 사적인 유람단인 양 행세했다.

도쿄에 남은 유길준과 유정수는 후쿠자와 유키치의 집에 기거하며 그가 운영하던 게이오 의숙에서 공부했다. 서얼이던 윤치호의 경우, 수신사 김홍집의 수행원을 지냈고 통리기무아문 참사였던 아버지 윤웅렬이 힘을 써서 이노우에 가오루와 가까이할 수 있었는데, 그의 주선으로 도진샤(동인사)에 입학했다. 그때 나이 겨우 열여섯이었다. 도쿄는 이렇게 '동경 유학생'이라는 기표와 뗄 수 없는 인연을 맺게 되는 것이지만 그 길이 마냥 순탄했던 것만은 아니다. 개화파의 우두머리 김옥균이 일본에 처음 간 것은 1882년 2월이었다. 동남개척사라는 자격이었다. 후쿠자와 유키치는 그의 방일을 크게 반겨 조야의 유력자들을 두루 소개시켜주었다. 김옥균 또한 누구보다 적극적으로 유학생들의 파견을 도모했다. 청년 서재필이 게이오 의숙을 거쳐 도야마 육군하사관학교에서 신식 군사 교육을 받은 것도 이때였다. 김옥균은 또 어리지만 영민한 윤치호에게 "일본 말만 배우지 말고 영어를 배워야 일본을 경유치 않고 태서 문명을 직수입할 수 있다"고 하여 특히 영어 공부에 힘쓰기를 권했다. 윤치호가 넉 달간 하루 한 시간씩 배운 영어 실력으로 초대 주한미국공사의 통역을 맡게 되는 배경이 이러했다.

하지만 이후 개화파가 주도한 갑신정변(1884)이 실패로 끝나자 관비 유학생 파견은 중단된다. 대신 조선의 조정은 갑신정변의 뒤처리를 위해 일본에 사절단을 파견한다. 유학자 박대양이 종사관 신분으로 동행했다. 그는 도쿄에서 보고 들은 일을 꼼꼼히 기록으로 남겼는데, 그의 『동사만록』(1885)[8]은 말하자면 당대 조선의 수구파가 지닌 생각이 무엇이었는지 알게 해주는 자료로 의미를 지닌다. 도쿄에서 그들 역시 김기수와 마찬가지로 자신들이 보고자 한 것만 봤다. 예를 들어 일본 측에서 근대적 지식의 창고로서 도쿄 도서관을 구경시키려 했을 때 그들이 정작 발길을 돌린 곳은 그 옆에 있던 부자묘夫子廟였다. 박대양은 결국 "공자가 가려고 한 곳이 우리 조선"이라며 유학자로서 조선의 소중화적 자부심을 스스로 지킨다. 녹명관, 즉 로쿠메이칸의 외교관 파티에 초청받아 가서는 여자들이 괴상한 옷차림으로 남자들과 스스럼없이 춤추는 광경에 혀를 끌끌 찬다.

하지만 박대양의 이 같은 태도에 대해 고루하다고 무작정 비판의 칼날만 들이대는 것은 온당하지 못하다는 시각도 있다.[9] 예컨대 박물관에 대한 그의 태도는 결국 시대의 욕망을 돈을 주고 사는 곳에 다름 아니라는 것이었고, 동물원은 야생에서 뛰어놀아야 할 동물을 억지로 가두어 자연스럽지 못한 곳이었다. 근대의 상징이라 할 신문 또한 왜곡된 기사를 함부로 싣는 폐단을 면치 못한다고 비판했다. 어쩌면 그의 고루함이 21세기 오늘의 우리가 마주친, '문명개화'의 각종 문제를 훨씬 더 선명하게 포착하도록 이끌었는지도 모른다.

어쨌든 갑신정변 당시 목숨을 구해 가까스로 현해탄을 건넌 개화파 중에서는 박영효가 메이지 학원 영어과에 적을 올렸다. 조선이 다시 유학생을 파견하는 것은 10년이 훌쩍 지나서 갑오개혁(1894) 이후에나 가능했다. '홍범 14조'는 "널리 자질이 있는 젊은이를 외국에 파견하여 학술과 기예를 익히도록 한다(제11조)"는 항목을 두었다. 이때는 사면을 받고 돌아와 내부 대신을 맡은 박영효가 일을 주도했다. 그는 전국에서 '인재'를 뽑았는데 총 규모는 200명에 이르렀다. 이들이 말하자면 제2기 동경 유학생이 되는 셈이다.

박태원의 소설 「낙조」(1933)와 「최노인전 초록」(1939)에 등장하는 최 노인도 그중 한 사람이었다.[10] 그는 매약상으로, 매일같이 종로 약방에서 약을 떼어서는 진종일 걸어다니며 단골 소매상들에게 약을 대주거나 떠맡기는 게 일이었다. 그렇게 약을 팔러 다닌 30년 세월은 볕과 바람에 새까맣게 탄 낯빛에 남아 있고, 깊고 굵게 팬 주름살에 새겨 있었다. 더러 그의 내력을 아는 이들이 바둑을 두다가도 대접 삼아 슬쩍 옛날이야기를 청해 듣곤 하였다.

"그러지 마시구 옛날얘기나 좀 합쇼그려."

"옛날얘기는 무슨 옛날얘기?"

"아 왜 동경 유학하시던 얘기…."

남에게 신세 지는 것을 죽느니보다 싫어하는 최 노인이었지만 그 시절 이야기를 거절하는 법은 없었다. 그럴 때면 꼭 이렇게 이야기를 시작했다.

"그게 을미년이니까 지금부터 치자면 서른아홉 해 전이렷다."

최 노인은 구한국 시대에 경무청 순검을 다녔다. 그러던 어느 날 관비 동경 유학생을 뽑는다는 소식에 두 번 생각하지도 않고 지원했다. 100명을 뽑는데 1,000명이나 몰렸다. 내세울 재주 하나 없어도 최 노인은 용케 통과했다. 훗날 기껏 매약상으로 늙게 될 줄은 꿈에도 몰랐던 청년은 부푼 가슴을 안고 유학길에 오르는데, 경부선 기차를 타고 횡하니 부산으로 가고 거기서 다시 관부 연락선을 타는 여정이 아니었다. 경부선은커녕 경인선도 아직 깔리지 않았을 때였으니, 당장은 오로지 발품만으로 인천까지 가야 했다. 100명이 그렇게 걸으니 그것 또한 장관이었을 터. 한강을 건너자 내부 대신 박영효가 모래사장에 유학생들을 빙 둘러 세우고선 한바탕 연설을 했다.

"여러분 중에는 양반의 아들두 있을 테구 중인의 아들두 있을 테구 평민의 아들두 있을 텐데, 지금 세상 형편이 자꾸 개척하는 시대야. 상중하 차별이 없는 시대야. 누구든 공부만 잘해

시모노세키항에 정박한 관부 연락선 경복환(景福丸, 1920년대).

서 우등한 사람이 되면 그 사람이 즉 양반이지 별게 아니란 말이야…."

　훗날 사람들에게야 외려 고리타분한 말이겠지만, 그때 거기 한강변에 모여 서서 귀를 빌려주던 청년들에겐 그런 이야기를 할 줄 아는 것만으로도 박영효가 참 난사람이었다. 어쨌거나 인천까지 간 일행은 화륜선을 타고 부산까지 갔고, 거기서 현해탄을 건너 나가사키로, 나가사키에서 다시 고베를 거쳐 요코하마까지 갔는데, 거기서는 기차 편을 이용해 도쿄 신바시 역에 도착했다. 꼬박 5박 6일이나 걸린 여정이었다.

최 노인들은 단체로 게이오 의숙에 입학했다. 바로 그 대학의 설립자 후쿠자와 유키치가 면접을 봤다. 면접이라야 별게 없었다. 그저 물어보는 대로 이름자와 호를 댔고, 또 지망하는 과를 묻기에 100명이 하나같이 '정치과'를 가겠다고 우겼다. 다들 유학을 마치면 조선에 돌아가 관직 한자리를 하는 게 꿈이었는데, 사실 사농공상의 서열이 골수에 박혀 있을 조선의 청년들에겐 다른 꿈 따위는 아예 꿈도 아닌 시절이었다. '복택유길(후쿠자와 유키치)'의 얼굴에 실망하는 기색이 역력했다고 최 노인은 분명히 기억했다. 솔직히 당시 조선 유학생들의 수준은 말이 아니었다. 일본 잡지에는 선발 기준 자체가 학력과 지력이 아니라 풍채와 용모라는 말까지 나올 정도였다.[11] 최 노인의 입을 직접 빌려도 대개가 '건달팽이'에 불과했다.

소설가 유진오의 부친 유치형도 그 건달팽이 속에 끼어 있었다. 그가 도쿄에 도착한 첫날의 일을 이렇게 적었다.

음력 4월 7일 무신일, 개다.
여섯 시 시즈오카 정거장에서 아침 식사. 이어 대곡비파*

谷琵琶를 지나는데 물 흘러들어오는 근원도 없이 떠 있었다. 기차가 가끔 터널을 지나는데 그 기괴한 모양은 일일이 이야기하기 어렵다. 12시에 도쿄에 닿아 신바시에서 차를 나리니 일본 학도 수백 인과 우리나라 유람주사 모모인들이 여기까지 마중 나왔다. 함께 부르는 만세 소리가 진동하고 요란하였다. 우리들도 또한 대답해 만세를 불렀다. 이윽고 학교로 들어가니 좌우에 관광하는 사람이 몇천 몇백인지 이루 헤아릴 수 없었다. 게이오 의숙에 다다른즉 임시로 세운 띠茅로 덮은 마루 위에 의자를 만들고 후쿠자와 유키치 선생이 그 앞에 서서 만국 개화 이야기로 일장 대담한 후에 우리 전권공사 이와 박 두서너 분도 또 서로 훈계의 말을 하였다. 각각 처소를 나누어 정하다. 이날 밤에 공사 두서너 분은 떠나 귀국하다.[12]

유치형이 머리를 깎고 일본 옷을 입은 건 그로부터 보름이나 지나서였다. 그날(음력 4월 21일) 일기에 "사세가 피하기 어려우나 고국의 문물을 벗어버리고 부모의 혈육을 깎아버리니 가슴이 막히고 눈물이 가리어 말로 무엇이라 할 수 없다"고 적었다. 유진오는 아버지의 일기 이 부분에서 제가 어린 시절 직접 아버지로부터 듣던 말을 덧붙였다. 그에 따르면, 유치형과 조선인 동료 유학생들은 그날 얼마나 기가 막히던지 기숙사로 돌아와서는 '대군주 폐하 만세'라 써서 서쪽 벽에 붙이고 그 앞에 냉수를 떠다 놓고 재배한 다음 서로 붙들고 대성통곡했다. 문명개화가 그토록 힘든 절차를 요구했다.

그해 5월 2일자 『도쿄아사히 신문』 역시 전날 조선 유학생 114인이 도쿄에 도착한 사실을 보도했다.[13] 유학생들은 달마다 간격을 두고 좀 더 파견되었는데, 그중 162명이 게이오 의숙, 여덟 명은 사관 학교, 여섯 명은 세관 학교에 입학했다. 「금수회의록」(1908)을 쓴 안국선도 1895년의 이 제2기 유학생이었다. 이들은 그해 10월 8일 본국에서 일어난 '황송한 일'에 경악한다. 명성황후가 시해당한 이른바 을미사변이었다. 이에 분개한 유학생 중 상당수가 귀국해버렸다.

이인직은 1900년의 관비 유학생이었다. 그때 서른아홉 살이었으니 유학생 치고는 나이가 꽤 많은 편이었다. 그래도 그는 성실한 학생이었다. 도쿄 정치학교 재학 중에 미야코 신문사에 견습 사원으로 들어가는데, 입사 동기를 이렇게 문장으로 남겼다.

팔베개를 하고서 사십 성상 실로 잘 잤다. 옆에서 잠꼬대를 하는 것은 우리 이천만 동포다. 바다 건너에 와보니 종이 한 장이 날아와 매일 아침 베개 밑에 떨어진다. 진기하고 새로워서 몽롱한 눈을 비비고 한번 보니 신문지라고 이

름 붙여 천하의 별별 소식들을 가득 싣고 있다. 만기* 활동
의 원천이다. 나는 단단히 마음먹고 계획을 세워 지식을
세계에서 구하기 위해 여러분의 나라에 유학하였는데, 학
교에서 배우고 남는 시간은 미야코 신문사에서 신문 사업
을 견습하려고 여기에 왔다. 나는 신문지로써 세계 문명을
그대로 옮기는 사진 기계가 되고 새로운 소식을 말로 전하
는 기계가 되겠다. 나는 그 문명의 참모습을 그대로 그려
서 우리 국민에게 충고하는 중개자가 되기를 바란다.[14]

　이인직은 부지런했다. 『미야코 신문』에 조선에 대해 소개하
는 글도 여러 편 썼고, 일본어로 「과부의 꿈」(1902)이라는 단
편 소설도 써서 발표했다. 「몽중방어夢中放語」(1901)[15]라는 수필
에서는 꿈에서일망정 고작 미녀를 만나 즐기는 풍류남자가 된
것을 부끄럽게 여기며, 세상 물정을 모르는 천진한 한국을 생
각해서라도 마음가짐을 바로잡자고 다짐한다. 이때 그가 꿈
을 꾸되 오직 모범으로 삼은 것은 당연히 일본이었다. 동서양
의 수많은 나라 중에서 일본만큼은 일찍이 나라의 기틀을 굳게
다져 동양의 운명을 좌지우지할 정도의 국력을 키웠으며, 비슷
한 처지에 있는 이웃 나라들을 도우려 하니, 이것이야말로 "가

＊ 만기(萬機): 임금이 보살피는 여러 정무를 뜻하는데, 여기서는 '온갖 일' 정도의 뜻.

장 광휘 있고 명예 있는 정의의 몽"이라 했다. 이인직이 유학하는 동안 한국 정부의 재정은 극히 나빠져 결국 유학생 소환령을 내리게 된다. 그러나 이인직은 이에 응하지 않고 학업을 이어나갔고, 1903년에는 졸업장을 손에 쥘 수 있었다. 그는 주경야독, 열심히 공부했다. 문제는 그가 도쿄 정치학교에서 고마츠의 제자가 되고, 또 거기서 만난 조선인 동급생 조중응과 둘도 없는 친구로 사귀었다는 사실에 있는지도 모른다. 고마츠는 한일 병탄 조약의 실무 책임자였던 통감부의 외사국장 바로 그 고마츠 미도리였고, 조중응은 나라를 팔아먹은 정미7적의 바로 그 조중응이었기 때문이다. 그래서일까, 우리는 머지않아 대표적인 친일 문인 이인직의 탄생을 목격하게 된다.

3

메이지의 도쿄와
후쿠자와 유키치

조선 최초의 동경 유학생 윤치호는 진작 이렇게 말한 바 있었다.

"만약 내가 마음대로 '내 나라'를 정할 수 있다면 일본을 선택했을 것이다. 나는 지긋지긋한 냄새가 나는 중국이나 인종에 대한 편견 및 차별이 무서운 힘을 가지고 있는 미국, 또는 지긋지긋한 정권이 존재하는 한 조선에서도 살고 싶지 않다. 오, 축복받은 일본이여! 동양의 낙원이여! 세계의 동산이여!"[1]

1893년 늦가을 이때는 윤치호가 5년간의 미국 유학을 마치고 상하이로 돌아가던 중이었다. 모교인 중서서원이 교사 자리를 주마고 했던 것이다. 조선은 아직 그를 받아들일 준비가 되어 있지 않았지만, 중간 기착지 일본은 긴 여행에 지친 그를 따뜻하게 맞이해주었다. 일본 사람들의 친절이야 요코하마 항구에 도착했을 때부터 새삼스러울 게 없었다. 도쿄에서는 거리를 걷는 것 자체가 엄청난 기쁨이었다. 귀에 닿는 모든 일본 말이 다 상냥했다. 중국 말이나 조선 말에서처럼 나쁜 욕설도 없었다. 사람들은 타인에게 피해를 줄 만큼 시끄러운 소리를 내지 않았다. 심지어 하루 종일 아이들의 울음소리 한 번 듣지 못할 때도 있었다. 오직 게다 소리만 또각또각 들릴 뿐인데, 그 소리

61

가 오히려 듣기 좋았다. 가난한 동네에 가더라도 중국이나 조선처럼 넌더리가 날 정도의 악취는 나지 않았다. 호텔이나 가게에서 일하는 이들은 누구나 공손했고 다들 성실하게 제 맡은 바 일을 했다. 그들의 봉사에 대가를 지급하는 것이 즐거울 정도였다. 상점에는 눈길을 끄는 아기자기한 물건들이 지천이었다. 일본은 비단으로 만든 작고 예쁜 수공품들을 수출하고, 철이나 증기 기관, 철도와 같은 중공업 제품들을 수입한다. 그런데도 수출액이 수입액을 뛰어넘으니 굉장한 일이 아닐 수 없었다.

윤치호는 또 도쿄 거리를 걷는 일본 여자들의 우아함에 홀딱 빠졌는데, 그들이 유럽풍 드레스로 자신들의 가치를 망치지 않은 것은 실로 '신들'의 가호라 여겼다. 기독교도가 된 윤치호의 입에서 그런 말이 자연스럽게 나왔다.

비단 조선의 청년만 일본에 매혹된 게 아니었다. 서구에서 온 한 사내의 입에서도 최상급 찬사가 끊이지 않았다.

일본 땅을 처음 밟았을 때에는 일본의 옛것만이 눈에 들어왔다. 일본의 전통적인 문화는 모두 섬세한 것처럼 보였다. 조그만 그림이 그려진 종이 봉지에 들어 있는 나무젓가락, 삼색의 멋진 문자가 적힌 이쑤시개, 인력거꾼이 땀을 닦는 수건에 그려진 정교한 그림이 바로 그것이다. 지폐나 동전 역시 아름답다. 상점에서 물건을 사면 주인이

끈으로 묶어주는데 그 끈 역시 매우 아름답다. 진귀하고 운치 있는 물건으로 가득해 당황스러울 정도이다. 전후좌우 어느 곳을 바라보아도 신비한 물건들로 가득하다.

이런 현상이 반드시 바람직한 것만은 아니다. 모든 물건을 사고 싶기 때문이다. 이런 경우에 자주 되풀이되는 일이지만 상점의 점원은 부드러운 미소를 지으면서 같은 물건이라도 종류가 다양하니 한번 구경이라도 하는 게 어떠냐고 제안한다. 이런 물건들은 정말 멋지다. 상점의 주인은 손님에게 물건을 사라고 강요하지 않는다. 그러나 이런 물건에는 마법이 걸려 있다. 한번 사기 시작하면 도저히 멈출 수 없다. 물건 가격이 싸다는 사실은 파산과 직결된다. 도저히 사지 않고 견딜 수 없는 싼 예술품이 쌓여 있으니까. 태평양 항로를 왕래하는 가장 큰 기선이 있다고 해도 내가 사고 싶은 것을 전부 실을 수 없다. 사고 싶은 물건이 도처에 쌓여 있기 때문이다. 상점이나 상점의 주인은 물론이고 사람들이 사는 마을 전체, 또 그 마을을 둘러싼 강과 산, 구름 한 점 없는 순백의 하늘에 걸려 있는 후지산 역시 사고 싶다. 아니 이제 무엇을 숨기랴! 신비한 매력이 넘치는 나무, 빛나는 대기, 수많은 도시, 신사, 사찰, 거기다가 세상에서 가장 사랑스러운 국민 4천만 명 모두, 즉 일본의 모든 것을 소유하고 싶다.[2]

일본을 사랑해 일본인
고이즈미 야쿠모가 된
라프카디오 헌.

　1890년 일본에 첫발을 디딘 라프카디오 헌은 그해 곧 사무
라이 집안의 딸과 결혼했다. 이어 여러 중고등학교에서 교편
을 잡는 한편 『낯선 일본과의 만남』(1894), 『동쪽 나라에서』
(1895), 『일본잡록』(1901) 등 서구 세계에 일본을 알리는 집
필 활동도 정력적으로 펼쳐나갔다. 그는 일본에 경탄한 나머지
스스로 일본인이기를 원했다. 그 결과 아일랜드와 그리스 피가
섞인 라프카디오 헌은 1895년 일본인 고이즈미 야쿠모가 되어
기어이 "일본의 모든 것을 소유하고 싶다"던 꿈을 이루었다. 그

안도 히로시게의 우키요에 〈가메이도의 매화〉(1857)를 흉내낸
고흐의 〈일본풍 자두나무〉 (1887, 오른쪽).

는 1904년 영국 유학에서 돌아온 나쓰메 소세키에게 자리를
내줄 때까지 도쿄 제국대학에서 영문학을 가르치기도 했다. 일
본의 독특한 요괴 이야기에 대해 쓴 『괴담』(1904)이 그의 마지
막 저서 중 하나였다. 그는 일본을 진심으로 사랑했고, 일본도
그를 오래도록 기억했다.

　사실 19세기 중후반 서구인들의 일본 탐닉 혹은 열광은 하나
의 거대한 트렌드였다. 미술이 앞장을 섰다. 1867년과 1878년
의 파리 만국박람회는 이러한 추세를 이끌어내는 데 결정적인

역할을 한다. 유럽인들은 난생처음 목도하는 동양의 신기한 그림을 앞다투어 구입했다. 품절이 될 정도였다. 화가들도 큰 충격을 받았다. 예컨대 가쓰시카 호쿠사이의 유명한 판화 「가나가와 앞바다의 파도」는 말 그대로 거대한 파도처럼 유럽의 화단을 휩쓸었다. 소재는 물론 조형과 색채에서 드러나는 그 대담한 발상은 충격적이었다. 고흐, 세잔, 모네, 드가, 르누아르, 피사로, 클림트와 같은 인상파 대가들은 하나같이 우키요에*에 홀려 서구 미술사에 따로 '자포니즘^{japonisme}'의 시대를 열게 된다.

고흐는 파리 시절 알코올 중독과 매독의 후유증으로 극심한 우울증에 시달렸다. 탈출구는 남프랑스였다. 1888년 아를에 간 그는 새삼 생기를 되찾았다. 아를은 그가 늘 가보고 싶어 한 일본이었다.[3]

베르나르에게 이렇게 편지를 썼다.

"남부 지방은 정말 볼 가치가 있다네. 확 트인 공기 속에서 더 삶을 많이 누릴 수 있고 말이야. 그리고 일본을 더 잘 이해하기 위해서도."(1888.10.7)

동생 테오에게는 "우리가 이 단순한 마음의 일본인들, 자연 속에서 마치 꽃처럼 살았던 그들에게서 배우는 것이야말로 진정한 종교에 가까운 것이 아닐까?"(1888.9.24) 하고 제 마음을

---

* 우키요에(浮世繪): 중세 일본을 대표하는 생활풍속화. 에도 시대 특히 에도에서 유행하여 에도에(江戶繪)라고도 부른다.

드러냈다.

하지만 유럽과 달리 본고장에서 우키요에는 이미 쇠락의 길을 걷고 있었다. 그것은 어쨌거나 지난 시대의 그림이었다. 그리하여 세상이 달라지자 스스로 갖고 있던 이름처럼 부세浮世, 즉 '뜬구름 같은 세상'의 그림이 될 운명이었다.

메이지 유신 이후 에도는 막부 시대의 이름을 버리고 도쿄라는 이름으로 다시 태어났다. 정확히는 1868년 7월 17일의 일로 아직은 게이오의 연호를 쓰고 있을 때였다. 그런데 이는 단순히 이름만 바꾸는 정도가 아닌, 말 그대로 환골탈태였다. 예컨대 참근 교대라는 게 있었다. 막부 시절, 각 번이 서로 소통하여 반란을 꾀하지 못하도록 감시할 목적으로 번의 다이묘*들이 정기적으로 에도에 와 머물도록 한 제도였다. 대개 격년제로 실시했으며, 소용되는 경비를 각각의 번이 다 부담했다. 유신이 일어나자 제일 먼저 이 제도가 폐지되었다. 그에 따라 에도에 와 있던 각 번의 다이묘와 사무라이들이 고향으로 가버리자, 인구는 한꺼번에 50만 명이나 줄었다. 대신 천황이 등장해 도쿄 시대의 서막을 알렸다.

1868년 가을 메이지 신정부는 대다수 공경公卿들의 반대에도 불구하고 천황의 도쿄 행행** 즉 동행東幸을 강행했다.[4] 솔직히

---

* 다이묘(大名): 중세 일본에서 번(藩)을 다스리던 영주.
** 행행(行幸): 임금이 대궐 밖으로 거둥함.

그때까지 금리禁裏, 즉 헤이안(교토)의 궁정 깊은 곳에만 머물던 천황은 소수의 귀족들 이외에는 아무도 볼 수 없는 존재였다. 교토에서 에도까지 가는 긴 여정 동안에도 일반 백성이 천황의 얼굴을 직접 볼 기회는 거의 없었다. 행렬 앞에서 어떻게 예를 표해야 하는지 아는 이도 드물었다. 그러나 최초의 동행 이후 천황은 쇼군의 권위를 급격히 대체했다. 사람들은 천황에 대해 이런저런 풍문을 말하기 시작했고, 화가들은 또 자기들 깜냥으로 풍속화를 그렸다. 물론 그 니시키에*들 속에서 천황의 얼굴이 드러나지는 않았지만 바야흐로 천황은 '보이는 존재'가 되기 시작했다. 1872년 천황은 최초로 초상 사진을 촬영했다. 전통 복장 차림이었다. 이듬해에는 단발을 하고 새로 제정한 군복을 입은 채 다시 사진을 찍었다.[5] 이후 이 천황의 사진, 즉 '어진영'은 대내외적으로 주권의 상징이 되었다. 1603년 도쿠가와 이에야스가 쇼군이 된 이래 270년간 그 존재감조차 미미하던 천황은 이렇게 하여 역사의 전면에 등장했다.

1869년 막부군의 마지막 저항이 진압되자 천황은 여러 가지 개혁 조치들을 단행했다. 특히 봉건 시대의 번을 없애고 새로이 군현을 둔다는 폐번치현(1871)은 중앙 집권적 통일 국가의 완성을 선언하는 일이었다. 이에 따라 도쿄 역시 에도 시절의

---

* 니시키에(錦絵): 에도 시대에 유행한 우키요에 중에서 특히 다색도 목판화.

메이지 천황 최초의 초상 사진(1872)과
이듬해 군복을 입고 찍은 사진.

흔적을 급속히 지워갔고, 이후 짧은 시간에 눈부신 성장 가도
를 질주했다. 문명개화와 부국강병이라는 기치 아래 신정부는
토지 개혁을 단행했고 신분 제도를 혁파했으며 근대적 의미의
정치 제도와 징병제를 도입했다. 요코하마와 같은 개항장에서
처음 시작된 서구식 도시 건설의 움직임은 이제 천황이 거주하
는 새 수도 도쿄에도 유행처럼 퍼져나갔다. 제일 먼저 1872년
의 대화재로 가옥 근 5,000여 채가 불탄 긴자에 영국인 건축가

로쿠메이칸에서 열린 무도회를 그린 우키요에(요슈 치카노부, 1888).

를 초빙하여 영국식 붉은색 벽돌 건물 거리를 짓게 했는데, 이
때 조성된 렌가가이煉瓦街는 메이지 도쿄 근대화의 상징물로 자
리를 잡는다. 대로를 중심으로 차도와 인도를 분리한 것, 그리
고 가로수를 심고 가스등을 세운 것, 상점 입구에 붙은 아케이
드가 비를 막을 수 있게 설계된 것도 일본 최초였다.[6] 사람들
은 이 신기한 건축물들을 구경하기 위해 벌떼처럼 몰려들었다.
새로운 영빈관으로서 로쿠메이칸이 건립된 것은 1883년의 일
이었다. 역시 영국인 건축가에게 의뢰해 지은 이 2층짜리 건물
은 철저히 서구화를 지향하던 일본 외교의 본거지로서, 수많은
연회가 열려 도쿄의 밤을 더욱 화려하게 밝히는 데에도 기여

했다. 그 때문에 아쿠타가와 류노스케라든지 미시마 유키오 등 여러 작가들의 작품에도 비중 있는 무대로 등장한다. 이렇게 건축을 비롯하여 교통과 통신 따위 신문물이 하루가 다르게 변화하는 도쿄의 개화를 상징했지만, 사람들의 의식에도 큰 변화가 일어났다.

예컨대 외세를 오랑캐로 여기고 배척하는 양이론攘夷論은 진작 설 자리를 잃었다. 주군을 위해 한꺼번에 배를 가른 주신구라 47인의 의리가 막부 시대 사무라이 정신을 대표한다면, '전향'은 일본 근대 사상의 핵심이었다. 일본의 대표적인 중국학자 다케우치 요시미의 말처럼 전향은 저항을 하지 못할 때 일어나는 현상이다.[7] 메이지 유신은 말하자면 이런 전향의 문화를 대표한다. 그건 피비린내 나는 혁명이 아니었다. 단칼에 뚝 잘리는 대나무의 절개 대신 어떤 바람에도 부드럽게 휘는 갈대의 실용을 선택한 것이다. 가령 청이 샤먼과 광저우에서, 월남이 다낭과 사이공에서, 조선이 강화도 광성보에서 오직 척양斥洋만을 고집해 결사 항전을 한 끝에 몰살에 가까운 괴멸을 당했는데, 그런 따위 패배의 역사는 감수할 필요가 없었다. 동아시아의 어떤 국가보다 '칼의 힘'을 잘 알고 있었던 일본은 혁명 대신 유신을 선택했다. 존왕양이 운동의 가장 강력한 주창자였던 조슈번과 사쓰마번의 사무라이들이 거꾸로 그 유신의 가장 강력한 주동자가 된 것도 전혀 이상하지 않았다. 일찍이 영국에 유학을 갔다 온 이노우에 가오루와 이토 히로부미가 말했다. '진 이상 배워야 한다'고.

"졌다고 생각하면 바로 상대국 유학인 거죠(가토 슈이치)."[8]

그런 마음으로 하나가 되었다. 물론 일본은 지정학적으로 운도 무척 좋았다. 19세기 초중반 서양 제국이 중국에서 아편전쟁에 매달려 힘을 쏟는 동안, 일본은 시간을 번 셈이었다. 그렇게 번 시간에 일본은 재빠르게 문명개화, 즉 근대화의 길로 매진했다. 외국인 교사를 초빙하고, 외국에 유학생과 시찰단을 보내고, 최대한 많은 책을 번역하는 작업이 이어졌다.[9] 예컨대 메이지 신정부가 구미 열강에 다시 대규모 사절단을 파견한 것도 이런 작업의 일환이었다. 1871년부터 거의 2년 가까이 미국과 유럽의 선진 제국을 두루 돌아본 이와쿠라 사절단의 성과는 대단한 것이었다. 기왕에 맺은 불평등 조약을 개정하려는 의도는 실패했지만, 무엇보다 선진 문명을 적극적으로 받아들여 하루라도 빨리 근대 국가를 건설하자는 주장은 돌이킬 수 없는 대세가 되었다.

유신 정부의 이런 시도들을 사상적으로 뒷받침한 대표적인 인물이 후쿠자와 유키치였다. 그는 "하늘은 사람 위에 사람을 만들지 않고 사람 밑에 사람을 만들지 않는다"는 유명한 경구로 시작하는 『학문의 권장』(1872)[10]에서 나라가 독립을 유지하기 위해서는 서구의 근대 문명을 받아들여 하루속히 개화를 이

메이지 시대의 대표적인
계몽사상가 후쿠자와 유키치의
초상(1887년경).

루는 길밖에 없다고 주장했다. 『문명론의 개략』(1875)[11]에서는
인류 문화가 '야만—반개半開—문명'의 단계를 거친다는 단계적
발전론을 내세우며 시대에 뒤처진 낡은 것들을 모두 폐기 처분
해야 한다고 역설했다.

후쿠자와 유키치에게 아편전쟁 이후의 중국은 더 이상 문명
대국이 아니었다. 무엇보다 외국 사람을 보면 무조건 네 다리
로 걷는 짐승처럼 천시하는 중국의 태도, 즉 화이華夷 사상을 신
랄히 비판했다. 분수도 모르고 함부로 날뛰는 탕아와 다를 바
없다고도 했다.

조선은?

당시 일본에서는 정한론征韓論이 고개를 들었다. 표면적으로는 메이지 정부의 국교 요청을 조선이 거부하며 쇄국 정책을 강화하는 데 따른 반발이었다. 요시다 쇼인의 뜻을 이어받은 제자들이 이를 주도했다. 반면 후쿠자와 유키치는 새삼 정한론에 휩싸일 필요가 없다고 주장했다. 스스로 소중화임을 뻐기는 조선 따위는 아시아 가운데 '일개 작은 야만국'에 불과하기 때문에, 심지어 제 발로 찾아와 속국을 자청해도 받아줄 가치가 없다는 거였다.¹² 사실 이때만 해도 후쿠자와 유키치의 시야에 조선이 들어올 여지는 거의 없었다. 그의 목표는 단 하나, 아직 '반개'에 머물고 있는 일본을 하루라도 빨리 선진 문명국의 대열에 올려놓는 것이었다.

후쿠자와 유키치의 조선관이 바뀐 것은 1880년에 김옥균이 보낸 개화승 이동인을 통해 조선의 개화파와 연이 닿은 이후였다. 그 뒤 조사시찰단이 도쿄에 왔을 때 게이오 의숙은 유길준과 유정수를 유학생으로 받아들인다. 일본으로서도 이들은 최초의 외국인 유학생이 되는 셈이었다. 중국이 청일전쟁 이후 1896년에야 열세 명의 청년을 처음 유학생으로 파견하게 되는 것과 비교하면 무려 15년이나 앞선 일이었다.¹³ 후쿠자와 유키치는 감개무량했다. 페리 함대 내항(1853)의 충격 이후 나가사키에서 처음 난학*을 공부하기 시작한 것, 이후 1859년 요코하마에 가서 난생처음으로 영어를 접하고 스스로 영어 공부와 함께 영학英學을 시작한 것, 이후 막부의 사절단에 섞여 미국과 유럽을 방문한 것 등은 하나같이 선진 문명을 배우고 받아들이겠다는 뜻이었다. 그런데 이제 사반세기 만에 시소의 반대쪽에 앉게 되었으니 그로선 사뭇 감격스러울 수밖에 없었다.

이달 초순, 조선인 몇 명이 일본의 사정을 시찰하기 위해 도래하였는데, 그중 장년 두 사람이 우리 숙塾에 입학하였기에, 두 명 모두 우선 내 집에 머물게 하여 친절하게 유도하고 있는 중이다. 실로 20여 년 전의 내 경우를 생각하면, 동정상련同情相憐의 기분이 들지 않을 수 없다. 최초의 조선인 외국 유학이자 우리 숙에게도 최초의 외국인 입학 사례이므로, 실로 기우奇遇라 해야 할 것이다. 이것이 인연이 되어 조선인들이 귀천을 불문하고 항시 내 집을 내방하고 있는데, 그들의 이야기를 들으면 30년 전의 일본에 다름 아니다. 어떻게든 앞으로 교제를 잘 지속해서 개화시킬 수 있기를 하는 바람이다.[14]

---

* 난학(蘭學): 봉건 막부 시대에도 유일하게 교역을 지속한 네덜란드(화란)를 통해 들어온 서양의 학문과 기술, 문화 등을 두루 이르는 말.

일본 유학생이 급증하는 것은 1882년 봄 김옥균의 도일 이후였다. 그는 어윤중의 소개장을 들고 후쿠자와 유키치를 만났다. 두 사람은 쉽게 의기투합했다. 김옥균은 조선의 개혁을 위해 필요한 인재들의 교육을 부탁했다. 게이오 의숙은 기꺼이 그 관문 역할을 맡았다. 김옥균은 1882년 10월 제2차 도일 때에는 유학생 61명을 직접 인솔해갔다. 학생들은 게이오 의숙 내 기숙사에 머물면서 우선 일본어를 배웠다. 그 후 어느 정도 의사소통이 가능해지면 육군 학교, 세관, 체신성, 농업 학교 등에서 각자 원하는 업무, 혹은 필요한 업무를 익혔다. 이 모든 일에 후쿠자와 유키치가 얼마나 큰 뒷배 혹은 징검다리 역할을 했을지 굳이 설명할 필요는 없을 것이다.

4

도쿄와 동아시아의
근대

19세기 말과 20세기 초 일본은 청일전쟁과 러일전쟁이라는 두 전쟁을 치러 모두 승리를 거두었다. 일본의 입장에서는 메이지 유신 이후 선택한 '근대'가 성공적이었음을 입증하는 계기였다. 청일전쟁을 통해 일본의 민중은 처음으로 자신들의 번藩이 아니라 국가로서 일본을 정확히 깨닫는 국민으로 거듭 태어난다. 물론 그때의 국민은 주권을 천황에게 양도한 상태로 규정되는 국민이었다. 러일전쟁은 그렇게 완성한 (천황제) 근대 국가 일본의 웅비를 세계만방에 선포하는 계기였고, 더 정확히 말하면 동아시아의 패권을 향한 제국 일본의 욕망에 기름을 끼얹은 계기였다.

때마침 『나는 고양이로소이다』(1905)를 써서 장차 일본 근대 문학사의 맨 앞자리에 서게 될 거장으로 첫발을 내디딘 소설가 나쓰메 소세키도 이때만큼은 차분함을 잊고 이렇게 말했다.

넬슨도 위대할지는 모르지만, 우리 도고 대장*은 그 이상이라는 자부심이 생겼다. (중략) 지금까지는 서양에 못 미

---

* 도고 대장: 러일전쟁 당시 연합 함대를 이끌고 러시아의 발틱 함대를 격파한 도고 헤이하치로 제독.

치며, 뭐든 서양을 흉내 내지 않으면 안 된다고 생각하여 모두가 서양을 숭배하고 서양에 심취해 있었지만, 자신감을 갖게 되면 그러한 생각도 달라지게 된다. 일본은 어디까지나 일본이다. 일본에는 일본의 역사가 있고 일본인에게는 일본인의 특성이 있다. 억지로 서양을 모방하는 것은 옳지 않다. 서양만이 표준이 아니라, 우리들도 표준이 될 수 있다.[1]

문제는 이러한 자신감을 이웃 나라와 어떻게 나눌 것인가 하는 데 있었다.

일본은 일약 아시아의 맹주로 올라섰다. 도쿄 또한 비단 일본 열도의 수도를 넘어서서, 동아시아의 근대를 좌우할 '제도帝都'로서의 위상까지 넘보게 된다. 실제로 어느 순간부터는 특히 동아시아의 개화파 지사들에게 일종의 정신적 수부首府 구실마저 감당한다. 봉건의 낡은 유습을 타파하고 문명개화와 부국강병의 새로운 길로 나아가려면 반드시 참조해야 할 거울이 된 것이다.

아시아 도처에서 유학생들이 몰려드는 건 당연한 수순이었다.

가령 네팔의 경우 1901년에 114일이라는 짧은 기간 동안 수상직을 맡았던 데브 샴사르가 개혁주의자로서 철저히 메이지 유신을 모방하고자 했다. 그리하여 일본의 입헌군주제와 의회제를 도입하고자 했던 것은 물론, 청년 학생들을 일본에 보내 무기 제조, 광산학, 공학, 농업 등 네팔에 필요한 분야를 배워오도록 기획했다. 하지만 정작 최초의 유학생 여덟 명이 일본으로 떠난 것은 그의 퇴임 후, 즉 1902년 4월의 일이었다.[2] 과거의 쇄국 정책으로 돌아간 차기 정권은 그 이상으로 일본에 대해서 관심을 보이지는 않았다.

청의 청년들은 청일전쟁을 겪으며 풍전등화와 같은 조국의 운명에 절망했고 또 분노했다. 타이완을 일본에 넘겨준 것으로도 모자라 200조 냥이라는, 듣기만 해도 입이 딱 벌어질 만큼 거액의 배상금도 지불해야 했다. 서구 열강도 이에 뒤질세라 대륙의 연안 도시들을 하나둘 집어삼켰다. 내일 나라가 망해도 하나 이상할 게 없는 처지였다. 때마침 옌푸가 영국의 생물학자 토머스 헉슬리의 진화론을 의역한 『천연론天演論』(1898)을 펴냈다. 이 책은 세상이 바야흐로 물경천택物競天擇의 시대, 즉 치열한 생존 경쟁 속에 강한 자만이 살아남는 비정한 약육강식의 시대임을 선언하는 일종의 경고로 받아들여졌다. 늦었지만 힘을 길러야 했다. 힘을 기르기 위해선 유학을 가서 많이 보고 많이 배워야 했다.[3]

청일전쟁 직후 주일 공사 워캉의 주선으로 유학생 열세 명이 처음 바다를 건넜다. 양무파의 관료 장지동은 『권학편』(1898)

에서 "1년 동안 유학하는 것이 5년 동안 양서를 읽는 것보다 낫고, 외국 학당에서 1년 공부하는 것이 중국 학당에서 3년 배우는 것보다 낫다"고 주장하여 유학 풍조에 불을 붙였다. 유학의 목적지는 일본이었다. 학생들은 왜 자신들이 섬나라라고 무시했던 일본 땅에까지 왔는지, 무엇을 배워야 하는지 분명히 자각했다.

중태라고 해서 내버려둘 수는 없다. 중태이기 때문에 약을 더 급히 구해야 한다. 봉래의 섬은 불사불로의 신선약이 나는 땅이니, 줄지어 이곳에 온 우리들은 힘을 합쳐 산속에 흩어져 들어가, 방방곡곡을 찾아다니며 가능한 한 많은 것을 모아가지고 돌아가야 한다. 그것을 부수고, 갈고, 달여서, 우리 천년의 고질병을 고쳐야 하지 않겠는가.[4]

이처럼 청의 일부 지식인들에게 일본 유학은 중병에 걸린 조국을 되살리는 데 꼭 필요한 영약을 구하는 일과 다르지 않았다. 그렇지만 초기에는 그 수가 많지 않았다. 도쿄가 행여 자신들을 겨냥하는 반만反滿 의식의 온상이 될까봐 청의 조정이 두려워했기 때문이다. 하지만 러일전쟁에서 일본이 승리하자 그 수는 폭발적으로 증가한다. 1902년 통계로 도쿄에 600여 인의 유학생이 있었는데, 1905년 7월에는 무려 만여 명의 청국 유학

생이 확인될 정도였다.[5]

청의 저장성 사오싱현 출신의 지식 청년 저우수런이 도쿄에 도착한 것은 1902년의 일이었다. 그는 우시고메의 고분 학원(홍문학원)에 적을 두었다. 근대 유도를 창시하고 훗날 아시아 최초의 IOC 위원이 되는 가노 지고로가 개설한 이 학원은 청의 관비 유학생을 위한 예비 학교 성격을 띠고 있었다. 어느 날 신입생 저우수런은 큰 충격을 받았다.

> 입학한 곳이 가노 선생이 설립한 도쿄의 고분 학원인데, 그곳에서 미사와 리키타로 선생으로부터는 물이 산소와 수소로 이루어져 있다는 것을, 야마노우치 시게오 선생으로부터는 조개껍질 속의 어디는 외투라는 것 등을 배웠다. 그러던 어느 날의 일이다. 학감 오오쿠보 선생이 모두를 모아놓고 말하기를 여러분들은 모두 공자의 제자들이니 오늘은 오챠노미즈에 있는 공자묘에 배례하러 가자고 하였다. 나는 크게 놀랐다. 공자님과 그 제자들한테 정나미가 떨어진 나머지 일본으로 건너왔는데 다시 공자를 섬겨야 한단 말인가 하는 생각이 들어 잠시 이상한 기분에 사로잡혔던 일을 기억하고 있다. 그리고 그런 느낌에 젖은 것은 결코 나 혼자만이 아니었다고 생각한다.[6]

저우수런은 말하자면 공자에 정나미가 떨어져 일본으로 온 것인데, 거기서 다시 공자에게 무언가를 배워야 한다니 그 충격이 만만치 않았다. 하다못해 그는 일본의 학자들 중에서 한문으로 논문을 쓰는 이가 있어 또 한 번 놀란다. 대체 그런 식으로 글을 써서 누구더러 읽으라 하는 것인지 청년 저우수런으로선 도무지 이해할 수 없었다. 그만큼 그는 '전통'에 대해 증오에 가까운 감정을 지니고 있었다. 4,000년의 유구한 전통인들 그것이 근대화를 방해하는 한 오로지 물리쳐야 할 낡은 폐습에 지나지 않았다. 이리 터지고 저리 찢기는 제 처절한 꼴을 외면하는 아Q식 정신 승리법으로는 한 발짝도 앞으로 나아갈 수 없었다.

1904년, 그는 멀리 센다이로 가서 의학전문학교에 입학한다.[7] 도쿄를 떠난 이유는 간명했다. 공부는 하지 않고 우르르 몰려다니며 노는 데에만 정신을 판 동료 유학생들 때문이었다. 가령 벚꽃 철 우에노 공원에는 언제나 그들이 무리 지어 있었는데, 멀리서 보면 빙빙 틀어 올린 긴 머리채 위에 학생모를 눌러쓴 모습들이 하나같이 후지산 같았다. 도쿄에 오자마자 변발을 자른 저우수런은 그 꼴이 보기 싫었다. 간다의 유학생 회관에서 사교춤을 배운답시고 밤낮없이 쿵쿵거리는 소음도 견디기 어려웠다. 하지만 센다이에서도 그는 오래 버티지 못한다. 어느 날 수업 시간에 러일전쟁 당시 활동사진 한 편을 보았

일본 유학 시절의 루쉰과
그에게 큰 영향을 미친 센다이 의학전문학교의 후지노 선생.

다. 몇몇 중국인이 러시아 첩자로 몰려 일본군에게 처형을 당
하는데 둘러선 구경꾼들이 죄 중국인들이었다. 그리고 그 장면
에 환호하는 일본인 학생들 속에서 낯빛이 흙빛이 된 단 한 사
람도 바로 중국인인 저 저우수런이었다. 이것이 유명한 '환등
기 사건'이었고, 얼마 후 저우수런은 나라를 구하려면 의학보
다 문학이 더 긴급하다고 판단한 후 다시 도쿄로 돌아왔다. 그
가 곧 우리가 아는 루쉰이다.

루쉰은 1908년 혼고의 도쿄 제국대학 뒤쪽 한적한 주택가에

서 동생 저우쭤런, 동료 유학생 쉬서우상 등과 함께 하숙을 구했는데, 다섯 명이 함께 살았다고 해서 오사(伍舍)라는 이름으로 불렸다. 그 집은 공교롭게도 바로 얼마 전까지 일본의 작가 나쓰메 소세키가 살던 집이었다. 그때 나쓰메 소세키는 영국 유학에서 돌아와 『나는 고양이로소이다』(1905)를 쓰고, 이어 아사히 신문사에 전업 작가로 입사해 바야흐로 작가로서 이름을 떨치기 시작하던 무렵이었다. 루쉰은 루쉰대로 동생 저우쭤런과 함께 러시아와 동구의 단편 소설들을 엮어 번역한 『역외소설집』(1909)을 두 권이나 출간한다. 아무도 관심을 보이지 않았지만 그건 엄연히 루쉰 문학의 출발을 알리는 신호였다.

타이완에서는 1895년 청일전쟁 이후 타이완 섬이 일본에 할양되어 식민지로 전락하자 항일 운동이 거세게 일어난다. 이에 따라 유학생의 파견도 조선은 물론 청보다도 훨씬 늦어 1903년경에야 7인의 유학생이 도쿄에 도착한다.[8]

조선에서는 열네 살 소년 이보경이 현해탄을 건넜다. 1905년 을사년의 일이었다. 아버지와 어머니를 한꺼번에 호열자(콜레라)로 잃고 고아가 된 소년은 길에서 우연히 만난 동학도의 도움으로 전혀 생각지도 못한 운명에 휘말린다. 동학 두령의 심부름을 하다가 일경에 쫓기는 신세가 되었는데, 서울로 몸을 피했다가 천도교 계열의 일진회가 주도한 동경 유학생으로 선발된 것이 그 실마리였다. 일찍이 서당을 다닐 때부터 신동 소

85

리를 곧잘 듣던 소년은 지리를 중요하게 생각했다. "상통천문 上通天文하고 하달지리下達地理하라"는 옛말처럼 지리만 배우면 땅 위에서 벌어지는 모든 이치에 통달할 거라 믿은 탓이었다.[9] 그 속에는 물론 어디 가면 금을 캐고 어디 가면 은을 찾는지 하는 지극히 실용적인 이치도 들어 있었다. 곧 일본으로 떠날 소년 의 가슴에 불을 지른 또 하나의 공부가 있으니, 그건 화학이었 다. 일진회가 세운 광무학교에서 공부를 하는데, 한 간부가 와 서 이렇게 연설을 했다.

"화학이라는 공부가 있는데 그 공부를 하면 십이 제국 어디 를 가도 상등인이 되어서 화륜차, 화륜선도 공중으로 타고 다 닌다. 공부를 한 사람은 일본에도 두 사람밖에 없다."

소년은 뭔지도 모르고 크게 감동을 받았고, 속으로 굳게 다 짐한다.

'대체 좋은 공부도 있지, 나는 가면 화학 공부를 하리라.'

소년은 처음부터 구국과 개혁의 열정으로 불타던 망명객들 하고는 달랐다. 스러져가는 조선의 운명을 맡기기에는 우선 그 가 어려도 너무 어렸고, 곁에는 누구 하나 제대로 길잡이를 해 줄 스승도 없었다. 그는 자신이 아주 멀지 않은 장래에 한국 근 대 문학사의 맨 앞머리를 장식할 문사가 되리라 믿을 어떤 근 거 하나 스스로 챙기지 못한 채 떠밀리듯 배에 오를 수밖에 없 었다. 그가 곧 춘원 이광수였다.

망명처를 제공하는 일 또한 도쿄의 몫이요 의무였다.

청의 캉유웨이와 량치차오는 무술변법(1898) 직후 탄스통을 비롯해 여러 동지들이 처형당하자 황급히 바다를 건넜다. 특히 스물여섯 살의 량치차오는 자신이 무려 15년이나 망명객 신분으로 지내게 될 줄은 꿈에도 생각하지 못했을 것이다. 하지만 실의에 찬 그는 일본에서 오히려 새로운 사상가로 거듭날 수 있었다. 『음빙실 문집』(1902)이 그런 사상적 편력을 대표한다. 주지하다시피 량치차오의 존재는 곧 풍전등화와 같은 나라의 운명을 걱정한 조선의 지식인들, 즉 유길준, 박은식, 장지연, 안창호, 신채호, 한용운, 문일평, 최남선 등 일일이 이름을 거론하기 힘들 정도로 많은 지식인들에게도 큰 자극이 되었다. 무엇보다 적자생존과 약육강식의 시대에 살아남으려면 하루속히 근대적 의미의 국민 국가를 만들어야 한다는 주장이 공감을 이끌어냈다. 그가 우시고메의 히가시고겐초에서 고등대동학교를 설립한 것도 자신이 존경하던 막부 말기의 사상가 요시다 쇼인의 사학 쇼인주쿠를 본받고자 했기 때문이다.

외국을 떠돌며 혁명 사상을 전파하던 쑨원은 1905년 7월 첫 번째 망명지였던 일본에 다시 도착했다. 그는 곧바로 청의 망명 지사들과 유학생들을 모아 중국 혁명의 중추를 건설하고자 노력했다. 그리하여 불과 한 달여 만인 8월 20일 자신이 이끌던 흥중회, 차이위안페이와 장빙린의 광복회, 쑹자오런과 진천

화의 화흥회가 한데 합친 새로운 혁명 단체 중국혁명동맹회(중국동맹회)를 설립했다. 이로써 쑨원의 혁명파, 캉유웨이의 유신파, 량치차오의 입헌군주파라는 중국 근대의 3대 혁신 세력이 모두 모인 도쿄는 중국 혁명을 위한 요람으로 자리를 잡게 된다.

프랑스의 식민지였던 베트남에서도 비슷한 상황이 벌어진다. 르엉 반 깐을 비롯해 북부 통킹의 지식인들은 1907년 하노이에 통킹 의숙(동경의숙)을 세워 자주적 국권 의식을 지닌 청년들을 길러내고자 했는데, 이는 후쿠자와 유키치의 게이오 의숙을 본받은 일종의 사립 학교였다. 나이와 성별을 불문하고 문을 개방해 학생 수는 거의 천여 명에 이르렀다. 서양식 알파벳을 빌려 베트남어 음을 적은 '꾸억 응우'(국어)가 어려운 한문이나 쯔놈*을 급속히 대체했다. 교육과 독서는 이제 더 이상 소수의 양반이나 지식인 계급의 전유물이 아니었다. 군주제 폐지를 주창하는 꽝남 출신의 지사 판 쭈 찐도 독립운동에 힘을 보탰다.[10] 그는 러일전쟁 당시 일본과 싸우기 위해 북상하던 러시아의 발트 함대를 경이로운 눈으로 바라보았다. 그러나 얼마 후 그 함대가 일본 측에 격침되었다는 소식에 경악했다. 그 무

---

* 쯔놈: 우리의 이두나 향찰처럼 베트남어의 고유한 발음을 적기 위해 고안된 국음 표기 체계. 한자를 바탕으로 했지만, 한자보다 더 어려운 경우가 많아 널리 보급되지는 못했다.

청과 베트남을 대표하는 계몽사상가 량치챠오(왼쪽)와 판 보이 쩌우(오른쪽).
두 사람은 메이지 유신을 성공시킨 도쿄에서 만난다.

렵 '유신회'를 조직한 판 보이 쩌우에게 일본은 모범국이었다.
훗날 그 역시 『옥중기』에서 1904년 중국을 거쳐 일본으로 가던
중 러일전쟁의 소식을 듣고서 긴 꿈에서 깨어났다고 적는다.
이제 그 또한 러일전쟁은 황인종이면서도 유신을 이룬 일본만
이 서구(러시아)와 싸워 승리할 자격이 있음을 증명한 전쟁이
라고 생각하게 된다. 이어 그는 아예 대놓고 일본으로 유학 가
자는 이른바 동유운동東遊運動을 전개한다. 1905년부터 시작된
이 운동으로 베트남 청년 200여 명이 유학의 기회를 얻었다.

그 판 보이 쩌우는 우리에게 '소남자'라는 별호로 더 잘 알려져 있는데, 저 유명한 『월남망국사』가 실은 그가 일본 땅에서 만난 동병상련의 망명객 량치차오에게 들려준 제 나라 망국의 역사였던 것이다. 베트남 유학생들은 청나라 유학생들을 위해 개설한 간다의 도분 서원(동문서원)에서 공부했다. 학생들은 오전에 일어와 수학, 지리, 역사, 화학, 물리 등의 학과를 공부했고, 오후에는 퇴역 장교로부터 군사 훈련과 체력 단련을 받았다. 판 보이 쩌우는 학생들의 그 오후 수업에 만족감을 드러냈다. 다만 학생들이 어느새 출신 지역별로, 특히 남부와 북부로 갈라져 일종의 파벌을 형성한 사실에는 우려를 표했다. 재정 문제로 위기를 겪기도 했지만, 이 운동은 1909년 프랑스의 압력을 받은 일본 정부가 개입할 때까지 지속되었다. 1908년 말 고국으로 돌아간 유학생 90명 중 상당수는 도착 즉시 체포를 피할 수 없었다.[11]

　벵골 출신의 인도인 비하리 보세는 1912년 영국 총독을 암살하려다가 실패하자 일본으로 망명한다. 그는 우익 세력의 도움으로 신주쿠의 한 식당에 머물렀는데 거기서 인도 카레를 보급하게 된다. 이처럼 영국의 식민지 정책에 반대하던 대다수 인도인들은 일본을 서양의 팽창주의에 맞설 유일한 보루로 인식했다. 또 인도를 방문해 타고르, 비베카난다 등과도 교류했던 일본의 사상가이자 미술사가인 오카쿠라 텐신의 영향으로 많

은 인도 청년들이 일본을 아시아의 빛으로 인식했다.[12]

하지만 아시아의 많은 망명객이나 유학생 들이 일본의 실체를 정확히 파악하기 위해서는 꽤 오랜 시간이 필요했다. 예를 들어 오카쿠라 텐신의 경우 그가 저서 『동양의 이상』(1904)에서 말한 "아시아는 하나다"라는 슬로건 때문에 아시아주의 혹은 아시아 연대의 주창자처럼 인식되고 있으나, 실제로 그는 철저히 메이지 이후 일본의 팽창주의를 정당화한 인물이었다. 가령 그는 비슷한 시기에 쓴 또 다른 저서 『일본의 각성』(1904)에서, 일본에 대해 세계가 의혹의 눈초리를 보내고 있는 데 대해 적극 방어한다. 일본은 문명의 성질 자체가 아예 침략을 금지하고 있으며 일본인은 세계 어느 민족보다 평화를 애호한다고 주장하는 것이다. 그러면서 일본이 1894년에 청과, 1904년에 러시아와 전쟁을 벌인 것은 오로지 조선의 독립을 위해서였노라 우겼다.

> 황실은 항상 평화를 희망하고 조선 정벌을 억제했을 뿐만 아니라 수교를 추구하게 했던 것이다. 1876년 수교 조약을 맺어 우리는 이 은자 왕국의 완전한 주권을 인정했다. 또 조선을 위해 처음으로 세계 다른 지방과 통상 관계를 열어 줬다. 이처럼 동양에서의 우리의 문호개방주의는 시작된 것이다. 속국에 대한 우리의 권리를 포기한 목적은 지나에

게도 굳이 같은 일을 하도록 하여, 각각 두 나라에 중립 지
대를 창설하는 것이었다. 만약 지나와 러시아가 조선의 독
립을 존중했다면 전쟁은 일어나지 않았을 것이다.[13]

5

문명국 일본이
가르쳐준 것들 1

　　　　　최남선이 유학을 간 것은 러
일전쟁이 나던 해, 그의 나이 열다섯 살 때였다. 그는 그때를 포
함하여 일본과의 인연을 이렇게 회상한다.

열세 살 때에 일본 신문을 통해서 일본 말을 알게 되고 아
는 대로 일본 책을 모아서 보았는데 그때 서울서 볼 수 있
는 일본 책은 관립 몇 군데 학교에서 교과서로 쓰는 종류가
있을 뿐이다. 하나는 관립 학교에서 초등 산술을 가르치는
수학 교과서요, 또 하나는 관립 의학교에서 일본 의학 서류
를 번역해서 교과서로 쓰는 내과학, 해부학과 같은 종류였
다. 나는 이 두 가지를 얻어 보고 신기한 생각을 금하지 못
해서 산술 문제와 해부학 명사 같은 것을 낱낱이 암기하기
에 이르렀다.
십오 세 되던 해에 아일전쟁(러일전쟁)이 일어나서 한국에
있는 일본 세력은 아라사(러시아)를 대신하고, 그해 10월
에 한국 황실로부터 유학생 50명을 일본 정부에 위탁할 때
에, 나도 그중에 한 사람으로 끼어 갔었다.
일본에 이르러 보니 문화의 발달과 서적의 풍부함이 상상

밖이요, 전일의 국문 예수교 서류와 한문 번역 서류만 보던 때에 비하면 대롱으로 보던 하늘을 두 눈 크게 뜨고 보는 것과 같은 느낌이었다.[1]

대롱으로 보던 하늘을 두 눈 크게 뜨고 보는 것과 같은 느낌! 아닌 게 아니라 조선의 유학생들은 도쿄에서 큰 충격을 받는다.[2] 중국에서 온 한 유학생은 "일본에 학교가 많은 것은 우리 나라에 아편관이 많은 것과 비슷하고, 일본에 학생이 많은 것은 우리 나라에 아편 상습자가 많은 것과 비슷하다"고 말했다지만,[3] 학교에서, 공원에서, 서점에서 보고 듣는 모든 게 '새것'이었다. 아침에 길을 나서면 이 골목 저 골목에서 쏟아져나오는 남녀 학생들로 넓은 길이 좁을 지경이다. 그들과 어깨를 나란히 하여 교문에 들어설 때, 칠팔천 명이나 되는 학생들이 사방에서 모여드는 건 매일 봐도 장관이었다. 일본의 오늘이 어디서 비롯되었는지, 결코 우연이 아니었다. 집에 돌아와서는 부지런히 복습을 한다. 워즈워스의 시집이며 에머슨의 논문, 투르게네프의 소설이며 오이켄과 베르그송의 철학 따위를 빼든다. 새 생명은 새 주의主義에 있다는 사실을 새삼 깨닫는다. 신문이며 잡지가 또 눈을 번쩍 뜨게 하는 소식을 전한다. 현상윤은 어디서 어떤 여사가 여자 해방을 주장하는 연설을 했다는 소식을 접하고 눈이 휘둥그레졌는데, 아직 중학교에 다니는 하숙집 주인 딸이 또 기를 죽인다. 친구들과 어울려 보합산步合算에 단리로 치면 이자가 어떻고 복리로 치면 이자가 또 어떻다는 계산을 척척 해나갔기 때문이다. 거리로 나서면 아무리 막바지 좁은 골목과 빈민굴을 간다 하더라도 눈에 번쩍 띄는 것이 서점이요 신문, 잡지 판매소였다. 인력거 조합이나 노동자 휴게소 앞에서 삼삼오오 모여 앉은 노동자들이 세계 정세를 논하고 스트라이크를 외친다.

후쿠자와 유키치의 『학문의 권장』은 무려 300만 부가 팔렸다. 번역물의 양도 엄청났다. 메이지 16년(1883)에 이미 어떤 번역서를 찾아 읽을 것인지를 알려주는 『역서독법』이라는 길잡이 책이 발간되었을 정도다.

충격을 받은 소년 이광수가 "동경 7~8처 대도서관에는 매일 주야로 수만의 인사가 지식을 구하며, 중류 이상의 가정의 최屢히 자랑하는 저축은 선량한 도서의 충동*함이라. 식후에 독讀하고, 취침 전에 독하고, 사무 여가에 독하고, 기차·전차·인력거 상에 독하고, 독하고, 독하여 신지식을 구하되 오히려 부족하여 하나니"[4]라고 쓴 것도 결코 과장이 아니었다. 이는 청국 유학생의 눈에도 비친 풍경이니,[5] 예를 들면 그들은 "곳곳에서 인력거꾼이 신문을 손에 들고 이야기하는 것을 볼 수

---

* 충동(充棟): 들보까지 가득 채우다. 책이 많다는 뜻이다.

있다. 막노동꾼도 서생 같은 느낌이 든다"거나 "길 가는 사람들 열 명 중 예닐곱 명은 남녀 학생"이라는 말을 부러움 섞어 전하곤 했다. 실제 메이지 유신 이후 일본의 교육열은 엄청나서 1872년에는 이미 소학교 의무 교육을 실시했다. 물론 초기에는 취학률이 높지 않았지만 21세기에 들어서면 학령기 아동의 거의 전부(1900년 90퍼센트, 1905년 95퍼센트)가 소학교에 다닐 정도였다.[6]

재미있는 삽화 하나.

당시 일본의 관헌은 조선 유학생의 동태에도 꽤나 신경을 쓴 모양이다. 진남포 출신 노정일의 경우, 1907년경 풍운의 뜻을 품고 일본에 와서 중학 5년 과정을 3년에 돌파하자는 각오로 열심히 공부에 매진했다.[7] 아오야마에서 간다까지 매일같이 걸어 다니면서도 취미와 호기로 먼 길을 멀다 여기지 않았다. 반면 가련한 건 '미행자 씨'였다. 그는 대체 무슨 죄가 있어 허구한 날 저 같은 놈을 따라다니는가 알 수 없었다. 처음에는 굽 높은 나막신을 분주히 옮기는 것을 수고한다 생각하지 않고 재미있는 진풍경이라 여겼다. 하지만 비 오는 날까지 집 밖에서 우산 들고 배회하는 꼴을 보면 절로 측은지심이 일었다.

"여보, 오늘은 비 때문에 아무 데도 나가지 않을 테니 걱정 말고 돌아가시오. 그렇게 비를 맞고 서 있을 수 있겠소?"

그래도 그는 물러서지 않고 자신의 의무라며 그냥 서서 비를 맞는다.

나중에 좋은 생각이 났다. 다시 들어오라고 하니, 여전히 "아니올시다. 그럴 수가 있습니까? 관계없습니다"로 대답한다.

이에 노정일이 목소리를 높여 다시 재촉했다.

"아, 들어오시라니까요. 내가 말을 연습하고 싶어서 그럽니다. 좀 들어와주시구려."

미행자 씨가 곧바로 들어온 것은 물론이다. 노정일은 제가 도쿄 유학 3년 만에 어학에 통달하게 된 것은 바로 그 미행자 씨의 공이 컸다고 회상했다. 그는 다달이 몇십 원은 지급해야 할 어학 선생 노릇을 제대로 맡아주었던 것이다. 노정일은 일본 유학을 마친 후에 다시 미국으로 건너가 문학과 신학, 철학 등을 공부한다.

도쿄에서 감탄할 일은 더 있다. 공원도 그중 하나.

일요일, 공원에서는 큰 고래처럼 수십 가지 물을 뿜는 분수에 놀라고, 돌과 유리로 만든 통 안에 갖가지 물고기를 성질에 따라 기르는 수족관에 놀라고, 어둠 속에서 수많은 사람이 함께 앉아 구경하는 활동사진관에 놀라고, 일본 전래의 풍속을 설명해주는 박물관에 놀란다. 특히 놀란 것은 도서관이었다. 고금의 온갖 서적을 빠짐없이 갖춰놓고 전국의 인민이 열람할 수 있게 해놓았다. 조선인 유학생은 이리저리 검색하고 열람하는 동안 마음과 눈동자가 활짝 열리게 마련이다. 뜻을 생각하고 연구하는 정도가 얼마나 될지 짐작하기 어려울 정도였다. 그렇게 얼마나 지냈을까, 이윽고 날이 저무니 돌아 나오는 유학생의 입에서는 절로 감탄이 터져나온다.

아! 이 공원 시설의 본뜻을 알 만하구나. 고금의 도서를 인민에게 널리 보게 해 그 지식을 고르게 한다. 무기를 널리 사람들에게 보여 원수에 대한 적개심을 일으키게 한다. 푸른 내와 맑은 모래를 널리 인민들에게 보여 여유와 취미를 기르게 한다. 음악을 널리 사람들에게 알려 무리와 함께 한가지로 즐기는 뜻을 드러낸다. 풀밭에 남녀가 유희하는 것은 스스로 즐거움을 찾기에 마땅하다. 화원에 남녀가 완상하여 또한 스스로 즐거울 뿐이다. 관물지리觀物地理의 일대 학원을 조성한 것이다.[8]

도쿄의 공원으로는 이 히비야 공원 이외에도 아사쿠사 공원, 우에노 공원, 시바 공원, 키타노마루 공원 등이 이름이 높다.

그중 우에노 공원은 에도 시대 3대 쇼군 도쿠가와 이에미츠가 에도성의 북동쪽 방향, 즉 귀문鬼門을 봉하기 위해 세운 간에이지(관영사) 자리에 들어섰다. 절은 꽤 오랫동안 쇼군가의 묘소로 권세를 뽐냈으나, 1868~1869년 보신전쟁 때에는 막부군의 근거라는 이유로 정부군에 의해 가람이 불타 없어지고 일대는 허허벌판으로 변했다. 메이지 유신 이후 1870년에는 의학교와 병원 예정지로 우에노산을 시찰한 네덜란드 의사 안토니우스 보드인이 문부성의 기대와 달리 "의학교는 다른 데 세워도 된다. 의학교는 다른 장소, 예를 들면 혼고의 옛 마에다 저택에라도 세우면 된다"면서 대신 공원을 세우라고 제안했다.[9] 이에 따라 1873년 일본 최초의 공립 공원으로 우에노 공원이 들어섰다. 의학교 역시 그의 제안대로 옛 마에다 저택에 설립됐는데, 그것이 곧 들어설 도쿄 대학 혼고 캠퍼스의 시작이었다.

우에노 공원 안에는 일본 최초의 박물관도 있었다. 영국인 건축가 콘더가 설계한 것으로, 벽돌로 지은 장대한 규모의 2층 건물은 처음부터 도쿄 시민들의 눈길을 사로잡았다. 유학생들도 그곳을 자주 찾았다. 박물관 자체가 문명개화의 상징인 것은 분명하지만 때로 전시품들이 고국을 멀리 떠나온 유학생의 가슴을 우울하게 만드는 적도 있었다. 청의 한 유학생은 그 심정을 이렇게 글로 남겼다.

도쿄 박물관. 규모가 아주 광대하고 장관이다. 처음 들어가 본 사람은 누구나 그 찬란하고 신기함에 눈이 휘둥그레지고 가슴이 뛰게 된다. 그 안에 역사부가 설치되어 있어 각국 풍속을 전시하고 있다. 지나의 풍속이 류큐, 조선, 인도, 아프리카와 타이완 원주민의 풍속과 함께 진열되어 있

봄철 벚꽃이 아름다운 키타노마루 공원. 황궁 바로 옆에 있다.

어 한동안 눈을 뗄 수가 없다. 전시품을 보면 지나 부인의
전족 모형이 보는 사람의 경탄을 자아내고, 게다가 아편
세트, 도박 도구와 하층 사회에서 쓰는 물건들이 진열되어
있다. 보면 마음이 상하고 주체할 수 없이 눈물이 흐르는
그런 물건들뿐, 우리 4억 동포에게 이를 보여주지 못하는
것이 애석할 따름이다.[10]

조선인 유학생에게도 비슷한 비탄의 감정이 치미는 순간이 다가온다. 다만 이번에는 박물관이 아니라 박람회 때문이었다.

　19세기는 만국박람회의 세기였다.

　1851년의 런던, 1855년의 파리를 필두로 서구 여러 도시에서 만국박람회가 이어져 성황을 이루었다. 그때마다 산업 혁명의 성과와 자국의 문명개화된 모습을 한껏 과시했다. 메이지 유신을 성공적으로 수행한 일본에서도 만국박람회의 열기가 밀어닥쳐, 규모는 작을지언정 각 도시를 돌며 여러 차례 전시회를 열었다. 그렇지만 이름에 걸맞은 대규모 박람회가 개최된 것은 1877년의 제1회 내국권업박람회가 시초였다. 우에노 공원에서 열린 이 박람회에는 연일 많은 인파가 붐볐다. 45만 명에 이르는 관람객은 특히 서구에서 온 갖가지 문명개화의 새로운 공산품과 편리한 생활용품, 완구, 미술품 그리고 세계 및 일본 각지의 진귀한 토산물 따위에 놀라 눈이 휘둥그레졌다. 그때부터 우에노 공원은 각종 박람회의 메카로 자리를 잡게 된다.[11]

　20세기 초 일본은 서구에서 수입한 인류학이라는 학문을 적극적으로 수용하는 분위기였다.[12] 내부적으로는 홋카이도의 아이누, 오키나와의 류큐인을 새로이 국민 국가의 성원으로 받아들였고, 외부적으로는 1895년 타이완을 합병하는 등 제국주의적 팽창의 초기 단계에 인류학에 대한 관심과 필요성이 크게 증대했던 것이다. 이런 과정에서 1903년 오사카에서는 제5회

우에노 공원에서 개최된 내국권업박람회를 그린 우키요에
(요슈 치카노부, 1881).

내국권업박람회가 열려 무려 550만 명의 관람객을 끌어모아 대성황을 이루었다. 문제는 학술인류관의 전시물이었다. 거기에 류큐인, 타이완의 생번과 숙번,* 홋카이도 토인 등과 함께 조선인이 전시되었던 것이다. 조선인은 기생 두 명으로 둘 다 조바위를 쓴 모습으로 전시장 안에 무료하게 앉아 관람객들의 구

---

* 생번(生蕃): 타이완 고산족 원주민 가운데 지배 집단의 문화에 동화되지 않고 야생적인 생활을 하는 이들을 일본인이 부르던 이름. 반대로 숙번(熟蕃)은 지배 집단에 동화된 원주민.

경거리가 되고 있었다. 이에 대해 우연히 관람을 왔다던 조선인 유학생 세 명이 항의하는 일이 벌어졌고, 그러자 곧 조선인 전시관은 곧 철거되었다.

학술전시관은 도쿄인류학교실이 주최한 것으로 민족지적 관심을 일정하게 반영한다고 한 상태였다. 하지만 청국의 경우 개막 직전 유학생들의 거센 항의로 전시관 자체가 설치되지 못했다. 그들은 이렇게 주장했다.

"인도와 류큐는 망국으로서 영국과 일본의 노예다. 조선은 우리의 옛 속국이었다가 지금은 러시아와 일본의 보호국으로 전락해 있다. 자바, 아이누, 타이완 생번 따위는 세계의 가장 천한 인종으로서 짐승에 가깝다. 우리 지나인이 아무리 천대받는다 한들 어찌 이들 여섯 종족과 같은 반열로 취급받을쏘냐."

비슷한 일은 1907년에도 반복되었다. 그해 3월 20일부터 7월 31일까지 약 5개월 동안 도쿄 우에노 공원에서 열린 도쿄 권업박람회에는 규모는 작아도 조선관이 독립적으로 설치되었는데, 그 부속 건물로 수정관이라는 전시관이 따로 개설되었다. 본관에서는 농기구라든가 직물, 상복 등과 더불어 조선의 산림 식생 등에 관한 전시가 소략하게 이루어졌다. 반면 수정관은 전형적인 유흥관으로서 예컨대 공포 체험실과 환상 체험실이 있어서 본관보다 훨씬 많은 관람객의 발길을 잡아끌었다. 그런데 수정관의 마지막 공간에는 조선인 남녀 한 쌍이 전시되어 있었다. 오사카 때와 달리 이번에는 도쿄에 거주하는 조선인 유학생들이 들고 일어났다. 이 소식은 조선에도 금세 전해졌다.

『매천야록』에는 그 전시가 "우리나라 사람을 우롱하는 것으로, 꿈틀거리는 동물처럼 박람회에 출품한 것"이라면서, "이때 각국 사람들은 이 광경을 구경하고 일본의 박악薄惡한 행위에 놀라지 않은 사람이 없었다"고 질타했다.

가장 논리적으로 비판한 것은 『태극학보』였다.[13]

귀하는 일본인을 표준으로 하고 관찰하는 고로 그 부인의 사건이 우리 한국에 대하여 체면을 손상하는 바 아니라 칭하나 우리 한국인이 우리 한국을 표준으로 하고 관찰하면 삼척동자라도 이 사건이 우리 한국에 중대한 모욕됨은 명명백백하다. 귀하의 말이 수정관을 설립하고 관람료를 취하는 것은 미술적으로 조성한 가옥에 대하여 하는 것이라 변명하는데, 누구든지 이 수정관에 들어가 관찰하면 한국 부인이 중요한 관람품이 된다고 말하지 않을 사람이 없으니 이 사건이 한국에 치욕되지 아니하면 어떠한 사건이 국치민욕이 되겠는가. 몇 해 전 오사카 박람회에서 간사한 상인배가 한국 부인 두 명을 야만인류관에 전시하고 관람료를 취한 역사가 있는데 금번 수정관에서 하는 방책이 형식으로 논하면 이 사건과 다른 것 같으나 실질로 관찰하면

차이가 별로 없으니 귀하는 인도와 윤리의 관념을 재삼 생
각하여 속히 부인을 귀국하게 하라.

『태극학보』는 이렇듯 힘써 따지는 것과 동시에 우리 한국의
2,000만 동포가 모두 마음을 합하면 어찌 나라가 흥하지 않겠는
가 하며 민족주의적 각성을 촉구했다.

나쓰메 소세키는 아사히 신문사의 전속 작가가 되고 처음으
로 쓴 연재 소설『우미인초』(1907)에서 그해 열린 내국권업박
람회를 중요한 배경 중 하나로 사용한다. "등장인물들의 관계
와 갈등 구조, 그리고 욕망과 감정선을 가장 정확하게 보여주
는 동시에 나쓰메 소세키가 강조하는 20세기의 인간들이 결집
하는 장소(강영숙)"로 제시되는 것이다.

개미는 단것에 모이고 사람은 새로운 곳에 모인다. 문명인
은 격렬한 생존 가운데서 무료함을 한탄한다. 서서 세 번
의 식사를 하는 분주함을 견디고 길거리에서 의식을 잃고
쓰러지는 병을 걱정한다. 삶을 마음대로 맡기고 죽음을 마
음대로 탐하는 것이 문명인이다. 문명인만큼 자신의 활동
을 자랑하는 자도, 문명인만큼 자신의 침체에 괴로워하는
자도 없다. 문명은 사람의 신경을 면도칼로 깎고 사람의
정신을 나무공이로 둔하게 한다. 자극에 마비되고, 게다가

자극에 굶주린 자는 빠짐없이 새로운 박람회에 모인다.[14]

　작가는 또 "자극의 주머니에 대고 문명을 체로 치면 박람회가 된다. 박람회를 무딘 밤 모래로 거르면 찬란한 일루미네이션이 된다"고도 말했는데, 박람회장에서는 밤에도 번쩍이는 불빛이 사람들을 끌어모았던 것이다.
　일본 최초의 동물원(1882)과 전차(1890)가 선보인 곳도 우에노 공원이었다. 이때의 전차는 제3회 내국권업박람회의 관람객을 위해 300~400미터의 레일을 달리는 수준이었다. 시노바즈 연못 옆에는 경마장도 있었다. 1898년에는 우에노 공원의 또 하나 상징처럼 여겨지게 되는, 개를 데리고 있는 사이고 다카모리의 동상이 세워졌다. 우리에게 정한론의 주역으로 잘 알려진 그는 일본에서는 메이지 유신의 주역이자 국민적 영웅이었는데, 1877년 사무라이 반란의 지도자로서 세이난 전쟁에 참가했다가 패배하자 할복 자살했다. 우에노 공원에서는 또 1920년에 일본 최초의 메이데이 행사가 거행되기도 한다.

6

문명국 일본이
가르쳐준 것들 2

안타까운 건, 좋고 나쁨을
떠나 도쿄가 전해주는 문명의 충격이 크면 클수록 조선은, 조
선의 서울은 아득히 더 뒤로 물러나기만 할 뿐이라는 사실이었
다. 훨씬 뒤에도 그 간격은 좀처럼 좁혀지지 않는다.

1915년 이광수는 다시 도일하여 이번에는 와세다 대학에 편
입한다. 고등예과를 거쳐 이듬해에 본과에 들어갔는데, 어느 날
일본인 동급생 집에 찾아갔다가 큰 충격을 받는다.[1]

그날은 아침부터 가을답지 않게 날씨가 나빴다. 그는 울울한
마음으로 종일 독일어 공부를 하다가 다저녁때 폭우를 무릅쓰
고 벗의 집을 찾아갔다. 마침 식사 중이라 해서 하녀가 안내하
는 대로 2층 그의 방에 가서 기다렸다. 책상에는 그가 보던 『서
양철학사』 책이 놓여 있는데, 반 이상 본 흔적을 발견했다. 책
상 위 필기구도 가지런한 것이 이광수 저의 그것들하고는 비교
할 수도 없었다. 그것만으로도 기가 죽은 차에 책꽂이에는 각
종 서양 원서들까지 빼곡했다. 그러고도 모자라 수십 권은 따
로 서가 옆 바닥을 차지하고 있었다. 책의 종류 또한 실로 다양
했으니, 비단 학과에 소용되는 교과서들만 겨우 장만한 저하고
는 아예 비교 자체가 불가였다. 이광수는 학급 성적은 저보다

109

떨어지는 동급생이 실은 네다섯 배의 공부를 한 셈임을 쉽게 인정하지 않을 수 없었다. 그 자리에서 그는 자기가 낭비하는 시간을 따져가며 그 친구가 1년에 3만 쪽을 능히 읽었으리라 계산해낸다. 그것이 고스란히 저와 벗의 차이로 이어지고, 나아가 조선과 일본의 차이로 이어졌다. 그리하여 그 차이를 메우려면 지금보다 서너 배 각고의 노력을 기울이지 않으면 안 된다고 다짐한다.

'당장 오늘 밤부터 실행하자! 자정 되도록 책을 읽자!'

이광수는 무엇보다 일본의 높은 교육열에 잔뜩 주눅이 들었다. 전국 도처에 배움의 소리가 끊이지 않으니, 대학만도 십백이요, 중학은 천천, 소학은 무려 만만이었다. 그리하여 짧게는 7~8년, 길게는 무려 20년씩이나 공부하는 국민이 무릇 얼마인지 헤아리기조차 불가능했다. 제일 부러운 것은 그 숱한 교육 기관 중에서도 가장 앞줄에 있는 제국대학과 고등학교였다. 1886년에 공포된 제국대학령에 의하여 설립된 최초의 제국대학은 '제국대학'이었다. 그때는 제국대학이 도쿄에 하나밖에 없었기 때문에 그런 보통 명사를 고유 명사처럼 사용했다. 1897년에 교토에도 제국대학이 생기면서 도쿄의 제국대학은 도쿄 제국대학(동경제대)이 되었다. 이후 도호쿠, 규슈, 홋카이도, 오사카, 나고야에도 제국대학이 설립되며, 식민지 경성과 타이베이에도 각기 제국대학이 설립된다. 도쿄 제국대학의 예과 구실을 하는 제일고등학교 학생들의 경우, 이광수는 그들이 어떤 괴상한 짓을 하더라도 주변에서 다들 눈감아주는 분위기마저 부러워했다. 그들은 '하이칼라' 풍이 아니라 일부러 더럽고 괴상한 차림, 즉 '방칼라'를 고집했다. 앞에는 백선 두 줄을 두르고 뒤는 터진 모자에 끈 굵은 나막신을 신고, 손에는 울툭불툭한 굵은 앵두나무 지팡이, 아니 차라리 몽둥이라 해도 좋을 것을 질질 끌면서 다니는데, 고개는 뒤로 번쩍 젖힌 폼이 마치 천하가 좁다 하고 활개를 치는 꼴이다. 그 모습에 여학생들은 외려 미래의 신랑을 꿈꾸게 마련이었다. 고등학생들은 공부도 잘하지만, 팔씨름이며 유술, 격검 또한 누구에 뒤지지 않았다. 그러면서 길을 갈 때 "요이요이, 데칸쇼(데카르트, 칸트, 쇼펜하우어)!"를 외치면 어지간한 행인들은 부러운 눈으로 슬금슬금 길을 터주었다. 명주 저고리 깃과 양구두에 먼지 묻을세라 차리고 후딱 불면 날아갈 듯 야식야식한 경성의 청년들하고는 하늘과 땅 차이였다.

심지어 그는 제일고등학교 학생들이 너무나 뛰어난 나머지 자연히 신경이 쇠약해질 수밖에 없고, 따라서 자살자도 많다는 점까지 부러워했다. 1903년, 제일고생 후지무라 미사오라는 학생이 "인생은 알 수 없어" 하는 한마디를 남기고 닛코의 폭포에서 투신 자살하는 사건이 있었다. 나쓰메 소세키의 제자였던 그의 죽음은 사회에 엄청난 충격을 안겼고 수많은 모방 자살을

도쿄 제국대학의 상징 아카몬.
옛 도쿄 제일고등학교 본관(1935년 건축). 지금의 도쿄대학 교양학부 제1호관.

불러일으켰다. 그때부터 제일고등학교는 '자살의 종가'라는 말까지 나돌게 되었다. 이광수가 생각하기에, 천하 수재인 그들이 실의해서든 시험을 잘못 치러서, 혹은 인생 문제 등 복잡하고 오묘한 철학 문제에 정신을 쏟다 보면 예민한 그들의 신경이 자연히 상궤를 벗어나고 급기야 자살마저 선택하기에 이르는 것이다. 그에 비기면 조선은 어떠한지!

조선에는 자살자가 희소하니, 차此는 자긍할 바가 아니요, 사상 정도의 저低함을 수치하게 여길 것이니, 인류 이하 저급 부문에는 번민도 무無하고 자살도 무하니라.

물론 이광수로선 일본의 최고 엘리트 계층이 고등학교와 대학교에서 만끽하는 '자유'와 '평등'이 사실 더 큰 사회의 '부자유'와 '불평등'을 전제로 한다는 생각 같은 건 할 능력 자체가 없었다. 더군다나 그 전제 속에는 식민지 조선이 감당해야 하는 몫도 결코 무시 못 할 비중을 차지하고 있을 터였다. 실제로 서구 사회에 일본의 무사도를 소개해 널리 이름을 알린 니토베 이나조가 한일 병합 당시 이광수가 그토록 부러워한 제일고등학교의 교장을 지냈다. 그런데 그는 "잊을 수 없는 것은 조선 병합의 일이다. 이것은 실로 문자 그대로 천재일우이다. 우리나라는 한 번 도약하여 독일, 프랑스, 스페인 등보다도 광대한 면

적을 갖게 되었다. 또한 제군들이 연설을 하든 글로 쓰든 사상을 전달할 수 있는 범위가 급속히 1천만 명이나 확대된 것이다. (중략) 아무튼 지금 우리나라는 유럽 여러 나라보다 대국이 되었다. 제군들은 갑자기 어른이 되었다. 일 개월 전의 일본과 지금의 일본은 전혀 다르다. 이미 대국이 된 이상에는 전래되어 온 섬나라 근성은 없어져야 한다. 의심하거나 시기하고 질투하는 시시한 섬나라 근성을 버리고 큰 마음가짐을 가져야 한다"고 환호한, 당대 제일의 식민 학자였다. 그는 식민이 곧 문명국에서 야만국으로 우수한 문명을 전파하는 고귀한 사명이라고 주장하며 제국주의를 적극적으로 옹호했다.[2] 이광수에게는 이런 내막을 찬찬히 따져볼 만큼의 지적 능력은 물론 정신적 여유도 없었을 것이다.

사실 이광수가 떠나온 조선에는 대학 하나 없고 고등학교도 없었다. 전문학교도 연희전문학교(1917)와 보성전문학교(1921)가 설립되는 것은 훨씬 뒤의 일이었다. 최초의 '대학'이라 할 경성제국대학은 1924년에 가서야 설립된다. 중등 교육기관 또한 일본과 차이가 나서, 조선인이 다니는 고등보통학교는 4년제로서, 일본인이 다니는 같은 레벨의 5년제 중학교하고는 수준 자체가 달랐다. 예컨대 한일 병합 이후 꽤 오랫동안 조선에서 고등보통학교를 졸업한 것은 일본에서 소학교 졸업 정도로 인정될 뿐이었다. 따라서 조선인 학생이 일본의 대학이나

경성제국대학 법문학부 정문. 동숭동에 있었다.

고등전문학교로 유학하기 위해서는 조선에 하나밖에 없었던 사범학교에 들어가 예과를 졸업하거나 일본의 중학교에 다시 입학하는 수밖에 없었다. 이는 엄청난 차별이었고, 조선인의 최종 교육 기관을 기껏해야 고등'보통'학교로 제한하려는 노골적인 우민화 정책이라 아니할 수 없었다. 1922년에 가서 조선교육령이 개정될 때까지 이러한 상황은 지속된다. 조선교육령 개정으로 조선인과 일본인 간 학제 불일치가 어느 정도 시정되자 고등보통학교 졸업 학력이 일본의 중학교 4년 졸업으로 인정받게 된다. 이때부터 가령 조선인이 일본의 전문학교와 대학에 들어가려면 일본의 중학교 5학년에 편입하거나 조선에 단 하나 있는 대학 예과를 수료해야 했다. 이 경우에도 제국대학은 또 달랐다. 만일 일본에 있는 제국대학으로 진학하고자 한다면 중학교 5학년에 편입하여 졸업한 후, 다시 일본의 고등학교에 진학해야 했다. 일본에서는 지역에 따라 제1고(도쿄), 제2고(센다이), 제3고(교토) 등 번호를 붙인 이른바 넘버 스쿨 여덟 곳을 비롯하여 따로 지명을 딴 네임 스쿨을 포함해 스무 개가 넘는 고등학교가 있었지만, 조선에는 하나도 없었기 때문이다.

조선의 교육 사정이 이러하니, 하다못해 학문과 사상에 매달려 번민하는 이도 적고, 그러다 보니 자연스레 자살자도 상대적으로 적을 수밖에 없다! 이광수는 그게 부끄럽기만 했다. 심지어 조선인은 눈동자가 풀어졌고, 입은 헤 벌리고, 팔다리는 늘어지고, 처지고, 가슴은 움푹 들어가 신체는 앞으로 휘고, 걸음은 기력이라곤 하나 없고, 안색은 병든 닭 꼴이라고까지 한탄했다. 그는 결국 그 모든 문명개화의 차이가 어디서 어떻게 비롯되었는지 답을 찾아 나섰다. 그의 발길은 마침내 후쿠자와 유키치의 묘로 향했다. 거기서 그는 동료들과 함께 극진히 참배의 예를 다했다. 그러면서 후쿠자와 유키치가 대학(게이오 의숙)을 세우고 신문(『지지신보』)을 창간한 업적도 결국 교육과 언론으로 나라를 일으켜 세우고자 한 뜻이었음을 확인한다. 당연히 이광수는 조선의 처지와 형편을 돌아보고 그의 무덤 앞에서 머리를 떨군 채 망연자실하지 않을 수 없었다.

다만 그의 무덤이 의외로 초라함이 눈에 들어와 절의 승려에게 물었더니, 그가 웃으며 이렇게 말했다.

"당신들은 그의 성격을 아직 이해하지 못했소? 묘소를 이처럼 검소하게 함은 이분이 남긴 뜻이라. 평소에 선생은 평민으로 자처하여 영예로운 작위도 고사하였고, 부귀와 빈천을 갈라 계급적으로 구별한 적이 없소이다. 전부야인*을 대하되 스스럼이 없었으니, 임종에 이르러서도 장의를 간략히 하며 묘 또한 남들처럼 검소하게 만들라 일렀다오."

이광수는 그제야 제 질문에 부끄러움을 느끼고 "하늘이 일본에게 복을 주려 하시매 내린 위인"에게 다시금 절을 보탰다.

후쿠자와 유키치는 이광수뿐만 아니라 최남선에게도 큰 영향력을 미쳤다. 잡지 『소년』에서는 거의 매호 '신시대 청년의 신호흡'이라는 꼭지를 두어 동서양의 위대한 인물들이 남긴 말을 소개하며 조선의 소년들이 잘 기억하고 따라할 것을 주문했

---

* 전부야인(田夫野人): 농부와 촌사람이라는 뜻으로 교양 없는 일반인을 이르는 말.

후쿠자와 유키치의 묘(젠푸쿠지).
이광수가 참배할 당시에는 시나가와의 죠코지에 있었다.
1977년에 현재의 자리로 이전했다.

다. 거기에 워싱턴, 프랭클린, 페스탈로치 등과 함께 후쿠자와
유키치가 당당히 한 자리를 차지한다.

하지만 이광수나 최남선 누구도 그가 아시아를 벗어나 서구
의 문명을 받아들이는 탈아입구脫亞入歐에 일본의 미래가 있음을
역설했을 때 그 맥락 같은 것을 제대로 따져볼 능력은 없었다.

사실 진작, 그러니까 갑신정변(1884) 이후, 후쿠자와 유키치의 조선관은 크게 또 일변했다. 3년여 물심양면으로 지원한 개화파의 혁명은 3일 천하로 막을 내렸다. 주모자들 중 몇은 황급히 달아나 가까스로 목숨만은 구할 수 있었다. 하지만 운이 나쁜 이들이 훨씬 많았다. 홍영식과 박영교 등 10여 명은 청나라 군사들에게 현장에서 살해되었다. 개화파들은 가족까지 연좌의 죄를 물어 목숨을 잃거나 노비로 떨어지는 비운을 피하지 못했다. 스스로 목숨을 끊은 경우도 많았는데, 조정은 사체에 능욕을 가하기도 했다. 정변의 와중에 일본인들도 사망했다. 후쿠자와 유키치는 치솟는 분노를 가누지 못했다. 그는 자신이 운영하는 『지지신보』의 사설(「조선독립당의 처형」, 1885.2.26)을 통해 '인간사바세계의 지옥'이 조선의 경성에 출현했다면서, 조선은 야만을 넘어서는 차라리 '요마악귀의 지옥국'이라고 비판했다. 영국 함대가 거문도를 점령했을 때는 정부라고 있어 봐야 백성의 목숨과 재산도 지켜주지 못하니 그럴 바에야 차라리 강대국에 나라를 맡겨 그들 나라의 국민이 되는 편이 불행 중 다행일 거라고 조롱했다.[3]

저 유명한 『탈아론』(1885)도 이런 배경에서 출현했다. 그는 일본이 서양 문명의 대세를 따르기로 작정한 이래 단 하나 걱정거리가 있다면 이웃에 있는 두 나라, 즉 조선과 청국이라고 말하면서 다음과 같은 논리를 전개한다.

보거순치*란 이웃 나라를 서로 돕는 일을 비유한 것이지만, 지금의 지나와 조선은 우리 일본국을 위해서는 한 터럭 도움이 되지 않을 뿐만 아니라, 서양 문명인의 눈으로 본다면, 세 나라의 지리가 가깝기 때문에, 때로는 혹 이를 동일시하여 지나와 조선을 평가하는 잣대로써 우리 일본을 판단하는 경우도 있다. 예를 들어 지나와 조선의 정부가 옛날 같은 전제 정치를 해 법률에 의지하지 않는다면 서양 사람은 일본도 마찬가지로 무법의 나라라고 의심하고, 지나와 조선의 선비가 혹시 과학에 대해 아무것도 알지 못하다면 서양 학자는 일본도 마찬가지로 음양오행의 나라라고 생각하고, 지나인이 비굴해서 부끄러움을 모른다고 하면 일본인의 의협심도 함께 매도당하고, 조선국의 형벌이 참혹하다면 일본인도 마찬가지로 인정이 없다고 단정해버리는데, 이런 일은 일일이 열거할 수도 없다. 이것을 한 마을에 비유하자면, 처마를 잇댄 한 마을 한 동네 사람이 어리석게 법을 무시한다거나 잔인무도할 때는, 드물게 그 마을 안의 한 집 사람이 올바른 일을 하더라도, 다른 사람들의 잘못에 가려 묻혀버리는 것과 다르지 않다. 그 영향이 사실로 드러나서 간접적으로 우리 외교상의 장

---

* 보거순치(輔車脣齒):『춘추좌씨전』에 나오는 말로, 한쪽이 망하면 다른 쪽도 버티지 못한다는 의미. 순망치한(脣亡齒寒)과 같은 뜻.

애를 이루는 때가 실로 적지 않은데, 이는 우리 일본국의 일대 불행이라고 말할 수밖에 없다. 그렇다고 오늘날 일을 도모함에 있어 우리 나라가 이웃 나라의 개명을 기다려 함께 아시아를 일으킬 여유는 없다. 오히려 그 대열을 벗어나 서양의 문명국과 진퇴를 같이해야 한다. 지나와 조선을 접할 때에도 이웃 나라이기 때문에 특별한 사정을 헤아려 줄 것 없이 서양인이 그들을 대하는 방식을 따라서 처리해야 할 것이다. 나쁜 친구를 가까이 하는 자는 더불어 오명을 피할 수 없다. 그래서 우리는 마음으로부터 아시아 동방의 나쁜 친구를 사절하는 바이다.[4]

일본은 메이지 이전부터, 특히 페리 함대의 내항 이후 서양 제국으로 유학생들을 파견했다. 대개 막부와 각각의 번 차원에서 자기들이 긴요하다고 여긴 분야를 배워오게 한 것이다. 예컨대 1863년 조슈 번에서 이토 히로부미와 이노우에 가오루를 포함해 5인을 영국에 파견했고, 1865년에는 사쓰마 번에서도 영국으로 유학생들을 파견했다. 한 통계에 따르면 1861년부터 1867년 사이에 92명의 학생을 해외에 보냈는데, 그중 47명은 막부가 후원한 것이고, 나머지 45명은 각 번이 후원한 것이었다. 이들 초기 유학생의 목적지는 영국(40명), 미국(17명), 프랑스(16명), 네덜란드(13명), 러시아(6명) 순이었다.[5] 막부 말기의

1854년 3월 8일 요코하마에 상륙한 페리 함대의 흑선(E. 브라운 주니어 그림).

이 일본인 유학생들은 거의 전부가 강력한 국가의식 혹은 번에 대한 충성심을 지닌 젊은 사무라이들이었다. 존왕양이파를 대표하는 요시다 쇼인의 경우에는 일찍이 양행洋行을 위해 나가사키에 들어온 외국 배를 타고 밀항을 시도하다 붙잡혀 처벌을 받기도 했다. 후쿠자와 유키치는 앞서 살폈듯이 1860년의 견미

사절단의 일원이었다.

메이지 유신 이후에도 서구로 나가는 유학생들은 꾸준히 증가했다. 훗날 그들 중에 나쓰메 소세키처럼 유학을 통해 오히려 남이 아니라 자신이 누구인지 하는 점에 대해 더 크게 깨닫고 돌아오는 이도 생기게 된다.

1900년 구마모토의 제5고등학교 교사로 있던 나쓰메 소세키는 문부성의 '명령'을 받고 영국 유학을 떠난다.[6] 그 자신 특별히 외국 유학에 뜻을 품고 있지도 않았고, 문부성이 요구하는 유학의 목적 또한 '영어'로 딱히 그의 마음을 끌어당긴 바도 아니었다. 하지만 영국에서 지내는 2년의 유학 기간은 그로 하여금 영어와 영문학에 대해 오히려 흥미를 잃게 되는, 그로서는 생애 가장 불쾌한 2년이었다. 그는 영국 신사들 사이에서 늑대 무리에 낀 한 마리 삽살개처럼 애처롭게 생활했다. 스스로 깨끗이 빤 하얀 셔츠에 흘린 먹물 한 방울이라 여기기도 했다. 게다가 런던에는 죄 키 큰 사람뿐이었다. 키 큰 사람에게 세금이라도 매겨야 저처럼 키 작은 사람이 출현하지 않을까 싶게 주눅이 들어 살았다. 그러던 어느 날 저편에서 전혀 런던 사람처럼 보이지 않는 키 작은 사람이 나타났다. 그러나 막상 지나쳐서 뒤돌아보니 저보다 훨씬 키가 컸다. 다시 이번에는 정말이지 키 작은, 묘한 안색의 수도승이 다가왔다. 알고 보니 그건 제 자신의 그림자였다. 이럴진대 나쓰메 소세키는 아무리 많은 책을 읽어도 예전부터 갖고 있던 생각, 즉 "마치 자루 속에 갇혀서 나올 수 없는 인간과 같은 느낌"에서 쉽게 벗어날 수 없었다. 온 런던을 뒤져보아도 그 자루를 뚫는 '송곳'을 발견하지 못했다. 막다른 골목에 내몰려서야 그는 비로소 지금까지 자신이 "완전히 타인 본위로 뿌리 없는 개구리밥처럼" 살아왔다는 사실을 깨달았다. 결국 그는 '자기 본위'라는 네 글자를 가까스로 생각해내고서야 유학 생활을 마칠 수 있었다.

고백하자면 나는 그 네 자에서 새롭게 출발했습니다. 그리고 지금처럼 그냥 남의 꽁무니만 쫓아 허풍을 떠는 것은 대단히 염려되는 상황이므로 그렇게 서양인 흉내를 내지 않아도 좋은 확고부동한 이유를 그들 앞에 당당하게 제시하면 나 자신도 유쾌하고 남도 기뻐하리라고 생각해 저서나 그 외의 수단으로 그것을 성취하는 것을 내 생애의 사업으로 삼고자 했던 것입니다.

일본의 근대 문학사에서 꿋꿋하게 자기 본위의 길을 걸은 이로 나가이 가후를 빼놓을 수 없다. 그는 일찍이 프랑스와 미국을 다녀왔음에도 메이지 도쿄가 급격히 서구식으로 환골탈태하는 과정을 마뜩지 않게 여겼다. 게다를 신고 손에는 박쥐 우산을 든 채 느릿느릿 산책을 하던 그의 모습은 도쿄의 도처에서 목격되지만, 사실 그가 걷던 곳은 도쿄가 아니라 에도였다.[7] 그는 도쿄 거리를 산책하는 것은 제가 태어나 줄곧 살아온 생애에 대한 추억의 길을 더듬는 것이라고 생각했다. 그런 만큼 옛 유적과 명소가 하루가 다르게 파괴되는 세태를 목도하면 덧없는 비애와 쓸쓸한 정취에 사로잡히곤 했다. 그럴 때 그에게 다소 위안을 주는 것은 에도 지도였다. 그와 같은 에돗코(에도 사람)에게는 정확도가 높은 육지 측량 지도로 만든 도쿄 지도 같은 것은 아무리 들여다본들 별다른 감흥이 일지 않게 마련이어서, 그는 산책을 할 때면 늘 에도 시대의 지도를 품에 넣고 다녔다. 에도 지도는 다소 부정확해도 에도의 명소가 어딘지 쉽게 찾을 수 있도록 되어 있었다. 벚꽃이 좋은 곳에는 벚꽃을, 버드나무가 있는 곳엔 버드나무 실가지를, 산에는 구름 저편에 솟아 있는 산마루를 그려놓았다. 나가이 가후에게 지도의 요령이란 게 그런 차원이었다. 그는 정확도를 희생할망정 첫눈에 들어오는 직감과 인상을 결코 포기하지 않았다.

어째서 옛 시절은 그토록 편안한 느낌을 주었을까요? 근대주의라는 열병은 "너는 결코 뒤지지 않았다"면서 공허한 꿈을 꾸도록 부추기는 한편으로 "뒤처지면 너는 끝장이야"라는 불안감을 쉴 새 없이 불어넣죠.[8]

우타가와 히로시게의 우키요에 〈명소 에도 백경〉(1856~1858) 중
'우에노의 키요미즈 관음당과 시노바즈 연못', 그리고 '야츠미 다리'.

그야말로 에도 시대는 풍요로운 색채와 순수한 질서의 시
대였다. 오늘날 유럽에서 최강자로 군림하는 나라보다도
훨씬 뛰어났고, 역사가들이 감탄하고 칭찬을 아끼지 않는
위대한 루이 14세 시대와 견주어도 손색이 없다. (중략) 멋
들어진 배가 오가던 스미다강의 옛 모습을 떠올리면 뭣 하
러 쓸데없이 오늘날의 센강을 부러워하겠는가?[9]

그렇다면 도쿄는 어떤가? 한마디로 그건 '괴물'이었다. 그가 어쩔 수 없이 살아가는 메이지의 도쿄는 몇 세기가 지나지 않아 "에도 시대와 우리가 모르는 시대 사이에 과도기라 칭하는 작은 항목"(『냉소』) 속으로 사라질 게 뻔했다. 제아무리 악을 쓰고 발악을 해봤자 소용없다. 나가이 가후는, 쓸쓸하지만, 제 소설 속 주인공들과 함께 그 운명을 기꺼이 받아들일 준비가 되어 있었다.

메이지 시대(1879)에 태어난 나가이 가후가 도쿄의 번화가에 몸을 드러내기보다 차라리 스미다강 주변의 요시와라나 데라지마의 유곽으로 스며들게 된 것은 아주 자연스러웠고, 어쩌면 그의 운명이었다. 그곳에서는 30~40년 전에 벌써 사라진 에도의 '덧없으면서도 기묘한 환영'을 볼 수 있었기 때문이다. 그런 그에게 도쿄 지도가 기하학이라면, 에도 지도는 무늬였다. 그는 빠르게 그 무늬를 잃어가면서도 상실의 아픔을 깨닫지 못하는 도쿄에 대해서 냉소를 보냈다.

고우는 마음속 깊이 과도기적 시대가 무정하다고 느꼈다. 그렇다면 망해가는 시대의 끝물이 되어 비록 석양의 장관을 이룰 수는 없다 해도 차라리 그윽하고 몽환적이며 아스라한 황혼에 견줄 만한 데카당스의 시인이 되고 싶었다. 그런 시인의 운명이 부러웠다.[10]

그래도 이광수를 포함하여 '아시아 동방의 나쁜 친구들'은 꾸역꾸역 도쿄로 몰려들었다. 무늬야 수백 년 지치도록 그 속에 젖어 살아오지 않았던가. 무늬와 여백과 빈틈과…. 그런 것들!

이제 그들에게 중요한 것은 무늬가 아니라 기하학이었다. 화학이었다. 광물학이었다. 의학이었다. 진경산수를 뛰어넘는 5만 분의 1 실측 지도였다. 그런 것들은 하나도 예외 없이 도쿄에 다 마련되어 있었다.

7

조선 학생들은 연설을 한다,
과격하게!

1910년 가을, 일본의 젊은 시인 이시카와 다쿠보쿠는 「9월 밤의 불평」이라는 제목으로 단가 한 편을 썼다.

지도 위 조선국 강토가
새카매지도록
먹칠을 해가면서
갈바람 소리를 듣네[1]

지도에서 사라진 조선국과 한일 병합을 이렇게라도 비판한 일본의 문인은 극히 드물었다.

사실 그는 조선의 현실보다도 어느덧 유신의 활력을 잃고 경직된 상황에 이른 메이지 일본의 정치 현실을 '시대 폐색의 현상'이라 절망한다. 세상이 꽉 막혔다는 뜻이다. 고토쿠 슈스이를 비롯한 일련의 무정부주의자, 사회주의자들이 천황을 암살하려 했다는 대역죄 혐의를 뒤집어쓴 채 형장의 이슬로 사라진 현실을 견딜 수 없었던 것이다.

1911년 게이오 의숙 대학 문학부 교수 나가이 가후는 출근

늘 에도 시대를 살았던 박쥐우산의 산책자 나가이 가후.

길에 때마침 죄수들을 실은 마차가 대여섯 대나 연달아 히비야 재판소 쪽으로 가는 광경을 목격한다. 그는 엄청난 충격을 받았다. 1879년 생인 그는 서른이 넘도록 수많은 사건을 보고 들었지만 그날 아침처럼 혐오스러운 기분을 느낀 적은 없었다.

그건 세상이 아니라 자기 자신에 대한 혐오였다. 그는 마차에 탄 수형자들이 누구인지 분명히 알고 있었다. 그리고 모름지기 작가라면 그런 사건에 대해 침묵해서는 안 되었다. 프랑스에도 체류한 적이 있는 그는 누구보다도 드레퓌스 사건에 대해 잘 알고 있었다. 에밀 졸라가 어떤 태도를 보였는지도. 하지만 나가이 가후는 다른 많은 작가들처럼 일언반구도 하지 못했다. 그는 그러고도 제가 작가입네 문학가입네 하는 꼴이 너무나 수치스러웠다. 그 후 그는 한 가지 결심을 했다. 스스로 자기 작품의 품위를 에도 시대의 통속 작가들 수준으로 끌어내리는 것보다 좋은 방법은 없다고 생각했다.

그 무렵부터 나는 담뱃갑을 차고 우키요에를 모으고 샤미센을 켜기 시작했다. 나는 에도 시대 말의 희작자*들과 우키요에 화가들이 우라가에 서양 함선이 출현하든 사쿠라다몬에서 다이로가 암살을 당하든 그런 일은 서민이 관여할 일이 아니라고, 이러쿵저러쿵 아뢰는 것은 도리어 황송한 일이라고 넘기고 음서를 쓰고 춘화나 그리던 그 순간의 속마음을 어이없어하기보다 오히려 존경하려 마음먹은 것이다.[2]

---

* 희작자(戱作者): 에도 시대의 통속 문학 작가. 일본어로는 '게사쿠'라고 한다.

나가이 가후로 하여금 일본 근대 문학사에서도 독특할 정도로 에도 취향의 탐미주의 작가가 되도록 만든 계기가 된 '그 사건'은 바로 이시카와 다쿠보쿠가 말한 시대 폐색의 현상 그것이었다.

1911년 중국에서는 우창 봉기를 시작으로 신해혁명이 일어난다. 바야흐로 청조를 타도하고 입헌공화국을 세우자는 혁명의 불길이 대륙 전체로 번져나갔다. 마침내 1912년 1월 1일 쑨원을 임시 대총통으로 하는 난징 정부가 수립되는바, 이로써 그의 삼민주의에 바탕을 둔 중화민국이 세상에 첫선을 보이게 되는 것이다.

그해 가을, 홍명희는 조선을 떠나 망명의 길에 오른다. 이광수 역시 이듬해 압록강을 건너 조국을 등진다. 처음에는 돈 한 푼 없이 세계 일주를 꿈꾸고 떠난 그가 안동에서 우연히 위당 정인보를 만난 후 발길을 돌린 새 목적지는 상하이였다. 거기에 홍명희, 문일평, 조소앙 등 도쿄 시절 만났던 벗들이 많이 있다는 이야기를 들었던 것이다.

같은 해 가을, 경성고보 교원 양성소(전 한성사범학교) 졸업반 학생 이병기는 일본으로 수학여행을 떠난다.[3] 전날 교장은 강당에 학생들을 모아놓고 여행에 임하는 마음가짐에 대해 당부했다. 선생님 말씀 잘 듣고, 많은 걸 보고 느끼며, 건강에도 주의하라는 말. 이에 덧붙여 국어를 깊이 연구할 것이며, 대상大喪

아사쿠사 공원 내에 건립된
료운카쿠. 1890년 준공 당시
도쿄에서 가장 높은 건물이었으나
1923년 대지진으로 반파된 후
철거된다.

중이니 근신할 것도 부탁했다. 당연히 '국어'는 일본어를 뜻하며, '대상'은 때가 마침 메이지 천황의 상중임을 가리킨다. 수학여행단이 오사카와 나라, 나고야를 거쳐 도쿄에 도착한 것은 10월 19일이었다. 그 이튿날 도심을 둘러본 조선의 소년은 벌어진 입을 다물지 못한다. 특히 센소지에서 12층짜리 료운카쿠에 올라가 사방을 둘러보니 산 하나 없이 모두 인가뿐이라 비로소 도쿄가 넓은 줄을 알았다. 오후 5시 무렵엔 우에노 공원 근처에서 기차를 기다렸는데, "어디라 할 것 없이 전기등 불빛이 찬란해서 밤으로 생각되지 않는다"고, 이어 "사람들, 기차, 전차, 마차 등의 소리가 밤낮으로 끊이지 않는다"고도 썼다.

사실 이런 감탄이야 동아시아 최고의 도시 도쿄에 처음 온 이들이면 누구나 하게 마련이었다. 일본인이라고 다르지 않았다. 나쓰메 소세키도 멀리 구마모토에서 도쿄에 처음 도착한 소년 산시로의 심정을 이렇게 대변한 바 있다.

> 산시로는 도쿄에서 아주 많은 것에 놀랐다. 먼저 기차가 땡땡 종을 쳐서 놀랐다. 그리고 땡땡 울리는 동안 굉장히 많은 사람들이 타고 내려서 놀랐다. 다음으로 마루노우치*를 보고 놀랐다. 가장 놀란 것은 아무리 가도 도쿄가 끝나지 않는다는 점이었다. 게다가 아무리 걸어도 목재가 널브러져 있고 돌이 쌓여 있으며 새로 지은 집이 길에서 4~5미터쯤 물러나 있고 낡은 창고는 반쯤 무너진 채 불안하게 앞쪽에 남아 있었다. 모든 것이 파괴되고 있는 듯이 보였고 동시에 또 모든 것이 건설되고 있는 듯이 보였다. 엄청난 변화였다.[4]

산시로는 서양의 역사에 나타난 300년의 활동을 고작 40년

---

* 마루노우치: 1894년 처음 세워진 근대식 오피스 빌딩. 도쿄 역과 황궁 사이에 있다.

만에 되풀이하려는 메이지 도쿄의 그 엄청난 탐욕에 기가 질려 버렸다. 그래도 그는 일본인이었다. 게다가 (일본 최고 대학의) 대학생이었다. 며칠이 지나지 않아서 과연 산시로는 대학을 졸업해 학문에 매달리고, 아름다운 아내를 맞이하고, 그런 다음 고향에서 어머니를 모셔와 함께 사는 삶을 가장 바람직한 미래로 꿈꾸는 자신을 발견하게 되는 것이다.

식민지에서 온 청년들은 처지가 전혀 달랐다. 그들은 자신들이 뒤에 두고 떠나온 게 다만 고향이 아니라는 사실을 수시로 깨달아야 했다. 그럴 때면 망해버린 나라의 망령이 외려 질긴 칡넝쿨처럼 온몸을 꽁꽁 휘감게 마련이었다. 달아날 길은 없었다.

같은 처지의 유학생들이 있어 곁을 줄 뿐이었다.

유학생들은 초기부터 서로간의 친목을 도모하고 정보를 공유하기 위해 단체를 조직하고 회보 혹은 학회지를 발간했다.[5] 최초의 유학생 단체는 1895년의 국비 유학생들을 중심으로 조직한 대한조선인일본유학생친목회로서, 6호까지 회보를 발간한 기록이 남아 있다. 한동안 주춤하던 유학생이 다시 늘어나는 것은 1905년 이후로, 이때부터는 조선의 출신 지역별로 학회가 구성된다. 가장 먼저 조직된 단체는 관서 지방 출신의 태극학회였고, 이어 낙동친목회라든지 호남학회 등 각 지역 출신들의 모임이 속속 출현했다. 하지만 이들 단체가 난립하는 바람에 갖가지 부작용도 속출하자 통합 논의가 이어지고, 마침내 1909년 1월 대한학회와 태극학회 등이 하나로 결합한 대한흥학회(초대 회장 채기두, 부회장 최린)가 발족한다. 이 대한흥학회는 이듬해 6월 일본 정부에 의해 강제 해산될 때까지 일본 유학생들 사이에서 실질적인 구심점 역할을 수행했다. 물론 한일 병합 이후에도 유학생들은 여러 형태의 단체를 구성하고 또 잡지 혹은 학회지를 발간했다. 그중에서는 『학지광』과 『여자계』, 『삼광』이 특히 유명했다.

1912년 10월 27일 재일 조선인 유학생들은 여러 친목 단체들의 뜻을 모아 다시금 동경조선유학생학우회(학우회)를 결성한다.[6] 이 학우회는 이전의 유학생 조직들과는 달리 도쿄 조선인 유학생의 절대다수가 가입한 총괄적 단체로, 1년에 두 번 "제군의 호흡이자 유성기"로서의 역할을 자임한 잡지 『학지광』을 발간했다. 흥미로운 것은 이 잡지에 '제군', 혹은 '청년 제군', '형제', '반도 청년' 등으로 시작되는 공적인 혹은 웅변조의 발화가 많지만, 그 경우에도 개인의 '각성', '자각', '의지' 등을 강조하는 글들을 매호 발견할 수 있다는 점이다. 이는 몸은 비록 이역만리 도쿄에 있지만 늘 식민지 조선의 현실을 잊어서는 안 된다고 스스로 경계하는 의지를 담고 있는 것으로, 국권 상실에 따른 정치적 질서의 변동과 근대에 대한 이미지가 구체화된 1910년대에 걸맞은 방식의 계몽적 발화라 하겠다.

아아 제군~아 우리는 앞으로 가장 긴緊하고 가장 바른 길을 구하지 아니하며 가장 온전하고 가장 아름다운 방향을 구하지 아니하며 찾지 않으려는가. (중략) 우리의 배우는 학문은 '생'을 위한 학문이어야 하고, 우리의 관찰하는 문명은 실질적이어야 하고, 우리의 그리는 이상향은 영구적 완전적이어야 하고, 우리의 셔두는 생활은 충실적 원만적이어야 하리로다.[7]

우리 청년이여 우리는 개가 아니라 우리는 도야지가 아니로다. 자기의 존엄과 명예를 천지에 대하야 자랑하는 자각 있는 사람이라. (중략) 우리의 전적全的 사람을 실현치 못하고 자못 편적片的 사람 되는 것! 이와 같이 사람의 광휘와 존엄을 훼손하는 자가 다시 어디 또 있겠나? 우리 청년이여 모든 것을 다 바리고 위선 사람 되라 전적 사람 될지로다.[8]

실제로 유학생 사회에서는 연설이나 강연이 매우 중요한 의미를 지녔다. 『학지광』에도 연설회나 강연회 등에 관한 소식이 자주 실렸다. 연설이나 강연을 하는 이도 비단 유학생들뿐만 아니라 일본의 요시노 사쿠조, 우치무라 겐조 등과 같은 진보적인 인사, 미국의 신학 박사 허버트 웰치 등이 두루 포함되었다. 조선에서는 이미 어떠한 형태의 정치적 공론화도 불가능

138

해진 상황이었지만, 도쿄는 이른바 다이쇼 데모크라시 시대의 상대적으로 자유로운 분위기를 구가하고 있었다. 천황 주권을 인정하는 가운데 국가 기구를 자유주의적으로 변혁하자는 요시노 사쿠조의 민본주의는 이 시대를 대표하는 사상으로, 군부와 귀족원 개혁과 추밀원 폐지, 보통 선거 제도의 도입 요구를 포함하고 있었다.[9] 요시노 사쿠조는 1916년 만한滿韓 여행 당시 조선에 대한 일제의 가혹한 무단 통치는 물론, 동화 정책이라는 이름 아래 자행되는 민족성과 민족 문화 말살 정책도 신랄하게 비판했다. 1918년에는 도쿄 제국대학에 마르크스주의를 추구하는 신인회가 만들어진 것을 시작으로 각 사립 대학에서도 민본주의와 뜻을 같이하는 결사가 속속 나타났다.

조선인 학우회 역시 이러한 분위기에 최대한 편승했다.

사실 도쿄에서는 망년회조차 그저 술잔을 돌리며 회포를 푸는 자리가 아니었다. 가령 1914년 12월 26일 저녁 6시부터 간다의 대송구락부에서 열린 학우회 망년회에는 현상윤이 조금 늦게 도착했다. 2층 강당에는 '학우회 망년대회'라는 현판이 걸려 있었다.[10] 하인에게 외투를 맡기고 안으로 들어가자 단상에서는 안확이 이미 "여러분! 삼한시대 이래 우리 유학생은…" 운운하며 열변을 토하고 있었다. 이어 와세다 대학 정경과의 송진우가 앞뒤가 딱딱 맞아떨어지는 연설을 했고, 평양 갑부의 아들 김찬영이 바이올린을 연주했다. 조선인기독교청년회 총무 김정식을 비롯하여 내빈으로 온 연합교회 목사 오기선, 기병 소위 김광서의 연설이 이어졌다. 그 뒤에는 게이오 대학의 김억이 각색한 3막 비극도 상연되었다. 육자배기와 방아타령 따위 조선 음악과 함께 다과가 베풀어진 건 그 이후였다. 이런 식으로 진행되는 망년회는 밤 11시가 지나서야 끝났고, 그제야 조선인 유학생 400여 명은 둘씩 셋씩 어둠 속으로 사라졌다.

그런 모임에는 상대적으로 드물 수밖에 없던 여학생들도 참석했다. 수원 출신으로 사립 여자 미술학교에 다니던 나혜석이 선배 언니와 함께 1916년의 유학생 망년회에 갔는데, 도중에 언니가 그녀의 옆구리를 쿡 찌르며 말했다. 무슨 싸움터 같다는 거였다. 사실 연설을 할 때 그 뜻에 동조하면 청중들은 크게 박수로 화답했고, 마음에 들지 않으면 큰 소리로 "아니오!" 하고 반대 의사를 분명히 밝혔던 것이다. 선배 언니는 학식 있고 지각 있다는 자들의 태도가 저 모양이냐며 미간을 찌푸렸다.

그때 나혜석이 웃으며 말을 받았다.

"오늘이야말로 산 것 같소. 조선에도 저렇게 활기 있는 어른들이 많이 계시니 참 기쁘지 않소? 학식이 있기에 판단이 민첩하고 지각이 났기에 똑똑히 발표하는 것이오. 조선 사람은 점잔 부리다가 때가 더 지난 것을 생각지 못하시오? 손님은 사양하고 주인은 권하는 것이오. 자기네들 회에 사양할 여가가 어디 있고 자기네들 일에 권고받을 염치가 어디 있겠소? 가령 이것을 객관적으로 비난하는 것이라 말할지라도 비난이 없으면 반성이 어찌 생기고 타격하는 이가 없으면 혁신의 기운이 어찌 일겠소? 비난 중에 진보가 되고 타격 중에서 개량이 생기는 것이 분명하고 이로 말미암아 개인이 사람 같은 사람이 되고 일국의 문명이 있는 것을 압니다.”[11]

선배 언니도 그제야 고개를 끄덕거렸다.

나혜석은 유학 시절 마침 김우영과 사귀기 시작할 때여서 교토에 가 있다가 시험 때문에 부리나케 도쿄로 돌아온 일이며, 일본인 화가가 결혼해달라며 끈덕지게 쫓아다닌 일 따위를 인상 깊은 후일담으로 기록했다.[12]

조선인 유학생들이 제일 자주 모이는 곳은 조선기독교청년회[YMCA] 회관이었다. 회관이 처음 발족한 것은 1906년의 일로, 그때는 일본기독교청년회관의 방 하나를 얻어서 시작했다. 그러다가 1914년 9월에 간다구 고이시가와 2정목 5번지에 2층 양옥을 얻어 자체 건물로 사용했는데, 안타깝게도 관동 대지진 때 몽땅 타버리고 말았다.[13]

1918년의 망년회는 더욱 과격했다. 기록에 따르면, 12월 29일 간다의 메이지홀에서 열린 집회에서는 독립운동에 관한 논쟁이 치열하게 전개되었는데, 일본의 밀정들도 출동해서 유혈 사태까지 벌어졌다. 이튿날에는 조선기독교청년회관에서 웅변대회가 열렸다. 이날도 민족자결론을 두고 열띤 토론이 벌어졌다. 이런 식의 집회는 해를 넘겨서도 계속되었고, 몇 명은 경찰의 조사를 피하지 못했다.[14] 그리고 마침내 조선인 유학생들이 주축이 된 이른바 2·8 독립선언이 전개되는 것이다.

그날 도쿄에서는 보기 드문 폭설마저 퍼붓는데, 조선기독교 청년회관에 모인 유학생들은 일본인 정사복 경찰 40~50명이 두 눈을 부릅뜨고 지켜보는 가운데 준비했던 독립선언문을 낭송했다.

"전조선청년독립단은 아 이천만 조선 민족을 대표하여 정의와 자유의 승리를 득한 세계만국의 전에 독립을 기성期成하기를 선언하노라!"

이광수는 이렇게 시작하는 이른바 「2·8 독립선언서」를 썼다. 거기서 한일 병합이 사기와 폭력으로 이루어진 것으로 인류의 큰 수치이자 치욕이라 질타했고, 합병 이후에도 일본은 우리 겨레의 이익과 행복을 깡그리 무시하는 민족 차별 정책으로 일관했다고 비판했다. 아울러 일본의 조선 병합은 동양의 평화에도 크게 위협이 됨을 지적했다. 이런 이유로 독립은 너무나 정당하고 필연적이라 주장한 선언서는 우선 정당한 방법으로 독립을 추구할 것이지만, 일본이 만일 우리 겨레의 정당한 요구에 불응한다면 영원한 혈전을 선언하리라고 힘써 외쳤다. 이광수는 선언서를 쓴 뒤 몸을 피해야 했다. 그는 다시 상하이로 망명을 떠났다.

宣言書

全朝鮮青年獨立團은我二千萬朝鮮民族을代表하야
正義와自由의勝利를得한世界萬國의前에獨立을期
成하기를宣言하노라

四千三百年의長久한歷史를有하는吾族은實로世界最
古文明民族의一이라비록有時乎支那의正朔을奉한事
는有하얏스나此는朝鮮皇室과支那皇室과의形式的外交
的關係에不過하얏고朝鮮은恒常吾族의朝鮮이오一次도
統一한國家를失하고異族의實質的支配를受한事無하니라

日本은朝鮮이日本과唇齒의關係가有함을自覺함이라하
야一千八百九十五年日淸戰爭의結果로日本이韓國의獨
立을率先承認하얏고英、米、法、德、俄等諸國도獨立을
承認할뿐더러此를保全하기를約束하얏도다韓國은그恩
義를感하야銳意로諸般改革과國力의充實을圖하얏도다當
時俄國의勢力이南下하야東洋의平和와韓國의安寧을
威脅하매日本은韓國과攻守同盟을締結하야日俄戰爭을開하니
東洋의平和와韓國의獨立保全은實로此同盟의主旨라韓國
은더욱그好誼에感하야陸海軍의作戰上援助는不能하얏스나
主權의威嚴까지犧牲하야可能한모든義務를다하야써東洋平
和와韓國獨立의兩大目的을追求하얏도다及其戰爭이終
結되고當時米國大統領루쓰벨트氏의仲裁로日俄間에講和

2·8 독립선언서.

청년 염상섭은 1919년 오사카에서 '재대판在大阪 노동자 대표'
의 명의로 「독립선언서」를 뿌리려다 체포되었다. 훗날 소설가
가 된 뒤에도 그는 두고두고 그 거사를 자랑스러워했다. 그가
남긴 글을 풀어쓰면 이런 말이 된다.

"알기 쉽게 쓴 격문을 합숙소나 밀집 부락에 뿌리고 빨강 헝
겊을 나누어주어서 그것을 팔목에 매고 나오라 했던 것이지.
텐노지 공원 음악당 앞으로 모이라고. 거기서 간단히 지은 선
언서를 낭독하고 독립만세 삼창을 한 뒤에 대오를 지어 시가행
진을 하자는 것이었네. 공원 문만 나서면 사통오달 번화가이려
니 일이 제대로만 되면 얼마를 못 가서 제지를 당하더라도 시
위의 목적은 달성할 것이요, 현장에서 내가 체포된다 하여도
다만 몇백 명만 모였으면 흥분 끝에 격투라도 하여 신문에 보
도만 되면 그만큼 효과는 나려니 하는 예상이었지."[15]

염상섭은 곧 기소되었다. 다만 검찰은 독립 선언이 수포로
돌아가고 실질적인 시가행진이나 경찰과의 정면충돌 같은 사
건이 일어나지 않았기 때문에 위헌죄(내란죄) 대신에 출판법
위반을 적용했다. 그는 1심에서 금고형 10개월을 받았으나 곧
열린 2심에서 무죄 선고를 받아 3개월 만에 석방되었다.

염상섭은 수감 상태에서 작성한 「조야의 제공에게 호소함」
을 신인회 기관지 『데모크라시』에 투고하여 독립 선언의 정당
성을 주장했다. 이에 신인회에서는 「조선 청년 제군에게 드린

다」라는 글로 화답하면서 연대와 지지의 뜻을 전했다. 이어 염상섭이 석방되자, 당시 아직 도쿄 제대 교수였던 요시노 사쿠조는 학비 제공의 의사를 밝히는데, 염상섭은 그 제의를 받아들이지 않았다.

이태준이 유학길에 오른 것은 그로부터 다시 더 시간이 흐른 1924년이었다. 자전적 장편 소설『사상의 월야』(1941~1942)에서는 주인공 송빈이에게 현해탄을 건널 때의 제 심정을 맡겼다.[16]

'현해탄이란 우리의 모오든 역사의 바다다! 모든 역사의 파도다!'

송빈이가 말하는 역사 속에는 멀리 백제 때는 왕인이 문자를 가지고 이 바다를 건너갔는데, 이제 "우리들은 비인 머리를 가지고 과학과 사상을 거기로 담으러 가게" 된 '오늘'이 포함된다. 그리고 무엇보다 현해탄은 제 아버지가 일찍이 개화당의 일원으로 웅지를 품고 건너던 바다이기도 했다.

도쿄에서 송빈이는 신문 배달을 하며 어렵게 고학을 하다가 운 좋게 와세다 대학 우애학사의 사감 미국인 베닝호프를 만난다. 그는 송빈이에게 빈 방을 공짜로 빌려주었을 뿐만 아니라 아예 자기 일을 돌봐주면 따로 월급까지 챙겨주겠다고 제안한다. 조실부모한 가난한 고학생의 처지로서야 빼고 말고 할 일이 아니었다. 그러나 얼마 후 조선인 유학생들의 대학 강당 사용 허가에 관한 건으로 의견이 갈리는데, 사실 베닝호프는 송빈이를 뺀 다른 조선인 학생들을 평소 마뜩지 않게 생각하고 있었다. 송빈이가 이유를 묻자 이렇게 대답했다.

"조선 청년들이 우리 스코트홀 강당이 세가 싼 바람에 가끔 그들의 집회를 여기서 열었었는데 보면 대체로 평화적이 아니다. 조선 학생들은 연단에 올라가면 공연히 싸우듯 큰소리를 내고 연단을 부시듯 차고 발로 구르기까지 하다가 결국은 싸움도 벌어진다. 그뿐인가. 으레 걸상이 한둘씩은 부서진다. 구두들은 도무지 털지도 않는지 강당 안은 흙투성이가 된다. 마당에 나와서도 담배 피던 것을 불도 끄지 않고 사방에 함부로 던진다. 가래침을 여기저기 뱉는다. 작년 봄부터는 될 수 있는 대로 강당을 빌리지 않기로 하고 있다."

능히 짐작할 수 있는 지적이다. 하지만 송빈이 말마따나 그건 피상적인 관찰일 수도 있었다. 조선인 유학생들에게 그런 식의 집회가 어떤 의미를 지니는지 안다면 적어도 '평화적이지 못하다'는 평가는 성급할 수도 있기 때문이다. 송빈이는 미처 말로 반발하지는 못했지만, 미국으로 유학을 보내주겠다는 제안마저 거절하고 총총히 우애학사를 빠져나오는 것으로 제 속마음을 드러냈다.

유진오의 단편 「산울림」(1941)에는 도쿄에서 한데 어울려 지내던 세 사람의 동지들(동만, 안나, 몽)이 여름방학 때 조선에 돌아와서 여러 지방을 돌아다니며 계몽을 겸한 강연회를 연다는 설정을 배치한다.

하기 방학이 되어 유학생들의 고토순회강연단이 조직되자 세 사람은 함께 조선으로 돌아왔다. 남선에서의 열흘— 그 열흘 동안의 기쁨과 흥분은 아마도 인생에서의 가장 찬란한 한 페이지리라. 동만은 지금까지도 몽의 불덩어리 같은 연설의 몸가짐, 목소리, 말 내용까지도 역력히 기억하고 있으며 연설과 연설 사이에 안나가 부르던 슈베르트의 〈자장가〉역시 아직도 귀에 쟁쟁한 것이었다. 산길을 걸어가다가 높은 고개 같은 것을 넘어서서 눈앞이 탁 트이든지하면 강연대는 소리를 모아 〈라 마르세유〉의 웅장한 행진곡을 합창하는 것이었고 그런 때면 몽의 굵은 바스와 안나의 높은 소프라노는 여러 소리를 뛰어나 두드러지게 울리는 것이었다.[17]

그러나 그 즐거운 기억은 동만이 병에 걸려 서울로 돌아간 것을 계기로 뚝 끊기고 만다. 나중에 서울로 돌아온 몽은 둘도 없는 친구 앞에서 청천벽력 같은 소식을 전한다. 둘이 사귄다는 것. 동만은 친구이자 애인을 친구에게 빼앗긴 것이었다.

8

조선이 만난 세계,
조선이 만난 희망

이광수의 초기작인 단편
「김경」(1915)은 작가가 도쿄를 떠나 고향인 평안북도 정주에
돌아가 오산학교에서 교편을 잡던 때의 일을 그린다. 소설에서
주인공 김경은 도쿄에 있을 때 제일 먼저 톨스토이와 일본 작
가 기노시타 나오에, 도쿠토미 로카로부터 정신적인 감화를 받
았다고 밝힌다.

　도쿠토미 로카는 독실한 기독교인으로 도시샤 대학 영문과
출신이다. 윤동주의 선배가 되는 셈인데, 크게 인기를 끈 대중
소설 『불여귀』(1899)의 작가이기도 하다. 그 역시 1910년 고토
쿠 슈스이 등 27인을 단 한 번의 재판으로 처형한 이른바 대역
사건에 커다란 충격을 받았다. 그는 분노가 채 가라앉기도 전
인 이듬해 2월 1일 제일고등학교에서 초청 강연을 하게 되는
데, 이때 유명한 「모반론」을 발표한다.[1] 그 연설에서 그는 대역
사건의 희생자들이 난신적자가 아니며 오히려 그들 역시 방법
은 다르지만 충심으로 나라를 걱정한 지사들이었다고 주장해
젊은 청중들에게 충격과 감동을 동시에 안겨주었다.

　"그들은 원래 사회주의자였다. 부의 분배가 불평등한 곳에
사회의 결함을 보고 생산 기관의 공유를 주장했던 사회주의가

뭐가 두려운가? 세계 어디에나 있다. 그러나 속 좁고 신경질적인 정부가 크게 신경을 써서, 특히 사회주의자가 러일전쟁에 대해 비전론非戰論을 제창하자 돌연 압박을 가했고 아시오 광독 사건*부터 적기 사건**에 이르기까지 관권과 사회주의자는 끝내 개와 고양이처럼 앙숙이 되고 말았다. 제군, 최상의 모자는 머리 위에 있다는 것을 잊게 하는 모자다."

도쿠토미 로카는 모자처럼 있는지 없는지 몰라야 좋은 국가인데, 만일 그것이 머리를 너무 무겁게 짓누르면 당연히 모반할 수밖에 없지 않느냐고 주장했다.

"제군, 모반을 두려워해서는 안 된다. 모반인을 두려워해서는 안 된다. 스스로 모반인이 되는 것을 두려워해서는 안 된다. 새로운 것은 언제나 모반이다."

그런데 도쿠토미 로카의 형 도쿠토미 소호는 전혀 다른 인물이다. 그 역시 처음엔 잡지 『국민지우』(1887)와 『국민신문』(1890)을 설립해 자유주의와 평민주의를 적극 옹호했지만, 청일전쟁 직후 이른바 삼국간섭(1895) 때부터는 국수주의자로 돌변했다. 로카는 형의 그러한 변절에 항의하는 뜻으로 자신의 성 '도쿠토미德富에서 갓머리를 떼어낸 채 '德冨'로 표기했다.

---

* 광독(鑛毒) 사건: 메이지 시대 초기부터 도치기현과 군마현의 와타라세 천 주변에서 벌어진, 아시오 동광의 공해 사건.
** 적기(赤旗) 사건: 1908년 6월 일본에서 발생한 사회주의자 탄압 사건.

형 소호는 한일 병합 이후 조선 총독의 권유로 서울에 와 경성 일보사의 감독에 취임하는 등 일제가 식민지 언론 정책을 펴나가는 데 크게 일조한다. 그 과정에서 그의 오른팔이라 할 수 있는 아베 미츠이에를 통해 이광수를 발굴하고 생애 내내 그와 끈끈한 유대 관계를 맺는다. 사실 이광수는 평생 그를 스승 이상으로, 거의 아버지처럼 받들며 살아간다. 전후 도쿠토미 소호는 A급 전범 혐의를 받지만 노령과 건강 문제로 가택 연금 처분만 받는다. 한 가지 더 기억할 것은 모두가 침묵하고 있던 대역 사건에 대해 엄청난 용기를 발휘해 그것을 비판한 도쿠토미 로카조차 어디까지나 천황, 특히 메이지 천황의 절대적인 숭배자였다는 사실이다. "메이지가 다이쇼가 되었을 때 나는 내 생애가 중단된 것처럼 느꼈다"는 그는 「모반론」 강연에서도 "그들도 천황 폐하의 갓난아이赤子이며 우리들의 혈관에는 태어날 때부터 근왕의 피가 흐르고 있다"고 전제했던 것이다.[2]

김경이 도쿠토미 로카보다 훨씬 길게 언급하는 것은 기노시타 나오에인데, 그는 소설가이기 이전에 고토쿠 슈스이, 사카이 도시히코, 가타야마 센 등과 더불어 사회민주당을 결성한 인물이다. 그의 장편 『불기둥』(1904)은 기독교도의 입장에서 러일전쟁을 신랄하게 비판한 소설로 유명하다. 김경도 처음엔 그저 제목이 마음에 들어 산 그 소설을 읽고 단번에 소설 속 인물처럼 비전론자가 되기로 마음먹었을 정도였다. "그날 밤으로 그

한 권을 통독할 새, 더할 수 없이 말랐던 섶에 불이 떨어지매 갑작 와락 불길이 일어나는 모양으로" 김경의 어린 가슴은 '뜨거운 불바다'가 되었다. 그리하여 그의 소설을 몇 편 더 읽고 나자 김경은 갑자기 언어와 행동이 온순·겸손해지고, 가끔 묵상에 잠기는가 하면, 한밤중에 집을 나가 어디 교외를 무작정 걷거나, 밤새도록 책상 맡에 앉아 글을 쓴다고 끄적거리고, 그러다가 히스테리에 걸린 사람처럼 울기도 했다. 주변에서는 그런 김경을 두고 소년 철학자라고 했다.

기노시타 나오에는 조선에도 매우 우호적인 시선을 보냈다. 자신이 근무하던 『평민신문』에 「경애하는 조선」(1904.6.19)이라는 사설을 싣기도 했다. 거기서 그는 "조선은 일찍이 중국과 인도의 학예, 기술, 도덕, 종교를 일본에 전해준 대은인인데 일본의 보답이라고는 침략뿐이었다"고 자기 조국 일본의 태도를 신랄히 비판했다.[3]

그런데 도쿠토미 로카나 기노시타 나오에 모두 기독교도로 둘다 저명한 톨스토이주의자라는 공통점이 있다. 도쿠토미는 신문사 시절 일본 최초의 톨스토이 평전을 쓴 바 있으며, 러일전쟁 직후(1906)에는 성지 순례를 떠난 김에 러시아로 가 직접 톨스토이를 만나기도 했다. 당연히 그의 인도주의 사상을 받아들여 사형 제도 폐지를 주장했다.[4] 기노시타 나오에는 당대 일본에서 누구보다도 출중한 톨스토이주의자로 불릴 만했다. 그는 일종의 사회주의 소설이라 할『불기둥』에서 베벨과 크로포트킨을 칭송하고 있지만, 실제로는 자신이 정신적으로 가장 애모하며 끌리는 인물이 바로 톨스토이라고 밝혔다. 사실 그들뿐만 아니라 근대 초기 일본 사회는 톨스토이 열풍에 휩싸였다. 많은 작가들이 이상주의이자 인도주의로 알려진 대문호 톨스토이의 사상과 이념을 자신들의 삶과 작품에 반영하고자 노력했는데, 1901년 등장한 백화파白樺派가 대표적이다.5 무샤노코지 사네아쓰의 새로운 마을 운동과 아리시마 다케오의 농지 해방 운동이 유명하다. 아리시마의 경우 부친으로부터 물려받은 홋카이도 대농장의 소유권을 포기하고 그것을 소작인들의 공동 소유로 돌려준다. 그때 그가 내건 유일한 조건은 훗날 자기가 들르면 며칠 머물 곳을 흔쾌히 제공해달라는 것뿐이었다.

조선의 유학생들도 일본에서 톨스토이를 만난다. 선두주자는 홍명희였다.

세계적 위인이라고 떠드는 톨스토이건만 당시 동경에 있는 조선인 유학생 몇백 명 중에는 톨스토이의 이름을 아는 사람도 몇 사람이 못 되었다. 톨스토이의 작품을 단 한 권이라도 본 사람은 드물기가 새벽하늘의 별과 같아서 나의 아는 범위로는 3~4인에 불과하였다. 나는 덕부노화德冨蘆花, 도쿠토미 로카의『순례기행』으로 톨스토이란 인물이 러시아 시골

야스나야 폴리나에 있는 줄을 알았고 『19세기 예언자』(작자 씨명은 잊었다)란 책에서 카알라일, 러스킨과 같이 톨스토이가 신복음을 창도하는 사람인 줄을 알고 그 문학적 작품이란 것이 모두 예수교 냄새가 나려니 지레짐작하였다.[6]

홍명희는 처음 톨스토이를 그다지 좋아하지 않았다. 자기 말로 그 무렵은 "예수교를 공연히 싫어하던 때"였기에 톨스토이는 작가라기보다 "글 짓는 복음사로 눈에 비치는 데다가 순순히 후생을 훈도하는 태도가 비위에 받지 아니"하였다. 예술가가 종교가로 '변절'이라도 한 것처럼 여겼기 때문이다. 하지만 우치다 로안의 번역으로 『부활』(1905)을 한번 본 뒤에는 마음이 달라져 2중역이든 3중역이든 『안나 카레니나』와 『전쟁과 평화』를 얼른 보고 싶은 마음이 들었노라 했다.

최남선도 톨스토이를 부지런히 소개했다.[7] 『소년』 1909년 7월호에서 처음 소개한 이후 특히 톨스토이가 쓴 민화를 여섯 편이나 실었다. 1910년 톨스토이가 서거했다는 소식이 전해졌을 때는 한 호(제21호)를 아예 추모 특집호로 꾸렸다. 거기서 최남선은 톨스토이를 애도하는 긴 노래를 지어 올렸으며, 그의 평전과 연보는 물론이고, 톨스토이를 낳은 러시아의 사진 풍광을 그의 민화 세 편과 함께 실었다. 한마디로 최남선에게 톨스토이는 조선의 소년, 청년들이 본받고 따라야 할 참스승이었다.

그런데 그가 받아들인 톨스토이는 실제를 고루 다 반영한 건 아니었다. 오히려 톨스토이의 일면, 즉 그의 근면함이라든지 인격 수양에 힘쓰는 모습만 두드러지게 소개했다. 금욕적 '대大선지자'라는 표현이 딱 어울릴 만큼이었다. 이를 일면적이라 할 수 있는 것은, 만년의 톨스토이가 보여준 문명 거부와 병역 거부, 무엇보다 국가에 대한 불복종 사상을 도려냈기 때문이다. 오늘날 한국 사회에서 "국가를 반대하고 정부의 폭력성을 신랄하게 공격한" '싸우는 평화주의자'로서 톨스토이를 잘 기억하지 못하는 것도 따지고 보면 그 원조가 최남선이라고 말할 수도 있는 셈이다.

이광수 역시 일본 유학 시절 톨스토이를 만나 크게 감화를 받았다. 그의 산문 「두옹과 나」[8]에 따르면 메이지 중학교 4학년 때 일본인 친구 야마사키로부터 『내 종교』라는 책을 빌려본 것이 계기가 되어 두옹杜翁, 즉 톨스토이를 알게 되었다고 밝히고 있다. 첫인상은 김경도 말하는 바와 같이 문장이 난삽하고 사상 또한 생소하고 고상하여 소년이 제대로 이해할 수 있는 수준은 아니었을 것이다. 사실 이광수가 다닌 메이지 중학교는 기독교 계통이어서 그 역시 성서에 대해 어느 정도 이해하고 또 받아들이고 있었다. 하지만 목사라든지 교회의 실제 행태는 성서의 가르침과 천양지차인 경우가 비일비재했다. 도쿄 기독교청년회에서 연 '전승戰勝 감사 기도회' 때는 목사가 마태복음의 유명한 「산상수훈」을 강론했다. 이광수는 문득 그것이 "서로 사랑하라. 미워하지 말라. 오직 서로 용서하라"는 뜻인데, 그렇다면 러일전쟁 때 패한 러시아는 어떤 기도를 할까 궁금했다. 그 의문은 야마사키가 빌려준 책을 보고 씻은 듯이 풀렸다. 톨스토이는 오직 "예수 가라사대" 한 바로 그 예수의 생각만을 제 신앙의 중심으로 삼을 것을 요구했다. 그에 반해 현실의 교회에서는 여러 가지 조건을 달아 참혹한 전쟁마저 제멋대로 합리화하는 경우가 많았다. 이광수는 그때부터 교회에 가지 않았다. 교회는 예수의 가르침을 왜곡하고 거세해버리는 데라고 생각했기 때문이다.

이광수의 메이지 시절, 심지어 한 목사는 성서 시간에 한국이 일본에 병합된 것은 도쿠가와 쇼군이 천황에게 국가의 통치권을 되돌려준 사건, 즉 대정大政을 봉환한 것과 같다고 말했다. 이때 분을 참지 못한 이광수는 일어나서 이렇게 말했다 한다.

"일본이 한국에 이런 일을 당하는 날이 오면 당신은 대정 봉환이라고 기뻐하겠소?"[9]

그의 말이 액면 그대로 진실인지는 확인하기 어렵지만, 이광수가 교리와 다른 기독교 혹은 기독교인의 모순적인 언행에 대해 꽤 비판적이었던 것만큼은 훗날의 행적들이 증명한다. 이때 그는 특히 유학 시절 처음 만난 톨스토이로부터 받은 충격, 즉 현실의 교회가 오히려 예수의 진정한 가르침을 왜곡하고 더럽힌다는 주장에 크게 공감하는 것이다.

그는 최남선과 달리 국가 체제에 대한 톨스토이의 반감 또한 정확히 이해하고 있었다.

> 그(톨스토이)는 비록 국법이라 할지라도 제가 믿는 진리에 어그러진 것이라면 복종할 이유가 없을 뿐더러, 그것을 복종하는 것은 저로는 노예가 되는 것이요, 동포에 대하여서는 악을 조성하는 것이라고 하였고, 납세에 대하여서도 그 돈이 악한 일에 쓰이는 것을 믿거든 거절할 것이라 하고, 병역과 사법은 절대로 부인할 것이라 하였다. 그리고 국가의 명의로 되는 것은 결국 어느 집권자 개인 혹은 수인의 의사니 예수를 믿어 하느님께 충성할 의무만을 가진 크리스천으로는 이러한 인위적인 무엇에나 복종하지 아니하는 것이 옳다고 하였다.[10]

톨스토이는 유학생들을 통해 조선에도 급속히 전파되었다. 최남선과 이광수는 물론 김억, 조명희, 나도향 등은 직접 번역 작업에도 뛰어들었다.

전영택의 단편 「운명」(1919)[11]에는 만세운동으로 경성 감옥에 들어간 주인공 오동준이 무더위 속에 공상으로 소일하는 장면이 나온다. 그 공상 가운데는 약혼자와 더불어 결혼식을 한 뒤 만주 지방으로 가고 또 시베리아로 가고 나아가 톨스토이가 농사짓고 지낸다는 야스나야 폴랴냐까지 가보리라는 계획도 있었다, 그래서 어떤 친구만 새로 들어오면 러시아 말을 배울 만한 책을 하나 얻어서 들여보내 달라고 부탁했다.

도스토옙스키, 고골리, 투르게네프를 비롯해 다른 많은 러시아 작가들 역시 서구의 작가들보다 더 널리 유행하기 시작했는데, 이는 시대의 분명한 특징 중 하나였다. 완고한 차르 체제를 무너뜨린 러시아 혁명의 열기가 자연스레 러시아 문학에 대한 관심으로 이어졌던 것이다.

몽몽의 단편 「요죠오한」(1909)은 유학생 함영호의 방을 이렇게 보여주는 것으로 시작한다.

이층 위 남향한 '요죠오한四疊半, 4첩 반'이 함영호의 침방, 객실, 식당, 서재를 겸한 방이라. 장방형 책상 위에는 산술 교과서라, 수신 교과서라, 중등외국지지 등 중학교에 쓰는 일과책을 꽂은 책가冊架가 있는데 그 옆으로는 동떨어진 대륙 문사의 소설이라 시집 등의 역본譯本이 면적 좁은 게 한이라고 늘어 쌓였고 신구간의 순문예 잡지도 두세 종 놓였으며, 학교에 다니는 책보자冊褓子는 열십자로 매인 채 그 밑에 벌였으며, 벽에는 노역복을 입은 고리키와 바른손으로 볼을 버틴 투르게네프의 소조小照가 걸렸더라.[12]

158

이 소설의 필자 몽몽은 순성 진학문으로 그는 도쿄 외국어학
교에서 러시아 문학을 전공했다. 그는 1914년부터 1916년 사
이에 투르게네프의 산문시를 비롯하여 코롤렌코, 안드레예프,
자이체프, 체호프의 단편 소설을 꾸준히 번역해 『학지광』에 신
는다.[13] 참고로, 와세다 대학 노문과에는 이석훈, 안막, 이찬, 한
재덕 등이 다녔다.

도쿄의 조선 유학생들이 전공 여부를 떠나 대개 러시아 문학
에 친숙했다고는 해도 홍명희만큼은 아니었다.[14] 그는 러시아
작품의 일본어 번역본을 자기만큼 알뜰히 모아 가진 사람은 드
물 거라고 장담했다. 홍명희는 귀국한 후 러시아 문학을 연구
하기 위해 러시아어를 1년여 배웠고, 해삼위(블라디보스토크)에
적을 둔 원동신문사의 특파원과 알게 된 것을 연줄 삼아서 아
예 러시아로 가려고 뜻을 품은 적도 있었다.

훗날의 일이지만 이상의 단편 「지도의 암실」(1932)에는 이
런 문장이 나온다.

그는 에로시엥코를 읽어도 좋다. 그러나 그는 본다. 왜 나
를 못 보는 눈을 가졌느냐 차라리 본다. 먹은 조반은 그의
식도를 거쳐서 바로 에로시엥코의 뇌수로 들어서 소화가
되든지 안 되든지 밀려나가던 버릇으로 가만가만히 시간
관념을 그래도 아니 어기면서 앞선다. 그는 조반을 남의

뇌에 떠맡기는 것은 견딜 수 없다, 고 견디지 않아버리기
로 한 다음 곧 견디지 않는다. 그는 찾을 것을 곧 찾고도 무
엇을 찾았는지 알지 않는다.[15]

글 속의 '에로시엥코'는 불굴의 아나키스트였던 러시아 시인
예로센코를 말한다. 낮에도 불을 켜야 하는 암실 같은 방에 사
는 K의 일상을 그릴 때 문득 예로센코를 거론하는 것이다. 당
연히 그가 맹인이었기 때문에 그런 식의 등장이 가능했을 것이
다. 이상 말고도 조선의 문인으로 염상섭과 김동환 등이 도쿄
에서 예로센코를 만났다는 사실을 밝히고 있다.[16] 김동환은 도
쿄 대지진이 일어나기 전 한창 장마가 심한 6월 어느 날, 신주
쿠에 있는 조선노동총동맹 사무실에서 열린 중앙위원회 회의
를 기다리다 역시 위원 중 한 사람인 S가 데려온 예로센코를
처음 만났다.[17] 그는 오래 따듯한 자리에 누워보지 못하고 오
래 맛난 음식도 먹어보지 못했던 모양으로 용모는 몹시 초췌하
고, 서양 사람으로는 좀처럼 보기 드문 광대뼈조차 쑥 불거져
있었다. 그는 배가 고픈지 밥을 청했다. 마침 동맹회관에서 자
취하는 사람이 있어 다행히 그에게 남은 저녁밥 한 공기와 이
미 식어버린 미소시루 한 종지를 내놓을 수 있었다. 그는 쓸쓸
하게 한 번 웃더니 부자유스러운 손으로 더듬더듬 그 밥을 먹었
다. 그가 식사하는 동안 사기그릇을 딸가닥거리는 소리밖에 다

1922년 5월 23일, 베이징에서 열린 세계어학회에서 예로센코.
앞줄 왼쪽에서 두 번째는 공초 오상순, 그 오른쪽 옆은 루쉰의 동생 저우쭤런.
루쉰은 예로센코 오른쪽에 있다.

른 소리는 들리지 않았다. 김동환과 동료들은 외국의 불쌍한 망명객의 처지에 가슴이 저려왔다. 식사 후 그는 신바시 정거장으로 나갔다. 그게 그와의 첫 대면이자 마지막 만남이었다. 그 길로 그는 상하이로 다시 정처 없는 유랑의 길을 떠났다. 일본에서는 더 이상 그의 망명을 받아들이지 않았기 때문이다. 공초 오상순은 그렇게 쫓겨난 예로센코를 중국 베이징에서 만나게 된다.

예로센코가 지압을 배우러 일본에 온 것은 때마침 세계대전이 발생한 1914년의 일이었다. 그는 일본에서 진보적인 지식인들과 교류를 쌓는 한편, 천재적인 어학 능력을 바탕으로 일본어로 동화를 써서 발표했다. 그가 일본에 체류 중일 때 동양인 최초로 노벨 문학상을 수상한 라빈드라나트 타고르가 방일해서 강연을 했다. 타고르는 서양의 물질문명과 비교되는 동양의 정신문명을 거론하던 과정에서 일본을 일컬어 동양 정신의 진수라고 추켜세웠다. 그러자 예로센코는 자리에서 일어나 이렇게 반박했다

"물질에 동서양의 차이가 어디 있겠는가? 당신의 이야기는 중점을 다르게 둘 뿐 구조상으로는 서구 인종주의자들의 '동양과 서양의 본질적 차이' 궤변과 다를 바 없다. '서양'과 '동양'을 차별하는 것은 민족들을 이간질하려는 지배층의 수법일 뿐, 실제로 노동하는 사람들의 이해관계는 동서를 막론하고 똑같다."[18]

예로센코의 비판 말마따나 타고르의 이미지는 서양이 만든 이른바 '동양의 성자'로서의 그것이었다. 하지만 흔히 알려진 것과 달리 타고르는 제국주의를 비판하고 전쟁을 반대한 또 한 명의 '싸우는 평화주의자'이기도 했다. 실제로 그는 인도 북부 암리차르에서 영국군이 무고한 민중을 대량 학살하자 영국 왕실에서 받은 기사 작위를 반납했다. 타고르는 몇 차례에 걸쳐 일본을 방문했지만, 정작 그를 환영한 사람이 드물었던 것도

일본을 방문한 타고르(1925).
맨 왼쪽이 조선의 제1세대 러시아 문학자 진학문이다.

그의 이러한 사상적 배경 때문이었다. 타고르는 일본의 아름다운 문화와 전통을 찬양했다. 그러나 1917년에 펴낸 한 책에서는 일본의 민족주의가 '힘'을 받아들이는 것의 위험성을 예언처럼 경계했다. 이런 만큼 한 번도 들르지 않은 그에게 열광한

163

식민지 조선과 달리 일본에서는 소수의 지식인들과 종교인들만이 그를 따르고 반겼다.[19]

1916년 방문 당시 타고르는 요코하마의 일본식 별장에 머물렀다.[20] 그곳을 와세다 대학의 한 교수가 인솔하는 23명의 다국적 인사들이 찾아갔다. 조선인 진학문도 그 속에 끼어 있었다. 그날 모임이 있고 나서 일주일 뒤 진학문은 다시금 요코하마를 방문했다. 이번에는 『청춘』에 낼 원고를 부탁했다. 타고르는 기꺼이 응했는데, 정작 원고는 1년도 지나 1917년 11월에야 잡지에 실을 수 있었다. 「쫓긴 이의 노래_The Song of the Defeated_」라는 시도 실렸다. 그 번역이 상대적으로 탁월하다는 평이 있는데, 6행에 불과한 영문 원시를 무려 23행의 우리말로 옮긴 역자가 진학문인지 최남선인지 밝혀지지는 않고 있다.

주께서 날다러 하시는 말삼
외따른 길가에 홀로 서 있어
쫓긴 이의 노래를 부르라시다.
대개 그는 남모르게 우리 님께서
짝 삼고저 구하시는 신부일세니라.
그 얼굴을 뭇사람께 안 보이랴고
검은 낯가림으로 가리었는데,
가슴에 찬 구슬이 불빛과 같이

캄캄하게 어둔 밤에 빛이 나도다.

낮이 그를 버리매 하나님께서

밤을 차지하시고 기다리시니

등이란 등에는 불이 켜졌고

꽃이란 꽃에는 이슬 맺혔네.

고개를 숙이고 잠잠할 적에

두고 떠난 정다운 집 가으로서

바람결에 통곡하는 소리 들리네.

그러나 별들은 그를 향하야

영원한 사랑의 노래 부르니

괴롭고 부끄러워 낯붉히도다.

고요한 동방洞房, 침실의 문이 열리며,

오라고 부르는 소리 들리니

만날 일 생각하매 마음이 졸여

어둡던 그 가슴이 자조 뛰도다.

타고르가 네 번째 방일한 1929년 『동아일보』에 준 저 유명한 「동방의 등불」이 사실은 "짜집기와 조작의 산물이자 노골적인 오독"인 데 반해, 이 시 「쫓긴 이의 노래」는 "의도적으로 착오를 겨냥한 탁월한 번역"으로 인정받는다.[21] 왜냐하면 식민지 조선의 암울한 현실을 강렬하게 환기시키는 절묘한 선택의 결과로 이 시(의 번역)가 나왔기 때문이라는 것.

이렇듯 식민지 조선의 유학생들은 도쿄에서 다양한 형태의 세계를 다양한 방식으로 만나게 되는데, 많은 경우 그 만남은 아직 '환멸'보다는 '희망' 쪽으로 무게추가 더 많이 기울고 있었다.

9

도쿄,
신여성의 희망과 절망

최찬식의 신소설 「추월색」

(1912)[1]은 도쿄의 상야 공원, 즉 바로 예의 우에노 공원에서 첫 장면의 이야기를 풀어낸다. 시름없이 오던 가을비가 그치고 슬슬 불던 서풍이 쌓인 구름마저 쓸어버리니, 하늘에는 티끌 한 점 없어지고 교교한 가을 달빛은 천지에 가득하더라. 거기 다리 난간에 기대서서 달빛을 바라보는 한 여학생이 있었으니, 나이는 십팔구 세쯤 되어 보이는데 용모 또한 이루 형용하기 어려울 정도로 어여쁘더라. 그때 어떤 하이칼라 소년이 술이 반쯤 취해 노래를 부르며 다가오는데, 멀리서 봐도 불량기가 넘쳐흐르더라. 왼손에 단장을 들고 희뚝희뚝 내려오는 모양만으로도 애먼 부형의 재산을 꽤 없앴으며, 남의 집 색시도 무던히 버려놓았겠더라, 운운하면서.

소설은 '소년'으로 등장하는 그 자가 이미 유학생 사회에서 안면이 있던 여학생에게 다가가 다짜고짜 청춘 남녀의 인연을 들먹거리며 추근거리는 장면으로 이어지고, 그러다가 덜컥 손목을 잡고, 나아가 여학생의 가늘고 약한 허리를 덥석 안고 나무 수풀 깊고 깊은 곳, 어두컴컴한 곳으로 들어가는 장면을 보여주기에 이른다.

신소설 「추월색」(회동서관, 1912).
표지 그림의 배경이
도쿄의 우에노 공원이다.

위기의 상황에서도 여학생이 점잖게 타이른다.

"여보시오. 해외에 유학도 하고 신사상도 있다는 이가 이런 금수의 행실을 행코자 하면 어찌하자는 말씀이오? 당신은 섬부한 학문과 우월한 재화로 국가도 빛내고 천하도 경영하실 터이거늘. 지금 일개 여자에게 악행위를 더하고자 하심은 실로…."

상대는 말로써 말을 알아먹을 위인이 아니다. 위기일발의 순간! 다행스럽게도 홀연히 나타난 백기사의 도움으로 여학생은 정조와 목숨을 함께 구한다. 나중에 알고 봤더니 그 여학생 이정임과 백기사 김영창은 어린 시절 약혼까지 한 사이였고, 결국 우여곡절은 있었지만 당대 신소설 독자들의 지극한 바람대로 두 청춘 남녀는 무사히 백년가약을 맺기에 이른다.

그러나 현실에서 신여성들의 운이 마냥 좋은 것만은 아니었다.

평양 출신의 김명순은 도쿄에서 국정여학교를 다녔다.[2] 어느 날 일본 육사를 졸업하고 소위로 임관한 이응준이라는 조선 청년하고 만났는데, 그자에게 그만 겁탈을 당하고 말았다. 고향에서부터 안면이 있던 터라 의심을 품지 않았기에 더욱 기가 막혔다. 김명순은 강물로 뛰어들었다가 행인에게 구출되었다. 이제 그녀는 전혀 새로운 인생을 살아야 했다. 제 뜻대로 해나갈 수 있는 일은 하나도 없었다. 신문에는 그녀의 실명이 고스란히 드러났다. 먼저 유학생 사회가, 곧바로 조선 사회가 그녀의 '정체'를 알아버렸다. 풍기 문란한 신여성. 김명순은 아니라고 말할 틈도 없이 그렇게 낙인이 찍혀버렸다.

여성은 현모양처의 외길을 가야 했다. 그 길을 벗어나는 순간에는 오직 가십이었다. 더군다나 신여성은 존재 자체가 한낱 스캔들로 간주되는 경우가 많았다.

동경에 유학하는 여학생의 은적隱跡, 어찌한 까닭인가
평안남도 평양 사는 김희경의 딸 기정(17)[*]은 목하 동경에

---

* 기정: 김명순의 아명. 김탄실도 아명이다.

서 미국인이 경영하는 사곡전마정四谷傳馬町 파푸데스트 교회 여자 학교에 기숙 중인바 지나간 이십사 일 아침에 외출한 뒤로 행위 불명이 되어 동학교 사감이 사곡경찰서에 보호 수색을 청원하였으나 아직 종적을 아지 못하였더라. 그 여자는 그 전부터 국정鞠町 오번정伍番町 근처 하숙에 있는 유학생으로 목하 마포麻浦 연대부 보병 소위 이 모(이용준?)(23)라는 한 청년과 서로 연연불망하는 사이라 한즉 이李를 생각하다 못하여 료사를 빠져나간 것이 아닌가 하는 말이 있고….(동경 전보)

―『매일신보』(1915.7.30)

은적隱跡 여학생 후문
육군 소위를 연애
평안남도 평양도 참사 김희경 씨의 딸 기정(17)의 행위 불명의 사는 동경 전보로 보도하였거니와 추후 소식을 들은즉 동경 국정 오번정에 하숙하는 목하 마포 연대부 보병 소위 이응준(23)은 기정과 결혼하기를 수삼 차 청구한 일이 있었으나 기정의 집에서는 불응하였더니 종시 이 모와 같이 결혼할 마음이 있어 이런 일을 행한 듯하며 일작 동경 사곡전마정 학교 기숙사로 돌아왔다는 편지가 김희경 씨에게 도착되어 안심하는 중인데 필시는 이 모와 결혼할

듯하다고 전하는 말이 있더라.(동경통신)

—『매일신보』(1915.8.5)

신문은 실제 사실 여부를 추적하여 보도하는 게 아니라 소문을 그대로 옮기는 수준이었다. 더 큰 문제는 가해자에게 유리한 주장만 일방적으로 보도된다는 점인데, 오늘로 치면 피해자에 대한 2차 가해도 언론의 이름으로 버젓이 이루어지고 있다 하겠다.

다행히 문학은 그녀에게 유일한 탈출구를 제공했다. 그녀는 1917년 잡지 『청춘』의 '특별 대현상'에 응모하여 당당히 입상했다. 심사를 맡은 이광수는 그녀의 단편 소설 「의심의 소녀」가 "교훈 같은 흔적은 조금도 없으면서도 그러면서도 재미있고 또 그 재미가 결코 비열한 재미가 아니요 고상한 재미"를 준다고 말했다. 그러면서 "조선 문단에서 교훈적이라는 구투를 완전히 탈각한 소설"로는 자신의 소설 『무정』과 더불어 이 「의심의 소녀」 따위를 꼽을 수 있을 거라며 높이 평가했다.

하지만 이후에도 김명순을 바라보는 시선은 전혀 달라지지 않았다. 등단 이후 그녀에 대한 관심이 증폭되었지만 그것은 그만큼 가십이나 스캔들의 재료가 늘어났다는 사실만 말해줄 뿐이었다. 신생 잡지 『개벽』(1921, 제9호)은 김명순을 겉으로는 독신주의자를 자처하지만 실상은 "밤 깊도록 쏘대기가 매일

172

매야"요, 어쩌다 밖에 나가지 않는 날이면 찾아오는 신사가 늘어섰다는, 그래서 그들에게 "피임법을 알려주는 독신주의자"로까지 소개한다. 또 다른 잡지 『별건곤』은 『개벽』의 그런 기사에 대해 그녀가 항의했던 일까지 "소위 명예 훼손이니 뭐니 하는 일답지 않은 일"을 벌였다며 조롱조로 소개한다. 그 일 이후 그녀는 음탕할 뿐 아니라 히스테리까지 부리는 여자로 낙인이 찍히고 만다.

문학마저 그녀의 편이 아니라는 사실도 곧 드러난다. 이제 그녀는 그녀가 쓴 소설보다는 다른 작가들이 그녀를 주인공으로 내세워 쓴 소설로 훨씬 더 유명해진다. 김동인의 「김연실전」(1939)이 대표적인데, 그녀의 사후에는 전영택이 그녀의 도쿄 행적을 다룬 단편 「김탄실과 그 아들」(1955)을 발표한다. 자전적 소설 「탄실이와 주영이」(1924)에도 밝혔듯이 김명순의 아명이자 필명이 '탄실'이었음은 널리 알려진 사실이다.

염상섭의 단편 「제야」(1922) 또한 작가의 부인에도 불구하고 '혐의'를 받기에 충분한 조건을 지녔다.[3] 거기에는 착하디착한 남편을 배반하고 방탕한 생활을 즐기다가 끝내 몰락하고 마는 신여성 정인이 등장한다. 그런데 그녀는 태어날 때부터 간부간부姦夫姦婦인 부모의 잘못된 피를 받은 터라 저로서도 시도 때도 없이 분출하는 '강렬한 성욕의 충동'을 어쩌지 못한다. 그녀가 그 감로수처럼 달콤한 충동을 원 없이 누리게 되는 기회가 찾아온다. 그곳이 바로 도쿄였다.

과연 6년간의 동경 생활은 가정에서 경험한 것과도 또 다른 화려한 무대였습니다. 나의 앞에 모여드는 형형색색의 청년의 한 떼는, 보옥상寶玉商 진열상 앞에 선 부인보다도, 나에게는 더 찬란하고 만족히 보였습니다. 그들 중에는 음악가도 있었습니다. 시인도 있었습니다. 화가도 있었습니다. 소설가도 있었습니다. 법률학생, 의학생, 사회주의자, 교회의 직원, 신학생…. 등 각 방면에 까지 않은 생달걀이지만, 그래도 조선 사회에서는, 제가끔 조금씩은, 지명의 사士라는 총중叢中이었습니다. 미남자도 있거니와 추남자도 있고, 신사나 학자연하는 자도 있거니와, 조포粗暴한 학생 티를 벗지 못한 자도 있었습니다. 신경과민한 영리한 자도 있고 둔물鈍物도 있습니다. 풍요한 집 자제도 있고, 빈궁한 서생도 있습니다. 그러나 어떠한 남자든지 각기 특색이 없는 것이 없었습니다. 다소라도 호기심을 주지 않는 남자가 없었습니다. (중략) 그들에게 대한 나는 절대였습니다. 나의 의사는 최고 권위였습니다.

정인은 도쿄에서 남자들을 언제든지 갈아 끼울 수 있는 반지처럼 다룬다. 일부종사하라는 옛 도덕은 사형 선고보다 나을 것도 없었다. 그녀는 자신에게 쏟아지는 온갖 구설과 험담에도 당당했다.

흥, 정조? 네 똥에서는 무슨 냄새가 나던? 네 눈썹에는, 먼지 하나도 아니 붙었다는 자신이 있거든, 마음대로 떠들려무나. 그렇게도 소위 여자의 정조가 탐이 나느냐? 조선 사회에서는 부정한 여자가 많아서, 난봉꾼이 많은 게로구나?

정인은 정조가 '상품'이 아니며 '취미'도 아니며 '자유의사에 일임할 개성의 발로'라고 말한다. 실제로 이 주장은 김명순보다는 그녀와 같은 해(1898) 태어난 다른 두 신여성 나혜석과 김원주(김일엽)의 주장에 훨씬 가깝다. 그러나 가령 나혜석의 경우에도, 아무리 당당한 그녀라고 해도, 직접 제 입으로 이런 주장을 펴게 되는 것은 파란의 세월이 꽤 흐른 뒤에나 가능했다. 「이혼 고백장」(1934)과 「신생활에 들면서」(1935) 같은 글에서 그런 주장을 읽을 수 있다. 그녀 역시 젊은 시절에는 '조선의 눈길'을 끊임없이 의식하지 않을 수 없었다. 그녀의 소설에서는 '동경 유학'까지 다녀온 신여성 경희가 남들보다 훨씬 더 부지런히 집안 살림을 하는데, 그건 그만큼 저를 지켜보는 저 엄청난 시선을 너무나 분명하게 느끼고 있었기 때문이다.[4]
하다못해 아버지조차 다르지 않아, 아니 어떤 면에서는 오히

이혼한 직후 화실에서 작품과 함께 선 나혜석. 1932년.

려 더 심해서, 이렇게 묻는다.

"그런데 일본 보내서 **버리지는** 않은 모양이오?"

그러자 어머니는 얼른 편을 들고 나선다. 웬걸, 아침이면 누구보다 먼저 일어나 마루 걸레질이며 마당까지 멀겋게 치워놓는다고….

물론 당사자인, 어렸을 때 이미 부모끼리 혼인을 약속한 처지의 경희는 "그리로 시집가면 생전 배불리 먹다 죽지 않겠니?" 하는 아버지에게, 그 무서운 아버지에게 벌벌 떨면서도 끝내 이렇게 제 속을 펴 보인다.

"먹고만 살다 죽으면 그것은 사람이 아니라 금수이지요. 보리밥이라도 제 노력으로 제 밥을 제가 먹은 것이 사람인 줄 압니다. 조상이 벌어놓은 밥 그것을 그대로 받은 남편의 그 밥을 또 그대로 얻어먹고 있는 것은 우리 집 개나 일반이지요."

나혜석이 소설 「경희」를 발표한 것은 1918년, 도쿄에서 미술학교를 졸업하던 해였다. 그해 10월, 이광수는 처 백혜순과 이혼에 합의하고 도쿄 여의전 출신의 허영숙과 함께 베이징으로 갔다. 물론 그 전에 그는 도쿄 조선인 사회에 널리 퍼진 "혜석 씨와 나와의 관계"에 대하여 자신은 그녀를 유혹한 일이 없으며 "내가 오직 사랑을 청한 사람이 있다면 그는 영숙 씨뿐"(1918.9.4)[5]이라고 편지를 보내는 일도 잊지 않았다.

나혜석이 미술계를 대표하던 신여성이라면, 윤심덕은 음악계를 대표하던 신여성이었다. 평양 출생의 윤심덕은 숭의여학교와 평양여고보를 나와 조선 총독부 관비 유학생으로 뽑혀 도쿄로 건너간 뒤 도쿄 음악학원을 다녔다. 윤심덕은 도쿄 음악학원 최초의 조선인 학생이었다. 그녀는 유학생 사회에서도 인기가 좋았는데, 목포의 갑부집 아들로 극작가이자 와세다 대학 학생인 김우진을 만난 것도 유학생들이 주최한 순회 공연에서였다. 그러나 당대의 보편적인 풍습대로 김우진 또한 조혼을 해서 아이까지 둔 유부남이었다. 1924년 귀국한 윤심덕은 김우진의 권유로 토월회에서 배우로 일을 하다가 「사의 찬미」를 녹음하게 된다. 이 노래는 조선 최초의 대중가요로 선풍적인 인기를 끌었다. 반면 김우진과의 사랑은 더 이상 지탱할 수 없는 운명이었다. 1926년 두 사람은 윤심덕이 레코드 취입을 위해 일본으로 갔다가 돌아오는 길에 연락선을 함께 탔고, 마침내 8월 4일 오전 4시경 현해탄에서 몸을 던져 함께 생을 마감했다.

8월 5일자 『동아일보』는 사건을 이렇게 보도했다.

지난 3일 오후 11시에 하관(시모노세키)을 떠나 부산으로 향한 관부 연락선 덕수환이 4일 오전 네 시경에 대마도(쓰시마) 옆을 지날 즈음에 양장을 한 여자 한 명과 중년 신사 한 명이 서로 껴안고 갑판으로 돌연히 바다에 몸을 던져 자살을 하였는데 즉시 배를 멈추고 수색하였으나 그 종적을 찾지 못하였으며 그 선객 명부에는 남자는 전남 목포시 북교동 김수산(30), 여자는 경성부 서대문정 2정목 173번지 윤수선(30)이라 하였으나, 그것은 본명이 아니요 남자는 김우진이요 여자는 윤심덕이었으며, 유류품으로는 윤심덕의 돈지갑에 현금 일백사십 원과 장식품이 있었고 김우진

윤심덕, 최승희.

의 것으로는 현금 이십 원과 금시계가 들어 있었는데 연락
선에서 조선 사람이 정사情死를 한 것은 이번이 처음이더라.

김우진이 경성에 있는 친구 조명희에게 보낸 마지막 편지에
는, 아버지가 아무리 과거의 생활로 돌아오기를 기다려도 자신
은 "그러한 비인간적 생활로 또다시 끌려들어갈 수는 없다. 나
는 아무리 어려움이 있더라도 이대로 굴하지 아니하고 한 개의

179

사람으로서 본래의 인간성에 기인한 생활을 하여보겠다"고 적혀 있었다.

신문은 김우진이 평소 일본의 작가 아리시마 다케오를 많이 숭배해왔던 사실도 보도했다. 그 역시 1923년 잡지『부인공론』의 유부녀 기자 하타노 아키코와 함께 죽음을 선택하여 일본 사회에 충격을 안긴 바 있었다.

장차 세계적인 무용가로서 크게 이름을 떨치게 되는 최승희 역시 동경 유학생이었는데, 오빠 최승일의 권유로 저명한 현대 무용가인 이시이 바쿠의 문하에 들어가 무용을 시작했다.

10

『창조』의 창조

　　　　　　　　　　1919년 2월 8일은 독립운
동사뿐만 아니라 근대 문학사에서도 의미 깊은 날로 기억되고
있다.[1] 이날 조선 최초의 순문예 동인지 『창조』가 그 첫 모습을
드러냈던 것이다. 발행 부수는 1,000부, 인쇄처는 요코하마 복
음인쇄소였다. 발행인은 주요한.

　『창조』의 발행에는 평양 출신 두 청년 유학생의 의기투합이
가장 큰 동력으로 작용했다. 김동인과 주요한은 평양에서 보통
학교를 함께 다닌 친구 사이였다. 둘은 나중에 일본에 가서 함
께 공부하자고 약속도 했다. 그런데 중학교에 들어가기 직전
(1912) 주요한이 먼저 유학을 떠나게 되었다. 목사인 아버지
(주공삼)가 도쿄에 있는 조선 유학생 감독부의 목사로 부임하
게 되었기 때문이다. 그는 한 해 동안 일본어를 익힌 후 이듬해
시로가네에 있는 미션 스쿨 메이지 학원 보통부에 입학했다.
일찍이 박영효와 이광수와 김관호(화가)가 공부한 바로 그 학
교였다. 김동인은 홀로 남아 동쪽 하늘만 쳐다보고 있을 성격
이 아니었다. 내로라하는 평양 부호의 둘째 아들인 김동인에게
넘지 못할 언덕은 없었다. 그는 만 열네 살이던 1914년 숭실중
학을 그만둔 채 곧장 유학을 떠났다. 고려환을 타고 현해탄을

건넌 그는 도쿄행 기차를 탈 때 반액권을 사용했다. 그만큼 체구가 작았다. 하지만 자존심만큼은 누구에 비길 바 아니었다. 그는 친구 주요한이 다니던 메이지 학원 대신 이치가야에 있는 도쿄 학원에 등록했다. 친구 밑에서 하급생 노릇을 하는 걸 자존심이 용납하지 않아서였다. 하숙집을 나카시부야에 잡았기 때문에 꽤 거리가 멀었지만 그는 아침마다 걸어서 등교하는 고집을 스스로 즐길 줄도 알았다. 그렇게 도쿄에 가서 한 1년은 일부러 주요한을 멀리했다.

그 배경에 대해 김동인이 「문단 30년의 회고」에서 이렇게 기록을 남겼다.

동경의 요한을 만나니 요한의 말이 자기는 장차 '문학'을 전공하겠다 한다. 법률학은 분명 변호사나 판검사가 되는 학문이다. 의학은 의사가 되는 학문이다. 그러나 문학이란 장차 무엇이 되며 무엇을 하는 학문인지, 어떻게 생긴 학문인지, 그 윤곽이며 개념조차 짐작할 수 없는 나는 이 주요한이 나보다 앞섰구나 하였다. 소년의 자존심은 요한보다 뒤떨어지는 자기 자신이 스스로 불쾌하고 부끄러워서 학교에 임하는 데도 '명치학원'을 피하고 '동경학원'에 들었다.

하지만 이듬해 도쿄 학원이 문을 닫자 김동인은 어쩔 수 없이 메이지 학원으로 적을 옮겼다. 그때부터 둘은 자주 만났다. 그만큼 김동인에게는 자존심 상할 기회가 는 셈이기도 했다. 특히 1918년 주요한이 제일고등학교에 들어가자 김동인이 느끼는 상대적 박탈감은 훨씬 더 커질 수밖에 없었다. 제일고등학교라니! 이광수가 그토록 부러워해서, 심지어 그들의 자살까지도 '찬미'했던 학교가 아닌가! 그해 입시에서 메이지 학원 출신이 재수생까지 포함해서 모두 80여 명이 응시했는데, 합격자는 단 한 사람 바로 주요한이었다. 이제 그는 김동인으로서는 감히 쳐다볼 수 없는 위치까지 달아나버린 셈이었다.

1918년 유학생들의 성탄절 집회에도 둘은 함께 참가했다. 혼고에 있던 김동인의 하숙에 돌아온 둘은 당시 유행하던 농축커피도 마시고, 주요한이 기숙사에서 배워온 카드놀이도 함께 했다. 그러다가 어지간히 지친 둘은 배를 깔고 누웠다. 주요한의 입에서 문학잡지를 만들자는 말이 나왔다. 처음, 김동인은 무슨 말이지 싫었다. 그러다가 겨우 꺼낸다는 게 돈이 꽤 들 텐데 그런 걸 어떻게 감당하느냐 하는 말이었다. 주요한은 아주 쉽게 대답했다.

"무얼, 많아도 쓸 데도 없지."

주요한은 메이지 학원에서 이미 『백금학보』를 편집해본 경력이 있었다. 그런 만큼 잡지나 동인지가 어떻게 꾸려지는지

기획과 편집은 물론이고 금전적인 부분까지 죄 꿰고 있던 터였다. 주요한은 첫 호를 내는 데 200원이면 충분하다고 말했고, 그다음부터는 이전 호의 판매 성적으로 충당할 수 있을 거라고 장담했다.

"그러니 동인이, 창간호 비용만 대게."

둘이 이야기를 끝냈을 때는 어느덧 동이 터올 무렵이었다. 방바닥에는 먹고 비운 농축 커피 병이며 하다 치운 트럼프 따위가 어지럽게 널려 있었다. 둘은 쇠뿔을 단김에 빼기로 다짐했다. 김동인은 곧바로 집에 전보를 쳐서 돈 200원을 요청했다. 그런 한편 둘은 또 부지런히 동인을 그러모았다. 유학생 사회에서 이미 글로써 이름이 나 있던 이들이 대상이었다. 전영택을 비롯하여 몇이 쉽게 합류했다. 그렇게 하여 『창조』가 우리 문학사의 문턱을 성큼 넘어서게 되었다.

김동인이 이 '거사'에 대해 얼마나 자부심을 느꼈는지, 그는 훗날 『창조』가 "민족 4천 년래의 신문학 운동의 봉화"라고 스스로 뻐길 정도였다.

전체 82쪽의 창간호에 주요한은 한국 문학사 최초의 자유시라 평가받는 「불노리」를 발표했다. 장차 "한국어의 가능성이 「불노리」만큼 최대로 확장된 경우는 찾을 수 없다"(김윤식)고까지 극찬을 받게 될 이 작품에 대해 김동인이 "요한의 많고 많은 시 가운데 『창조』 창간호에 난 「불노리」는 가장 졸렬한 시

우리나라 최초의 문학동인지
『창조』창간호(1919년 2월).

일 것"이라고 비평하는 건 꽤 훗날의 일이다.

　김동인은 소설 「약한 자의 슬픔」을 냈다. "가정 교사 강엘리자벳은 가리킴(가르침)을 끝내고 자기 방으로 들어왔다"고 시작하는 이 소설은 그 첫 줄부터가 문제적이었다. 그 전에도 그는 소설을 몇 편 구상했는데 대개 일본어로 상상하던 것들이었다. 일본어는 이미 무수한 전범들이 있어서 오히려 자연스러웠다. 반면 책상 맡에 앉아 조선어로 소설이라고 쓰려 하니 이렇게 첫 줄을 쓰고 나자 그 둘째 줄부터가 탁 막히는 것이었다.

이것이 나의 처녀작 「약한 자의 슬픔」의 첫머리인데 거기 계속되는 둘째 구에서부터 벌써 막혀버렸다.

순 '구어체'로 '과거사'로—이것은 기정 방침이라 '자기 방으로 돌아온다'가 아니고 '왔다'로 할 것은 예정의 방침이지만 거기 계속될 말이 'かの女(그녀)'인데 '머릿속 소설'일 적에는 'かの女'로 되었지만 조선 말로 쓰자면 무엇이라 쓰나? 그 매번을 고유 명사(김 모면 김 모, 엘리자벳이면 엘리자벳)로 쓰기는 여간 군잡스런 일이 아니고 조선 말에 적당한 어휘는 없고.... 이전에도 막연히 이 문제에 대해서 생각해본 일이 있다. 3인칭인 '저'라는 것이 옳을 것 같지만 조선 말에 '그'라는 어휘가 어감으로건 관습으로건 도리어 근사하였다. 예수교의 성경에도 '그'라는 말이 이런 경우에 간간 사용되었다. 그래서 눈 꾹 감고 '그'라는 대명사를 써버렸다.[2]

  없는 전례前例 앞에서 당혹감을 감추지 못했을 김동인의 모습이 눈앞인 듯 삼삼하다. 사실 일본의 근대 문학 역시 똑같은 과정을 겪어야 했다. 일본 최초의 언문일치 소설로 유명한 「뜬구름」(1887~1991)의 작가 후타바테이 시메이도 러시아어로 먼저 소설을 쓴 후 그것을 다시 일본어로 옮겨 쓰는 번거로운 과정을 통해서야 겨우 새로운 문체를 만들어냈던 것이다. 그가 센슈 학교와 도쿄 외국어학교에서 러시아어를 전공한 후 번역 작업도 병행했기에 가능한 시도였다.

김동인 역시 주인공이 남작에게 능욕을 당하고 버림을 받는다는 소설의 내용도 내용이려니와, 특히 소설이라는 장르의 형식적 측면에 대해서 훨씬 크게 고민을 거듭했다. 가령 문장을 일관되게 과거 시제로 끝냈는데, 이것은 먼저 나온 이광수의 『무정』이 여전히 "~이라", "~더라" 하는 식의 옛날 투를 완전히 청산하지 못한 것이나 『창조』 창간호에 함께 낸 전영택의 소설 「혜선의 사」가 현재형 문장을 주로 택하는 것에 비기면 충분히 그 의미를 따질 만했다. 이런 식으로 김동인은 소설의 시제는 물론이고, 인칭 대명사 선정, 조선어다운 어휘와 용어법 등에 대해서도 처음부터 꽤나 의식적인 노력을 기울였던 것이다. 어떤 측면에서 "소설은 곧 문체"라는 인식을 우리 문학사상 의식적으로 처음 제기한 자의 영예를 그에게 부여해도 크게 어긋난 일은 아닐 것이다.

잡지의 지향성이라는 측면에서도 창간호의 「남은 말」은 그의 이런 자부심을 충분히 뒷받침한다.

여러분은 우리에게서 무엇을 얻으시려 하십니까. 한낱 재미있는 이야깃거립니까? 저 통속 소설의 평범한 도덕입니까? 또 혹은 '바람에 움직이는 갈대'입니까?

우리는 결코 도덕을 파괴하고 멸시하는 것은 아니올시다마는, 우리는 귀한 예술의 장기를 가지고 저 언제든 얼굴을 찌푸리고 계신 도학道學 선생의 대언자代言者가 될 수는 없습니다. 그러나 또 우리의 노력을 할 일 없는 자의 소일거리라고 보시는 데도 불복이라 합니다. 우리는 다만 충실히 우리의 생각하고 고심하고 번민한 기록을 여러분께 보이는 뿐이올시다.

"언제든 얼굴을 찌푸리고 계신 도학 선생"이 누군지는 말할 필요도 없었다. 이것은 "분명히 '문장보국'을 모토로 한 육당, 춘원의 계몽주의에 대한 도전"(김병익)이었다.

이처럼 『창조』의 창간 이후 그의 자존심은 누구에게든 꺾일 기세가 아니었다. 김동인의 머릿속에는 이미 다음 상대가 들어차 있었으니, 그는 바로 당대 조선 문단에서 자신이 인정하던 유일한 문사 춘원 이광수였다.

11

관동 대지진과
불령선인들

일본학자 에드워드 사이덴스티커의 명저 『도쿄 이야기』는 1923년 9월 1일 도쿄를 강타한 관동(간토) 대진재*로부터 시작한다. 그는 무려 10만 명에 달하는 인명 피해와 특히 도쿄의 서민층 거주지 시타마치의 거의 모든 목조 가옥들을 삼켜버린, 그리하여 에도 시절의 흔적을 완전히 지워버린 화재를 제일 먼저 언급했다. 그리고 서둘러 이렇게 썼다.

지진 후 기묘한 소문이 시중에 나돌았다. 서양의 어느 나라가 지진 발생기를 발명해서 일본을 실험대로 삼았다는 것이다. 물론 아무런 근거도 없는 이야기지만, '외인'에 대해서, 곧 구미인에 대해서 폭동이 발생하지는 않았다. 그 대신 이 섬나라의 외국인에 대한 적대 감정은 조선인에게 쏠렸다.

정부는 자중을 호소했지만 특별히 조선인의 안전을 기원

---

* 관동(간토) 대진재(関東大震災): 일본에서는 관동 대지진을 관동 대진재라고 부른다. 지진과 재난을 함께 포함하는 의미이다. 여기서는 우리에게 익숙한 대로 주로 '관동 대지진'이라 쓸 것이다.

해서가 아니었다. 구미 제국의 비난을 두려워했던 것이다. 이런 일이 서양 신문에 보도되면 곤란하다는 이유에 불과했다. 조선인이 우물에 독을 뿌리고 있다는 소문이 퍼졌고, 경찰도 특별히 우물에 주의하도록 호소했다. 그 때문에 훗날 경찰은 조선인에 대한 적의를 자극했다는 비난을 받게 되었는데, 아마도 일부러 적의를 자극할 필요조차 없었는지 모른다. 조선인에 대해서 무조건 최악을 상상하는 경향, 아니 경향이라기보다 소망은 일본 근대사를 통해서 끊임없이 나타나는 현상이다. 어쨌든 엄청난 학살이 있었던 것은 분명하며, 공식적인 발표도 소극적이기는 하지만 그 사실을 인정하며, 그 수는 수백 명이었다고 발표했다. 그 후 진보적인 학자 요시노 사쿠조가 조사한 바에 의하면, 실제로는 2천 명 이상이었다고 한다.[1]

관동 대지진 당시 학살당한 조선인의 수는 6,000명에 이른다는 게 정설이다. 그러나 재일 사학자 강동진은 적게는 약 1만 명에서 많게는 2만 명에 이를 거라고 추산한다.[2]

저명한 민본주의자로서 요시노 사쿠조는 당시 널리 퍼졌던 그 소문을 이렇게 옮기고 있다.

조선인은 210일(입춘 후 210일로 대략 9월 1일경을 가리킨

다: 인용자 주)부터 220일 무렵까지 수도를 중심으로 폭동을 거행할 계획을 세우고 있었다. 우연히 대지진이 일어났기 때문에 그 질서의 혼란을 틈타 미리 계획을 실행한 것이다. 즉 도쿄, 요코하마, 요코스카, 가마쿠라 등의 진재지에 있어서 약탈, 학살, 방화, 강간, 독물을 투입 등 모든 흉행을 저지르며, 6연발총, 백검을 소지하고 대오당당하게 각지를 어지럽혔다. 진재 당시의 화재가 이와 같이 커진 것도 그들의 소행으로, 군대를 만들어 진재지를 습격하고 두목이 앞장서서 가옥에 표시를 하면 그 부하인 자가 뒤에서 혹은 폭탄을 던지고 혹은 석유로 방화하고 또는 우물에 독물을 투입하며 다닌다. 계엄령이 선포되자 흉포한 행동을 마음대로 할 수가 없어 지방으로 도망갔다. 그리고 폭동, 흉포한 행동은 조선인 남자뿐만 아니라, 여자도 방화하고, 어린이도 독약을 넣은 사이다를 일본인에게 권했다. 그리고 이런 폭행은 결코 조선인만으로 기획된 것이 아니라, 사회주의자나 러시아 과격파와도 관계가 있다.[3]

소문 중에는 조선인들만 아니라 일본인들 중에서도 과격파들이 사회 체제의 변혁을 꾀하여 '만행'을 저질렀다는 것도 있었다. 이 때문에 저명한 무정부주의자 오스기 사카에와 그의 가족이 끔찍하게 살해당하는 일도 벌어졌다. 나중에 밝혀진 바

관동 대지진으로 완전히 파괴된 도쿄 시가지.

에 따르면, 살해범은 헌병대의 대위였다.

아쿠타가와 류노스케는 대지진 직후에만 10여 편의 글을 잇
달아 신문과 잡지에 발표하는데, 가령 수필 「대진잡기」에서는
당시의 경험을 이렇게 돌아본다.[4]

나는 선량한 시민이다. 그러나 나의 소견에 따르면 기쿠치
칸은 이 자격에 미달한다. 계엄령이 있은 후 나는 엽궐련
을 문 채 기쿠치와 잡담을 나누었다. 잡담이라고는 하지만
지진 이외의 다른 이야기를 한 것은 아니다. 나는 큰불의
원인을 ○○○○○○○○라고 했다. 그러자 기쿠치는 눈
을 치켜들면서 "자네. 그런 건 거짓말이라네"라고 일축했
다. 그렇게 말하니 나도 그냥 "그럼 거짓말이겠지"라고 할
수밖에 없었다. 그런데 또 한 번 나는 ○○○○는 볼셰비
키의 앞잡이일 거라는 소문에 대해서 말했다. 그러자 기쿠
치는 이번에도 눈을 치켜들더니 "자네, 그런 건 거짓말이
라네"라고 질타했다. 나는 또 "에, 그것도 거짓말인가?"라
고 자설(?)을 철회했다. 다시 한 번 나의 소견을 말하자면
선량한 시민이라고 하는 것은 볼셰비키와 ○○○과의 음
모 존재를 믿는 것이다. 만약 믿지 못하겠다면 적어도 믿

고 있는 듯한 표정을 지어야 하는 것이다. 그런데 야만적인 기쿠치 칸은 믿지도 않지만 그런 흉내도 내지 않는다.

이 글의 "○○○○는 볼셰비키의 앞잡이"에서 ○○○○는 분명히 '불령선인'을 말한다. 조선인에 대한 유언비어를 믿지 말라는 경계의 목소리는 9월 5일 이후 지속적으로 나왔다. 그런데도 아쿠타가와 류노스케는 10월에 해금이 되어 발표한 이 「대진잡기」에서 동료 소설가 기쿠치 칸의 질타에도 불구하고 거듭 선량한 시민이라면 당시 볼셰비키라든지 사회주의자, 그리고 불령선인에 대한 소문을 믿었다는 식으로 말하고 있는 것이다. 물론 그는 또 다른 산문 「어느 자경단원의 말」에서는 "우리들은 서로 불쌍히 여기지 않으면 안 된다. 하물며 사육을 즐긴다고 하다니!" 하고 말해 마치 당시 자행된 학살에 대해 자성하는 듯한 태도를 비친다. 하지만 그의 글 어디에도 그가 자신의 자경단원 활동을 반성한다든지, 조선인 학살에 대해 비판한다든지 하는 언급은 찾아볼 수 없다.

당시의 참상을 직접 목격하고 그것을 『도쿄진재기』(1924)라는 기록으로 남긴 작가 다야마 가타이도 소문이 어떻게 퍼졌는지를 생생한 목소리로 들려준다.

아내는 작은 소리로 "여러 가지 소문이 있어요. 그런 사람이 백 명이나 굴속에 숨어서 있다가 글쎄 이쪽으로 온다는 거예요." "바보 같은 소리!" "글쎄 그렇게 말했어요." "누가?" "누군지, 마을 사람인지 누군지 모르겠지만…." "순사는 아니지? 어떤 사람이었지?" "보통 밀짚모자를 쓴 사람이었어요. 주변에 큰 소동이 일어났단 말이에요. 경찰이나 병사만으로는 안심할 수 없다고 모두 죽창 따위를 만들어가지고는…."[5]

요시노 사쿠조는 만에 하나 조선인 두세 명이 일본인에게 폭행을 했다고 하더라도 그것을 들어 모든 조선인이 다 폭행에 가담했다고 말해서는 안 된다, 그건 마치 도둑이 동쪽으로 달아났다고 해서 동쪽으로 가는 사람은 다 도둑놈이라는 소리와 다르지 않다고 비판했다.[6] 나아가 이처럼 터무니없는 소문에 근거한 조선인 대량 학살에 대해서 이는 세계 앞에서 일본의 수치이며, 이 기회에 조선인들에게 사죄하는 것은 물론, 일본의 조선 통치 자체에 대해서도 옳고 그름을 따져봐야 한다고 주장했다. 그는 이 글을 쓰고 3개월 후 이번에는 도쿄 대학 교수직까지 사직하고 아사히 신문사로 들어가 다시 한 번 일본 사회를 놀라게 했다. 이유는 돈 때문이었다. 신문사에서 받는 월급이 도쿄 대학의 그것보다 훨씬 많았다. 실은 그동안 그는 요코하마의 부호를 설득해 조선과 중국의 유학생들을 돕고 있었는

데, 대지진으로 더 이상 지원하기 어렵게 되자 자기 스스로 지원을 하겠다고 나선 것이었다.[7]

오산학교를 졸업한 함석헌은 도쿄 고사(고등사범학교)에 들어가기 위해 도쿄에 건너와 입시 준비를 하던 중에 대지진을 만났다. 그때 우에노 공원 불인지不忍地에서 칼을 든 폭도들에게 포위당해 위험에 처한 순간, 아는 순경의 도움으로 가까스로 목숨을 구했다.[8]

당시 도쿄의 조선인 중에는 문인이거나 나중에 문인이 될 사람으로 김동환, 김소월, 김영랑, 박용철, 이기영, 이상화, 채만식 등이 있었다.[9] 그중 상당수가 아예 학업을 포기한 채 귀국해버린다. 한 가지 눈에 띄는 것은 그들이 관동 대지진에 대해서 쓴 작품이 거의 눈에 띄지 않는다는 사실이다. 이기영이 쓴 장편 소설『두만강』(1952~1961)에는 당시 작가가 직접 보고 듣고 한 끔찍한 경험들이 상세히 서술되고 있지만, 그건 몇십 년도 더 지나 기억을 더듬어 재구성한 장면일 뿐이다. 사실 일제 강점기였다면 "우리도 어젯밤에 '조센징'을 죽였소. 어제 낮에는 조선 노동자들이 떼를 지어서 몰려다니는 것을 붙잡아다가 새끼줄로 한데 엮어서 다마가와 강물에다 집어 처넣었소. 그놈들이 물 위로 떠서 헤엄쳐 나오려는 것을 손도끼를 들고 뛰어들어서 놈들의 대갈통을 모조리 까죽였소. 강물이 시뻘겋게 피에 물들도록…" 같은 대목이 어찌 온전한 모습으로 독자를 만날 수 있었겠는가.

계용묵의 단편 「인두지주」(1929)는 일본의 탄광에서 두 다리를 잃은 청년이 먹고살기 위해 서울의 산업박람회장에서 거미 탈을 뒤집어쓰고 사람거미 흉내를 낸다는 다소 충격적인 소재를 선보인다. 그런데 그 사람거미가 탄광으로 내몰릴 수밖에 없었던 계기가 바로 관동 대지진이었다. 물론 발표 당시에는, 세월이 꽤 지났는데도 그 명칭조차 제대로 쓸 수 없어 그저 "끔찍한 저 관○○○○을 치르는 통에" 하는 식으로 처리했을 뿐이다.

유진오는 유학파가 아니었다. 그럼에도 관동 대지진 당시를 시대적 배경으로 한 단편 「귀향」(1929)을 발표했다. 소설은 이렇게 시작한다.

여섯 해 전.

땅이 함부로 흔들리며 집이 되는 대로 넘어갔다. 밤이 되면 하늘을 찌르는 불꽃이 이 세상의 결말을 지을 듯이 인구 2백만의 큰 도회를 무찔렀다. 사람의 목숨이 일전짜리 고무풍선보다도 더 헐하게 최후를 지었다. 번쩍이는 쇠끝과 새까만 기계의 구멍. 어둠에서 내어미는 등불. 난데없는 총소리. 어느 백작의 집 담 밖에서는 사냥총을 든 젊은 사내가 아침마다 길로 향한 이 집 이층의 한 방문을 치어

다보고 혀를 툭툭 치며 왔다 갔다 하였다. (중략) 세 사람의 생명의 할머니였다. 노파는 우리를 위하여 양식을 팔아다주고 반찬을 준비하였다. 그러나 우리들의 꿈은 아직도 어수선하였다. 어느 때는 한밤에 문을 흔드는 사람이 있었다. 노파를 앞세우고 벌벌 떨며 나아간 우리들의 앞에는 우리의 붉은 가슴 한복판을 향한 새까만 쇠구멍이 있었다. 우리는 손이 발이 되도록 빌었다. 무엇을 생각하였던지 복면의 사내는 높은 웃음소리를 던지고 어둠 속으로 사라져 버리었다.[10]

이 첫 장면만으로도 대지진 당시 조선인들이 느꼈을 공포가 고스란히 전해진다. 소설은 이후 대지진의 참상보다는 그 사건 이후 전개된, 사회주의 사상을 지닌 조선인과 일본인 등장인물들의 연대에 더 큰 관심을 기울인다. 아쉽게도 학살의 과정이나 원인, 배경 따위에 대해서는 거의 언급하지 못하고 있다.

이런 점에서 김동환이 쓴 장편 서사시 「승천하는 청춘」(1925)[11]은 차라리 예외적인 경우라 하겠다. 거기서는 아예 제2부를 '2년 전'이라는 제목 아래 관동 대지진을 정면으로 다루도록 할애한다. 특히 조선인을 보호한다는 명목으로 마련된 수용소에 갇혀 오히려 끔찍한 악몽과 맞닥뜨리게 된 남녀 주인공들의 행적에 초점을 맞춘다. 실제로 일본 당국은 지바의 나라시노 수용소를 대지진 직후인 9월 5일 조선인을 '보호'한다는 명목으로 개설했다. 그러나 이는 차라리 격리 조치를 통해 "조선인의 이동과 귀환을 막음으로써 학살 사실이 해외 및 조선으로 전해지는 것을 차단하여 식민지 지배 질서의 동요를 막는"[12] 데에 더 뜻을 둔 조치였다.

「승천하는 청춘」에서 수용소에 들어온 조선인들은 '보호'의 명목 아래 인간 이하의 대접을 감수해야 했다. 2,000여 명의 굶주린 사람들을 게딱지만 한 병영에 몰아넣은 것으로도 모자라, 매일같이 일렬로 세워놓고 끊임없이 인원 점검을 되풀이한다든지, 대지진 때 입은 상처를 치료 한 번 받아보지 못한 사람들이 마치 도살장같이 풍겨내던 비린 냄새, 피 썩는 냄새, 옷 땀 냄새…. 끔찍한 건 송장 치우는 일을 하면 돈을 준다는데 사실 그런 일에도 차례가 있었고, 더 끔찍한 건 어떤 정확한 정보 하나 없이 오직 소문에만 자신들의 내일을 맡기는 일이었다. 서울에서 신문사 사람들이 자기들을 보러 온다든지, 도쿄 앞바다에 세계 각국의 군함이 식량을 가득 싣고 들어왔다느니 하는 소문은 결국 헛된 희망이었을 뿐이다. 그리고 훨씬 더 끔찍한 일도 있었으니, 그건 어느 밤이든 소리도 없이 사라지는 사람들이 있다는 사실이었다.

이렇게 모든 것이 결정되어 갈 때

그날 밤에 또 한 가지 놀라운 하늘의 배제配劑가 시행되었다
그것은 이재민 속에 언짢은 분자가 있다고
그를 빼버리기 위한 숨은 계획이
이날 밤 쥐도 새도 모르는 가운데 시행됨이었다
인제는 잠나팔도 불리라 할 때
난데없는 등불 없는 자동차 한 대 병영 앞문을 지킴이ㅡ

얼마 뒤 청년 네 명은 말없이 끄을려 나와
그 자동차에 실리었다

한밤중에 끌려나간 그 청년들의 운명은 어찌 되었을까. 서사
시의 뒷부분에서는 그날 끌려간 머리 긴 청년 넷이 어느 군함
에 실려갔고, 다시 그 군함이 어디로 갔는지는 아무도 모른다
는 소문만 돌았노라 전한다.

실제로 나라시노 수용소를 관할한 육군은 수용자들에 대해
사상 조사를 실시하고 이를 통해 선별된 이른바 '요시찰 선인'
들을 직접 살해하고, 심지어 인근 주민에게도 살해하도록 사주
했다.[13]

9월 7일
오후 4시경 막사에서 조선인을 넘겨준다며 데리러 오라는

연락이 있었다 하므로 급히 집합시켜 주모자 인수차 보내기로 했다. (중략) 밤중에 조선인 열다섯 명을 받아 각 구에 배당했는데, 다카츠는 신키도와 공동으로 세 사람을 인수하여 절 마당에 두고 지키고 있다.

9월 8일(나라시노 수용소)
새벽 3시경 출방, 또 조선인을 받으러 가다. 9시경에 두 사람을 받아오다. 전부 다섯 사람. 나기노하라 산의 묘지가 있는 곳에 구멍을 파고 앉혀서 머리를 자르기로 결정. 첫 번째로 쿠니미츠가 멋지게 싹둑하고 머리를 잘랐다. (중략) 구멍 안에 넣고 묻어버렸다. 모두 지친 것 같아서 여기저기서 잤다. 밤이 되자 다시 각자 맡은 곳에서 경계를 섰다.

참으로 끔찍해서 차마 다 옮기기 힘들 정도로 가공할 학살이 자행된 것이다. 김동환의 「승천하는 청춘」은 같은 해 발표된 다른 장편 서사시 「국경의 밤」의 그늘에 묻혀 크게 조명을 받지 못했다. 실제로 문학적으로도 감상주의와 불필요한 긴장의 조성으로 스스로 혼란에 빠진다는 비판도 받는다. 그러나 무엇보다 대지진 이후 우리에게 거의 알려지지 않았던 조선인 난민들의 참담한 수용소 생활을 통해 당대의 역사적 진실에 다가가고자 노력한 점만큼은 충분히 그 의의를 인정받아야 한다.[14]

관동 대지진 당시
일본인 자경단원들이 조선인을
학살한 장면. 조선인이 방화와
살인, 폭동을 일으키고 있다고
보도한 신문 기사
(『도쿄지지신보』, 1923년 10월 22일).

관동 대지진 당시 특히 주목되는 것은 자경단의 천인공노할 만
행이었다. 그런데 알고 보면 자경단은 쌀 소동(1918) 이후 일본
정부가 폭동의 재발을 막기 위해 만든 조직으로, 주요 구성원은
최하층 도시 빈민들이었다. 대지진 당시 그들은 정권이 조작한 배

외주의적 사주와 선동에 자신들의 누적된 분노를 아무런 여과 없이 해소해버렸다.[15] 사실 절대적인 곤경에 처했을 때 '타자', 즉 적이나 소수자 같은 약한 고리를 통해 그 어려움을 물리치거나 해소하려는 경향은 어느 사회에나 존재할 것이다. 식민지 조선에서도 1931년 말도 안 되는 오해에서 비롯한 평양의 화교 학살 폭동에서 그 끔찍한 사례를 확인할 수 있다. 그러나 일본의 경우는 정도가 달랐다. 만행의 규모는 차치하고, 그 모든 일이 의도적이었고 조직적으로 일어났다는 데 큰 차이가 있다.

조선인 아나키스트 박열이 일본인 부인 가네코 후미코와 함께 검거된 것은 관동 대지진 바로 직후였다. 처음에는 예비 검속이었으나, 취조 도중 박열의 폭탄 구매 계획이 드러나자 사건은 돌연 대역죄로 비화했다. 비밀 결사 불령사를 조직한 박열이 히로히토 황태자의 혼례식을 기회로 다이쇼 천황과 황태자의 암살을 모의했다는 혐의를 뒤집어씌운 것이다. 그때부터는 증거 따위는 더 이상 필요하지 않았다.

그렇다면 대학살 이후 대체 누가 책임을 졌는가.

도쿄 대학에서 교편을 잡은 바 있는 한 독일인 교수의 눈에 비친 두 가지 사례.[16]

첫 번째, 1923년 연말에 벌어진 난바 다이스케의 섭정궁 저격 사건. 흔히 토라노몬 사건이라고 불리는 이 사건에서 독일인 교수가 충격을 받은 것은 사건 자체보다도 사건 이후의 처리 과정이었다. 사실 황태자이자 섭정공은 총탄의 피해를 입지 않았다. 그럼에도 감히 섭정공에 대한 저격을 막지 못했다는 이유로 내각이 총사퇴했다. 이어 경시 총감부터 길가에서 경호를 담당했던 모든 경관까지 징계와 파면의 조치를 당했다. 범인의 아버지는 당시 중의원 의원이었는데 의원직을 즉시 사퇴한 것은 물론이고, 자기 집 문 앞에 대나무 창을 꽂아놓고는 그 밖으로 한 걸음도 나가지 않는 식의 위리안치圍籬安置를 자청했다. 이뿐만 아니라 난바의 고향에서는 모든 마을이 정월의 축제를 중단했다. 난바가 나온 소학교에서는 제자를 잘못 가르쳤다는 데 책임을 지고 교장과 담임 선생이 사직했다. 이 끝 간데를 모를 책임 소동은 외국인 교수의 눈에 참으로 이채로운 것이었다. 그렇다면 그들은 참으로 책임 의식이 강한 민족이라고 할 수 있을까.

　두 번째, 관동 대지진 때 도쿄의 많은 학교에서 교장들이 천황의 어진을 구하려다가 목숨을 잃은 사건. 사람을 태우느니 사진을 태우는 게 더 낫지 않았을까 하는 자탄이 나올 법하지만 문제는 그런 의견일랑 거의 제기되지 않았다는 데 있었다. 천황의 어진은 그것이 비록 사진에 불과할지라도 어느 누구의 목숨보다 귀한, 절대적인 권위를 지녔기 때문이다. 그리고 말은 안 해도 사회의 구성원들이 다들 그렇게 서로에게 보이지 않는 압력을 가하고 있었던 것은 아닐까.

사회적 책임의 이처럼 독특한 존재 방식에 대해 일본의 저명한 정치학자 마루야마 마사오는 그것이 바로 근대 일본을 지탱했던 '비종교적인 종교'로서의 '국체'라고 말한다. 그리고 그것은 히틀러도 부러워할 만큼 초국가적 방식으로 작동했다고 분석했다. 문제는 법적 테두리를 넘어서도 작동되는 그와 같은 사회적 책임의 '무제한적인 내면화 혹은 동질화 과정'이 국가와 사회를 점점 더 획일적이고도 맹목적인 차원으로 이끈다는 사실이었다.

마루야마는 바로 그 점을 걱정했다.

생각건대 메이지 이후 오늘날까지의 외교 교섭에서 대외 강경론은 언제나 민간에서 나오고 있다는 점도 시사적이다. 그리고 우리는 제2차 세계대전에서 중국이나 필리핀에서의 일본군의 포악한 행동거지에 대해서도, 그 책임의 소재는 어떻게든 간에 직접적인 하수인은 일반 사병이었다는 뼈아픈 사실에서 눈길을 돌려서는 안 될 것이다. 국내에서는 '비루한' 인민이며 영내에서는 이등병이지만, 일단 바깥에 나가게 되면 황군으로서의 궁극적 가치와 이어짐으로써 무한한 우월적 지위에 서게 된다. 시민 생활에서, 그리고 군대 생활에서 압박을 이양해야 할 곳을 갖지 못한 대중들이 일단 우월적 지위에 서게 될 때, 자신에게 가해지고 있던 모든 중압으로부터 일거에 해방되려고 하는 폭발적인 충동에 쫓기게 되는 것은 전혀 이상하지 않은 것이다. 그들의 만행은 그런 난무亂舞의 슬픈 기념비가 아니었을까.[17]

여기서 "중국이나 필리핀에서의 일본군의 포악한 행동거지"를 "관동 대지진 당시 일본 자경단의 포악한 행동거지"로 바꾸어도 전혀 이상하지 않을 것이다. 그렇다면 궁극적인 책임은 과연 누구에게 있는가. 이등병이나 자경단 소속 넝마주이에게 책임을 묻는 일이 무의미하다면? 1923년 일본 사회에 작동하던 초국가주의적 시스템, 그것밖에 더는 책임질 데가 없지 않은가. 하지만 그건 말 그대로 시스템에 불과하기 때문에 결국에는 아무도 책임지지 않아도 된다. 시스템에게 죄를 물어 감옥에 가둘 수는 없지 않겠는가.

어처구니없게도 1923년의 일본 사회를 지배한 것은 이 같은 무적의 시스템이었다.

안타깝지만 관동 대지진 이후에도 조선인에 대한 편견과 차별, 혐오와 배제는 쉽게 사라지지 않았다. 심지어 셋방 하나 얻는 데조차 그런 원칙들이 작동했다.

염상섭의 단편 「숙박기」(1928)[18]에는 하숙을 얻는 일조차 만만치 않은 동경 유학생의 고단한 처지가 생생하다. 창길은 한

달이나 산 하숙에서 갑자기 다음 달부터는 선불을 달라는 말을 듣는데, 그러면서 주인은 "무어 조선 양반이라거나 지나 사람이라고 해서 신용을 못 한다든지 무슨 차별 대우를 해서 그러는 게 아니라"고 굳이 덧붙인다. 화가 난 창길이 이치를 따지자 주인은 또 입을 삐죽거린다.

"왜 처음 오실 제부터 말씀해두지 않았에요."

그러니까 왜 처음부터 조선인이라고 밝히지 않았느냐는 뜻인데, 말을 했으면? 어떤 조선 학생은 성이 다행히도 이^{李}가 였기에 왕족 행세를 하며 대접을 받은 일이 있다 하지만, 창길은 불행히도 변^{卞}가였다. 그는 내리는 빗발은 아랑곳하지 않고 터벅터벅 걸으면서 또다시 하숙을 구하러 다녔다. 그 짧은 소설에서만 벌써 세 번째였다.

'이런 놈의 팔자가 있을 리가 있나!'

염상섭이 도쿄에 다시 갔을 때 그는 나도향, 김지원, 이태준, 양주동, 이은상 등과 어울렸다. 이태준의 저 우애학사에도 머물렀고, 나중에는 시내 외곽 우에노 공원 북동쪽 닛보리의 하숙집도 함께 들락거렸다고 한다.[19] 나도향이 짝사랑의 실패를 확인하는 것도 그 무렵이었다. 염상섭의 단편 「유서」(1926)가 그 시절의 기록임은 분명하다.

12

도쿄는
공상의 낙원

관동 대지진 당시 나가이 가후는 도쿄에 있었다. 그는 쑥밭이 된 도쿄 시가지를 두 눈으로 목격했다. 일기(10월 3일)에는 그런 도쿄에 대해 애석하다고 여기는 건 미련한 짓이라고 적는다. 그는 대지진 이전의 제도帝都는 어리석은 백성을 속이는 가짜에 지나지 않았으니 그게 잿더미가 된다고 해도 아까울 것은 없으며, 나아가 근년의 사치와 교만, 탐욕에 눈이 시뻘갰던 모습을 돌이켜보면 눈앞의 재난은 실로 자업자득의 천벌이라고까지 비난했다.[1]

나가이 가후만 그런 게 아니었다. 관동 대지진 이후 다니자키 준이치로는 미련 없이 도쿄를 떠나 관서 지방으로 가 그곳에 정착한다. 도쿄 토박이였지만 도쿄에는 그야말로 정나미가 떨어졌기 때문이다.

대지진 당일, 그는 도쿄에서 멀지 않은 온천 관광지 하코네에 있었다. 그곳에도 산사태가 일어났다. 그의 머릿속에는 온갖 나쁜 상상이 들어찼다. 그러다 어느 순간 오히려 '잘됐어'라는 생각이 고개를 쳐들었다. 평소 그토록 꼴 보기 싫던 도쿄가 이참에 싹 바뀌어버렸으면 하는 심정 때문이었다.

다니자키는 도쿄에 아무런 미련이 없었다. 구질구질한 도쿄!

번잡하고, 질척거리는 길과 울퉁불퉁한 도로와 무질서와 험악한 인심밖에는 아무것도 없는 도쿄! 그는 속으로 그 도쿄가 차라리 몽땅 불타버렸으면, 그리하여 새로운 도쿄는 새로운 세대의 전혀 새로운 도쿄이기를 바랐다. 물론 그 세대는 역시 장차 '동양의 로렌스'라는 별명을 듣게 될 다니자키답게 대개 여성들로 구성된 세대였지만.

> 내 망상은 터무니없는 뜬구름이 아니었다. 나는 앞으로 태어날 이들의 행복을 생각하며 지금 예닐곱 살 된 소녀의 10년 후를 상상하고는 설레어 가슴이 뛰었다. 그녀들은 더이상 무릎을 꿇고 앉거나 허리끈으로 몸통을 조이거나 무겁고 평편한 나막신을 끌고 다니지 않아도 된다. 그리고 그녀들의 육체가 건강한 발육을 마쳤을 즈음 가정에서, 거리에서, 경기장과 해수욕장과 온천지에서 구시대의 일본이 꿈에도 본 적이 없던 여성미를 보게 될 것이다. 그것은 마치 인종이 완전히 달라져버린 듯한 변화로 얼굴과 피부색과 눈동자 색까지 서양인다워질 것이며 그녀들이 구사하는 일본어조차 외국어 느낌이 날 것이다.[2]

교토로 이사 가자마자 그는 곧 장편 『치인의 사랑』(1924)을 발표했다. 여주인공 나오미는 가난한 집안 출신으로 열다섯 나이에 벌써 카페 호스티스가 되어 돈을 벌지 않으면 안 되는 처지였다. 독신의 부유한 회사원인 남자 주인공 조지譲治는 꼭 영화배우 메리 픽퍼드를 닮은 나오미를 한 번 보자마자 홀리듯 빠져버린다. 사실 그가 처음 호기심을 느낀 건 이름 때문이었다. '나오미라니, 멋지다! 그걸 Naomi라고 쓰면 꼭 서양 사람 같잖은가.' 묘하게 '하이칼라'스러운 이름이었다. 그렇게 생각하고 보니 나오미는 얼굴도 어딘가 서양 사람 비슷했고 몸매도 꼭 사양 사람 같아, 그런 카페에 두긴 아깝다는 생각이 들었다. 결국 조지는 그녀를 집으로 데려와 함께 산다. 문제는 그때부터 둘의 관계가 역전된다는 사실이다. 이제 나오미는 자신의 치명적인 아름다움을 이용해 조지를 마음껏 농락하고, 조지는 뻔히 그 사실을 알면서도 스스로 학대의 굴레 속으로 점점 더 빠져드는 것이다. 마침내 조지는 나오미를 아내로 맞이하지만 그건 이미 "세상에 그다지 유례가 없을" 부부 관계에 지나지 않았다.

반응은 폭발적이었다. 거기서 도쿄는 단지 변태적 에로티시즘을 위한 공간으로 등장하지만, 일본 사회가 전혀 목격한 적이 없던 유형의 주인공 나오미는 대지진 후 부흥의 첫 삽을 뜨는 새로운 도쿄의 상징처럼 간주되기에 충분했다. 사실 메이지 초년에 있어서는 에도 시대와 마찬가지로 메ぉ梅라든가 나쓰ぉ夏라든가 해서 한자로 된 한 글자로 여자의 이름을 삼고, 그것을

'오메', '오나쓰'라고 불렀던 게 보통이었다. 예컨대 아쿠타가와 류노스케의 소설 「겐카쿠 산방」(1927)에서 주인공 겐카쿠의 아내는 오토리お鳥, 딸은 오스즈お鈴, 하녀는 오마쓰お松라는 이름으로 등장한다. 그 뒤 등장하는 것이 한자로 '코子' 자를 붙여 부르는 방식인데 흔히 일본인의 이름으로 알려진 '기요코淸子'니 '가즈코和子'니 하는 이름들이 여기에 속한다. '코'자를 동반하지 않는 3음절의 이름을 3음절의 한자 혹은 가타카나로 쓰는 여성 이름이 일반화되는 것은 가장 뒤늦은 시기의 일이었다. 나오미도 그러한 명명법의 하나였는데, 『치인의 사랑』에서는 그녀의 이름을 꼭 가타카나로 쓴다. 알다시피 가타카나는 흔히 외국어를 표기할 때 쓰이기 때문에, 여주인공의 '나오미ナオミ'라는 '하이칼라'한 이름은 단번에 관동 대지진 이후 새롭게 등장한 이른바 '모던 걸, 아프레 걸'의 대명사가 된다.[3]

염상섭은 대지진 이후 3년 만에 도쿄를 밟았다. 1918년 교토의 부립 제2중학교를 졸업한 후 게이오 대학에 입학했을 때부터 치면 7년 만이었다. 그때 공부엔 뜻이 없었다. 한 한기 예과 수업만을 마치고는 병을 핑계로 자퇴했다. 그런 후 곧 소설 「만세전」(1922, 원제 「무덤」)을 그 시절로 잡아 쓰기 시작했다. 첫 장면에서 해산 후더침으로 시름시름 앓던 아내가 위독하다는 급전을 받았는데, '나'는 이렇게 생각한다.

'아직 죽지는 않은 게로군.'

그런 심리에 스스로 마음이 악독해서 그러하단 말인가, 헛웃음을 지었다. 그렇게 해서 겨우 돌아간 서울은 오직 도깨비가 날뛰는 무덤이 아니었던가.

「만세전」의 작가는 이제 예전의 도쿄가 흔적도 남아 있지 않으리라던 자신의 예상과 달리 적어도 겉으로는 예전의 도쿄가 고스란히 재현되었다는 사실에 놀랐다. 그건 진보의 자취를 보이지 못했다는 점에서 불명예이기는커녕 오히려 짧은 기간에 원상을 회복했다는 점에서, 그간 그들이 얼마나 맹렬히 부흥을 위해 달려왔는지 일본인의 저력을 보여주는 일이었다. 그러면서 절로 이렇게 중얼거린다.

'만일 조선 사람이 이 경우에 처하였었던들….'4

당연히 그는 비교하면 할수록 참담한 조선의 현실에 탄식을 하지 않을 수 없었다.

염상섭은 7년 만에 찾은 도쿄가 제가 들렀을 때와 거의 다름없이 복원된 것에 놀랐지만, 실제를 말하면, 1926년의 도쿄는 1919년의 도쿄하고는 엄청난 차이가 있었다. 다니자키의 소원처럼은 아닐지라도 대지진 이후 도쿄의 부흥은 실로 눈부셨다. 1878년(메이지 11)에 복잡한 행정 구역을 15구로 재정비하면서 출발한 도쿄는 관동 대지진 이후 이른바 제도 부흥 사업이 종결되는 1932년(쇼와 7)에 인근 5개 군 82정을 편입해 35구로 확대 재편되었다. 인구도 폭발적으로 증가하고, 특히 신주쿠

번영을 구가하던 대도쿄의 모습. 아사쿠사 극장가.
니혼바시와 미쓰코시 백화점.

와 이케부쿠로 등지는 교통의 중심지로서 급성장의 길을 치닫는다.

곤 와지로는 관동 대지진 후 폐허가 된 도쿄를 보며 이른바 '고현학考現學'을 창안할 때 그것이 곧 등장할 '대도쿄'를 위해서 꼭 필요한 일이라고 생각했다. 아닌 게 아니라 대지진 이후 불과 몇 년 만에 도쿄는 마치 고고학자가 선사시대의 지층을 탐색하듯 고현학자들이 달려들어 샅샅이 탐색해야 할 만큼 크게 달라졌다. 그리하여 도시 구획 정리, 운하와 교량 건설, 지하철 신설과 교외 전철망 정비, 교외 개발, 그리고 백화점, 카페, 극장, 댄스홀, 요리점 급증 등, 이제 에도는 물론 다이쇼 시대와도 구별되는 '대도쿄'로서 새로운 모더니티를 확보하게 되는 것이다.

예전에 일본인은 소나 돼지 따위 짐승의 고기를 먹는 풍습이 없었다. 어쩌다 입에 대는 거라곤 멧돼지와 사슴 고기 정도였다. 이 때문에 에도 시대의 정육점에 대해서 후쿠자와 유키치는 제 자서전에서 오사카에 소고기 전골을 파는 가게가 딱 두 채 있었는데, 둘 다 최하급의 점포로서 문신투성이 불량배며 가난한 서생들이나 드나들까, 제대로 된 복장으로 출입하는 자는 단연코 없었노라 회상했다.[5] 그렇지만 1853년 미국 흑선의 도래 이후 서양인들이 소고기를 즐겨 먹는다는 사실이 알려지자 일본 사회에도 일약 소고기 붐이 일었다. 1865년 에도에 처음 소를 잡는 도살장이 생겼고, 이후 새로이 이름을 얻은 도쿄 시내에 소고기를 나베 요리로 해서 파는 전문점 '규나베야'가 생겨나기 시작했다. 그리하여 메이지 10년이면 벌써 규나베야가 무려 500채 이상으로 늘어났을 정도였다.[6]

이처럼 메이지의 도쿄가 소고기를 처음 먹는 것으로 사람들을 경악시켰다면, 대지진 이후의 대도쿄에서는 달이 백화점 지붕 위에 떠도 사람들이 더는 놀라지 않았다.

당시 유행하던 〈도쿄 행진곡〉이 그런 변화를 잘 드러냈다.

> 영화를 볼까요 차를 마실까요
> 차라리 오다큐로 도망갈까요
> 변화하는 신주쿠
> 저 무사시노의 달도 백화점 지붕 위에서 뜨네요

오다큐선의 원래 명칭은 오다와라선으로 오다큐 전철이 운영하는 철도 노선이다. 1927년 개통되어 신주쿠 역에서 가나가와현의 오다와라 역까지의 82.5킬로미터 구간을 잇는다. 이용객 수로는 세계에서도 손꼽히는 노선이었다. 그 새 노선이 도쿄를 포함하는 관동의 대평원, 즉 무사시노 평원을 가로지르는 것이다. 소설가 구니기타 돗포는 "평원의 경관이 단조로운 만큼, 무사시노는 사람에게 자신의 일부를 보여주고 끝없이 넓은

제도(帝都) 제일의 상점가를 뽐냈던 긴자 거리.

광경 전체를 상상하게 한다. 그 상상에 감동하면서 저녁노을을
향해 단풍 속을 걷는 것은 얼마나 즐거운가"[7] 하고 스스로 감
탄한 바 있는데, 이제 아무도 그런 종류 걷기의 즐거움을 누리
지 못한다. 달마저 이제 신주쿠나 긴자의 백화점 옥상 위로 뜨
는 판이니!

대신 도쿄에는 새로운 걷기가 유행하기 시작했다. 긴자에는 마쓰야, 미쓰코시, 마쓰자카야 등 백화점을 비롯해서 사람들의 눈길을 끄는 볼거리들이 많았는데, 그러다 보니 딱히 할 일 없이 긴자의 쇼윈도를 구경하거나 하면서 거리를 돌아다니는 젊은이들도 많았다. 이것을 '긴부라'라고 불렀다. 처음에는 문인이나 화가와 같은 예술가들이 주를 이루었으나, 관동 대지진 이후에는 일반 시민들로까지 유행이 번져나갔다.

그 도쿄를 향해 조선 사람들이 몰려갔다. 이렇게 외치며.

"여보! 동경은 공상의 낙원이요, 경성은 현실의 지옥이구료."[8]

설사 도쿄가 낙원까지는 아닐지라도 김동인이 「정희」(1925)에서 묘사한 바처럼 그곳은 "슬퍼하는 자 백만과 기뻐하는 자 백만, 춤추는 자 백만과 통곡하는 자 백만을 포용하고도 조금도 모貌를 보이지 않는 널따랗고 커다란" '품'을 지닌 도회였다.

남편 끝에서 수천 호가 타지는 큰불이 있으되 북편 끝에서는 (신문을 보기 전에는) 그것을 알지도 못하느니만치 큰 동경, 활동사진관만 다 구경하려도 한 달의 날짜를 가지고야 하는 널따란 동경, 하루에 새로운 부부 수백 쌍과 새로운 독신자 수백 쌍을 내면서도 신문 기자까지도 그런 일은 눈떠 보지도 않느니만치 분주스런 동경.

그 가운데 있는 유토피아 아사쿠사며 젊은이의 히비야, 긴
자, 간다의 낡은 책방, 더구나 지금이 한창일 야시의 금
어金魚며 꽃 화분들—이것들은 모두 상처받은 쓰라리고
외로운 정희의 마음에는 봄 동산의 진달래와 같이 떠올
랐다.[9]

게다가 거기에는 무엇보다 한때 질투와 시기에 눈이 멀어 제
가 버렸던 애인 최성구가 있지 않은가. 정희가 몸을 추스르기
위해 한 1년쯤 도쿄에 가 있겠다고 했을 때, 놀랍게도 약혼자
남영식이 더 찬성의 뜻을 밝혔다. "동경이란 곳은 웬만한 슬픔
이며 근심은 저절로 사라지는 곳"이라는 남영식 자기의 경험에
서 나온 결론 때문이었다. 대체 그들의 삼각관계는 어떤 식으
로 매듭을 지게 될지….

그런 도쿄를, 아직 3,000석 유산을 물려받은 갑부의 아들
로 행세할 때, 김동인은 마치 이웃집 마을을 다니듯 다녀오곤
했다.

"아, 동경 산보요? 과연 동인 식이로군."

전차 안에서 우연히 만난 김동인을 두고 이광수가 한 말이
었다.

하지만 도쿄가 늘 그렇게 김동인의 방탕을 용납한 건 아니었
다. 한번은 견디다 못한 그의 처 김혜인이 딸을 데리고 훌쩍 도

쿄로 달아나버렸다. 놀랍게도 김동인은 그 사건을 소재로 쓴 게 분명한 소설(「무능자의 아내」, 1930)에서 주인공 영숙이 "아무러한 완전한 자각도 없이 혹은 일시적 반항심을 혹은 일시적 들뜸으로 혹은 남의 권고에 넘어가서" 가정을 뛰쳐나갔다가 끝내 남편에게 버림받는 것은 물론이고 "거리에서 웃음을 파는 한 직업 여자"가 되는 것으로 잔인한 서사의 매듭을 짓는다. 김동인의 복수가 이토록 무서우니, 도쿄조차 실은 조선의 여성들에게는 결코 안락한 품을 펼쳐 보인 건 아니었다. 영숙 이전에 도쿄로 달아났던 정희도 그곳에서 진작 확인한 건 그새 흘러가버린 세월 무정 천리였다. 정희는 예전에 자기가 다니던 학교를 설레는 마음으로 찾아간다.

그의 가슴은 뛰놀았다. 그는 다리가 허둥허둥 길다란 언덕을 내려서 또 왼쪽으로 꺾어졌다. 거기가 그의 모교였다. 무성한 아카시아 틈으로 정희는 때때로 펄럭이는 남빛과 자줏빛을 보았다. 쿵 하는 소리가 들리며 풋볼이 떠올랐다. 수백의 장래의 레이디들의 깩깩거리는 즐거운 웃음 소리가 들렸다. '아라アヮ', '이야イヤ', '아레에アレェ', '하하하하' 울려나오는 이런 소리들은 모두 환락의 음악이었다.
그 길에는 사람도 적었다. 정희는 아카시아 담장 쪽으로 곁눈질을 하면서 대문 있는 편으로 향하였다. 그러나 대문

앞까지 이른 정희는 문득 더욱 걸음을 빨리하여 곁눈질도 안 하고 도망하듯이 대문을 거저 지나가버렸다. '누가 나를 보지나 않았을까?' 하는 걱정과 '누가 보았으면' 하는 바람의 생각이 그의 마음을 눌렀다.

정희는 그 학교를 썩 지나가서 몰래 학교 쪽을 돌아다보았다. 무성한 포플러 등 수풀—그 가운데는 정희 자기가 심은 나무도 있을 것이었다. 자기가 기대고 책을 보던 나무, 또는 자기가 숭배하는 사람들의 이름을 칼로 새긴 나무도 있을 것이었다. 정희는 머리를 수그리고 빨리 담장을 돌아서 다시 전찻길로 향하였다. 마침 운동 시간이 끝났는지 교실에서 땡땡 울리는 종소리가 들렸다.

그날 밤 정희는 자리에 누워서 울었다. 다시 한 번 추억한 뒤에 눈물로써 장사하려던 '과거'는 그의 모르는 틈에 그의 곁을 빠져 지나가버렸다. 그 꽃동산과 같은 아름다운 클럽에 자기는 참가할 자격은 둘째 두고 참가할 용기까지 없는 할머니였다. 도망하지 않을 수 없느니만치 그것을 오히려 두려워하는 늙은 자기였다.

이틀 뒤 일요일에 정희는 그 모교 생도이며 자기를 퍽 따르던 S를 미쓰코시에서 만났다. 그러나 정희는 그를 피하였다. S도 정희를 몰라보는 듯하였다.

'과거'는 역시 멀리서 바라볼 것이었다. 가까이서 그것을

보려던 정희는 거기서 무정과 한숨밖에는 발견한 것이 없었다.[10]

이제 스물을 조금 넘겼을, 아주 많이 잡아도 서른이 채 되지 않았을 신여성을 너무나 쉽게 '할머니'로 만들어버리는 무자비한 도쿄! 그 도쿄가 너른 품을 펼쳐 보인 부류는 확실히 따로 있었다.

평북 용천 출신의 백세철(백철)이 동경고사(도쿄 고등사범학교)에 들어간 것이 1927년이었다. 동경고사라 하면 동경제대(도쿄 제국대학)에는 미치지 못해도 굉장한 명문이었다. 그의 합격 소식이 당시 『동아일보』에 큼지막하게 날 정도였다. 백세철은 새로 산 도리우치 모자에 검은 망토를 두른 차림이었다. 온 가족이 역에 나와서 그의 장도를 배웅했다. 부산에서 관부연락선에 오를 때 그는 합격증을 내밀었다. 험상궂던 형사의 표정이 금세 누그러졌고, 덤으로 '수재'라는 칭찬까지 들을 수 있었다.

그는 기숙사에 들어갔다. 거기서 조선에서라면 도무지 상상할 수조차 없었을 자유를 만끽했다. 가령 이런 것.

스토옴(폭풍)이라는 광란의 데먼스트레이션이 있었다. 대개 위크엔드에 일어나는 폭풍이었다. 밤이 늦어서 남들은 이미 잠든 지가 오래된 시각에 일대의 취한(취한이라 했댔자 같은 기숙사생들이지만)이 등장하여 굽 높은 게다짝으로 기숙사의 마룻바닥을 요란스럽게 울리면서 죽도를 휘둘러 유리창들을 부수면서 기숙사 안을 벌집 쑤신 듯이 하고 다니는 것이었다. 그렇게 해도 누구 하나 말하는 사람이 없고 그저 그것은 당연한 젊은이들의 기분풀이려니 생각하는 듯하였다. 이런 스토옴은 돌아가면서, 한 번은 1동에서 하고, 다음은 2동에서 하고 하는 릴레이식으로 되어 있었다. 말하자면 이때 일본의 젊은 학생들로서 보면 소위 메이지 유신의 비분강개적인 서생풍書生風 기질을 받았다고 할는지, 그보다도 당시의 사회에 대한 젊은이들의 막연한 불만을 해소할 곳이 없어서 그런 풍조와 행동으로 된 것인지, 생각건대 두 가지 뜻이 다 있었는지도 모른다.[11]

이럴진대 '동경 유학생'은 확실히 권력이자 또 하나의 분명한 계급이었다. 작가들은 자신들의 유학 체험을 바탕으로 부지런히 그런 권력과 계급에 대해 쓰고 또 썼다. 소설의 경우로 한정하면, 예컨대 이광수를 비롯하여 김동인, 염상섭, 전영택, 현진건, 심훈, 이태준, 박태원 들의 작품에서 그들이 차지하는 비중을 쉽게 무시할 수는 없을 것이다. 그러다 보니 한국의 근대 문학사는 한동안 마치 동경 유학생들을 위해 마련된 무대처럼 비칠 정도였다. 한 가지 신기한 것은 동경 유학생들이 등장하는 그 많은 작품들 중에서 그들이 구체적으로 무엇을 배우는지 친절하고도 자세하게 적은 작품은 거의 없다는 사실이다. 허다한 근대 소설에서 동경 유학생들이 도쿄에서 그저 연애만 한양 그려지고 있다고 해도 크게 무리한 지적은 아닐 것이다.

세월이 꽤 흐른 뒤의 일이지만, 이병주는 대하소설『지리산』 (전7권, 1972~1978)에서 도쿄는 아니지만 교토에서 일본의 내로라하는 일류 고등학교에 간 유학생이 무엇을 배웠는지 구체적으로 밝혀 우리의 호기심을 조금이나마 채워준다. 거기서 작가는 주인공 이규의 시선을 통해 프랑스가 독일에게 항복한 날(1940.6.22)의 윤리학 수업 시간의 풍경을 세밀하게 옮겨낸다.[12] 학생들은 교실에 들어오자마자 "우리는 지금 빛나는 세계사의 순간에 있다"고 흥분하는 교수에게 거세게 항의한다. 개중에는 베르그송과 포앙카레와 폴 발레리와 파스퇴르를 들어 프랑스가 유럽 문화의 정화精華라고 주장하는 학생도 있다. 그러자 교수는 프랑스 문화의 진실이 바로 '퇴폐'라고 화를 내면서 자신의 입론을 정당화한다. 학생들은 물론 국책에 따라 맹방인 독일을 비난하지는 않지만 적어도 수업 시간에서만큼은 '특고경찰' 같은 태도가 아니라 학문적으로 현상을 분석해야 하지 않느냐고 대드는 거였다. 뒤이어 프랑스어 수업 시간. 이번에 들어온 I교수는 사태에 대해서 무어라 말해줄 것을 기대하는 학생들에게 전과 똑같이 사정없이 지명을 하는 것으로 수업을 시작한다.

"접속법 현재의 문례^{文例}를 만들어봐, 다음 다음."

그리고 시간이 반쯤 지났을 때 교수는 미리 준비해온 백지를 한 장씩 나눠주고 거기다 오늘의 감상을 쓰라고 시킨다.

"제군들이 이때까지 배운 불란서어의 지식을 총동원해서 쓰는 거다. 아무리 해도 말이 모자라면 명사일 경우 영어로 대치해도 좋다. 그리고 그 밑에 줄을 그어라. 어제가 아닌, 그제도 아닌 바로 오늘의 감상이다. 시작해."

13

제국의 뒷골목

일본은 쇼와 시대에 접어들어도 한동안 다이쇼 시대(1912~1926)의 유산을 일정하게 누리는 분위기였다. 제1차 세계대전을 지나면서 일본의 산업 생산은 눈부시게 발전했다.[1] 구미 제국이 전쟁으로 인해 아시아에 물건을 팔지 못하게 되자 그 자리를 일본이 대신 파고들었다. 이제 일본은 중국을 비롯하여 인도네시아, 인도 등 아시아 전역을 제 집 안방처럼 누비기 시작했다. 거기에 연합국으로부터 군수 물자 주문까지 밀려들어 일본의 중화학 공업 역시 비약적으로 성장했다. 예컨대 1919년에는 이미 세계 제3위의 조선 강국이 되어 있었다. 전반적으로 전쟁 이전에 비해 공업 생산은 다섯 배, 무역 수출은 네 배의 성장을 기록했다. 하지만 제1차 세계대전 직후 도매상들의 담합으로 촉발된 쌀 폭동(1918)에서 드러났듯이, 민중은 경제 발전의 성과를 함께 누리지 못했다.

하야시 후미코는 꽤 오랜 기간 싸구려 여인숙에 대한 추억만 가지고 있었다.[2] 새아버지의 행상을 따라 정처 없이 이곳저곳을 떠돌아다녔기 때문에 초등학교만 해도 무려 일곱 번이나 옮겨다녀야 했다. 일찍부터 온갖 일에 친숙했지만, 어찌어찌 고등

여학교를 졸업한 후 도쿄에 올라와서도 사정은 하나도 달라지지 않았다. 목욕탕에서 잔심부름을 하는 것을 시작으로 공장이며 사무실, 심지어 카페에서도 일을 했다. 그런 그녀에게 대지진 전후의 도쿄는 오직 끔찍한 노동 이외에 다른 이름일 수가 없었다. 오히려 긴자처럼 아름다운 거리에서는 귀족의 자동차에 치여 피를 토할 정도로 다치고 싶었다.

나는 이틀이나 밥을 굶었다. 떨리는 몸을 1.5평짜리 방에 누이자 마치 구식 나팔처럼 지저분하고 서러웠다. 침이 연기가 되어 전부 위장으로 되돌아온 것 같았다. 그런데 이런 멍한 순간의 공상에는 우선 첫째로 고야가 그린 마야 부인의 우윳빛 가슴, 얼굴, 어깨, 그리고 뭔가 시큼한 듯 아름다운 것과 호화로운 것에 대한 반감이 스멀스멀 핏덩이처럼 치밀어올라와 내 위장은 여수旅愁에 젖어버렸다. 도대체 나는 어떻게 해야 살아갈 수 있는 거야.[3]

굳어버린 밥이라도 좋으니 나는 밥이 먹고 싶었다. 거칠어 갈라진 내 입술에는 우에노의 바람이 무척 쓰렸다. (중략) 처참한 심정으로 밥을 얻어먹었다. 볼이 미어지도록 밥을 먹고 있을 때 세츠가 다정하게 뭔가 한마디 말을 건넸는데 느닷없이 눈물이 마구 쏟아져 민망했다. 가슴속에서 뭔가

올라오는 느낌이었다. 입안의 밥이 헌 솜처럼 퍼지며 불같
은 눈물이 쏟아졌다.[4]

어차피 가난한 사람들은 대지진 후 광장에서 야숙을 하게 되
자 오히려 도쿄가 원시시대로 돌아간 것 같아 재미있다고, 그
래서 "지진은 멋지다!"고 말할 정도였다. 왜 아니겠는가. 후미
코의 눈앞에는, 그렇게 아름답던 여성들이 겨우 2~3일 만에 모
두 재투성이가 되어 분홍색 속치마를 드러낸 채 맨발로 걷고
있으니…. 그 후미코는 진작 이렇게 생각한 적이 있었다.

도대체 혁명은 어디로 부는 바람일까…. 아주 멋진 말들을
많이 알고 있는 일본의 자유주의자들이여! 일본의 사회
주의자들은 도대체 어떤 동화 같은 이야기를 공상하는 걸
까요?[5]

바람은 불고 있었다.
러시아 혁명을 전후하여 비약적으로 발전한 노동운동은 도
처에서 목소리를 내고 있었고, 중산층과 지식인들은 그들 나름
으로 민본주의를 열렬히 주장했다. 정권으로서도 이 모든 목소
리를 외면할 수 없었다. 정당 정치를 허용하고 보통 선거를 실
시한 것도 그런 배경에서였다. 하지만 그건 제한적이고 형식적

여성의 사회적 정치적 권리 획득을 목표로 조직된
일본 최초의 여성단체인 신부인협회(1919~1922).

인 민주주의에 지나지 않았다.[6] 예컨대 1925년에 가토 내각은
처음으로 보통선거법을 실시했다. 하지만 보통 선거라고 해도
납세액 3원 이상이라는 제한을 없앴을 뿐 만 25세 이상의 남자
에게만 선거권을 주었다. 그러다 보니 유권자 수가 네 배로 불
어났다지만 전체 인구 비율로 보면 고작 20퍼센트만이 선거에
참가할 수 있었다. 반대급부로 희대의 악법인 치안유지법을 제
정한 것도, 악명 높은 특별 고등경찰이 도쿄를 넘어서 전국 주

요 부와 현 아홉 곳에 증설된 것도 이 무렵이었다. 그래도 아직 최악은 아니었다. 민중은 지식인들과 함께 손을 잡고 상황을 돌파해나가려 총력을 기울였다.

조선인들도 시대적 흐름과 무관할 수 없었다.

앞서 본 백세철의 프라이드와 로망은 그야말로 극히 일부의 조선인 유학생들에게나 주어지는 특혜에 지나지 않았다. 이주 노동자들은 대부분 일본 사회에서도 가장 밑바닥의 현실을 온 몸으로 견뎌내지 않으면 안 되었다. 조선에서 온 여성들 중에는 방적 공장의 여공이 되는 경우가 많았다. 여성들에게 방적 공장의 노동 환경은 특히 열악했다. 쥐꼬리만 한 임금을 받으면서도 격심한 노동에 민족적 모욕, 걸핏하면 폭력까지 휘두르는 감독들 때문에 여공들의 원한은 쌓이고 쌓였다.

1930년 대규모 노동 쟁의로 유명해진 기시와타 방적 공장의 한 조선인 노동자의 증언.[7]

"공장에서 실을 끊어 자주 야단을 맞았어요. 그리고 몇 번씩 끊어버리면 그들에게 얻어맞기까지 했고요. 얻어맞을 때는 슬프기도 하고 화가 나서…. 그렇게 슬플 때나 분할 때는 노래를 자주 불렀지요. 한국 말 노래가 많았지만 일본 말로도 많이 불렀어요."

자아 우리 여공들아 하루 생활 읊어보세

밤이어도 한밤중에 깊은 잠에 빠졌을 때
시끄러운 기강 소리 감긴 눈을 깨웠으니
머리 빗어 올리고서 얼굴을 씻어내고
부리나케 허둥지둥 식당으로 나가보면
먹지도 못할 밥에 된장국만 뎅그러니
밥을 국에 말아 먹고 공장에 나가지만
허리 펴고 살아갈 날 언제나 올 것이냐
꽁꽁 묶인 이곳에도 전등불을 밝혀두고
태산 같은 기계 뭉치 가슴에 안노라면
시간은 흘러 흘러 숙소로 돌아갈 때
친구 없는 텅 빈 방에 홀로 젖는 슬픔이여

  도쿄의 노동자들도 마찬가지였다. 그들에게 긴자와 신주쿠로 대표되는 문명화된 도쿄의 이미지는 사치에 지나지 않았다. 그들은 스미다강 너머 후카가와와 혼조 등 도쿄에서도 가장 어두운 동부 지역을 생존의 터전으로 삼았다.[8] 그곳은 소규모 공장의 노동자들과 도시 사회의 하층부에 해당하는 인력거꾼, 넝마주이, 일용직 노동자들이 모여 살던 곳이었다. 거기서 조선인들의 남루와 기아는 너무나 당연한 관습이었다.
  카프 작가 송영은 직접 경험한 참혹한 궁핍과 궁상을 집필의 밑천으로 삼았다.[9]

1920년대 일본 방적 공장.

승오는 크도 작도 아니한 몸에 때아닌 추복을 입었다. 해에 바래고 찌들어서 땅빛같이 되고 어깻죽지, 무르팍 등속이 해져서 너펄거리고 있다. 더욱이 궁둥이는 뚱그렇게 찢어져서 사루마다 입은 볼기짝이 내다보인다. 발에는 주둥이가 찢어진 흰 구두를 신었다. 진흙이 묻고 검정도 묻어

235

서 뭐라고 말하게도 어렵게 되었다. (까만 족제비라고 하기에는 너무 보태는 것 같고 해서….) 모자만은 철 맞춰 쓴 겨울 캡이다. 과히 더럽지는 아니했으나 마분지로 속 넣은 창이 꺾어져서 있다.

노동자들만 힘든 건 아니었다. 말이 유학 생활이지, 정인택의 소설에는 돈 한 푼 없이 거지처럼 도쿄의 뒷골목을 유령처럼 헤매는 유학생들이 수두룩하다.[10] 1930년대 후반을 시대적 배경으로 하는 소설인데도 상황은 한 치도 나아진 바 없었다. 「촉루」(1936)에는 잘 데도 없어서 컴컴한 골목을 찾아들어 겨우 쓰레기통 위에서 아슬아슬 잠을 청하곤 하던 유학생 '나'가 유치장 신세까지 지고 나온다. 그래도 또 할 수 없다. 천생 찾아 갈 데라곤 빈집뿐. 하지만 대낮에 보는 빈집은 어둠 속에서보다 몇 배나 더 침울했고, 공허했고, 몸서리쳐졌다.

새벽엔 반드시 날이 밝기 전에 눈을 떴다. 잠이 깨면 사지가 찌뿌드하고 머리가 무겁고—그러나 아무 생각 없이 또 동경 거리를 헤맨다. 그것은 확실히 백치의 생활이었다. 아니, 동물의 생활이었다. 백치는, 동물은, 자기 자신이 인간 이외의 물건이란 것조차 언제든 깨닫지 못한다. 나는 무엇보다도 사고를 갖지 않았다.

'해골'이라는 뜻의 '촉루^{髑髏}'를 제목으로 쓴 이유를 굳이 따질 필요도 없을 것이다.

「준동」(1939)에는 돈이 없어 나가지도 못하는 하숙생이 어찌나 불쌍하던지 보다 못한 하녀가 돈을 꾸어주는 장면도 나온다. 조선인 유학생들 중 상당수는 서울에서와 마찬가지로 전당포를 수시로 드나들었다. 옷과 책 따위를 맡기고 며칠 버틸 푼돈이라도 빌리는 경우는 비일비재했다.

하야시 후미코는 제가 몸을 의탁한 도쿄에 대해 이렇게 썼다.

> 이 도시에는 다양한 사람들이 모여든다
> 배고픔 때문에 타락한 사람들
> 수척한 얼굴, 병든 육체의 소용돌이
> 하층 계급의 쓰레기장
> 천황 폐하는 미쳤다고 한다
> 병든 자들만의 도쿄![11]

이렇게 쓴 일기가 잡지에 연재되고 1930년 다시 책으로 묶여 나오자 대공황 시대의 불황에도 불구하고 금세 60만 부가 팔려나갔다. 그녀는 더 이상 가난하지 않았다. 인세를 받자 혼자서 2개월 동안 중국 여행을 떠났다. 그녀는 스스로의 힘으로 도쿄의 가난을 탈출한 아주 희귀한 사례였다.

14

붉은 도쿄

염상섭의 「만세전」에는 조선에 건너가서 조선인들을 헐값의 노동자로 모집해오는 일본인 업자의 이야기가 나온다. 자본 없이도 할 수 있고 힘도 안 든다는 그 '훌륭한 직업'에 대해 업자는 이렇게 설명한다.[1]

"그래 조선인 농군들이 가서, 그런 공사일을 잘들 하나요?"
"잘하구 못하는 것은 내가 상관할 것 무엇 있소마는, 하여간 '요보'*는 말을 잘 듣고 힘드는 일을 잘하는 데다가, 임은 賃銀이 헐하니까 안성맞춤이지…. 그야 처음 데려갈 때에는 품삯도 많고, 일은 드러누워서 떡 먹기라고 푹 삶아야 하긴 하지만, 그래도 갈 노자며, 처자까지 데리고 가게 하고, 게다가 빚까지 갚아주는데야 제 아무런 놈이기로 안 따라나설 놈이 있겠소. 한번 따라나서기만 하면야. 전차**가 있는데 그야말로 독 안에 든 쥐지. 일이 고되거나 품이 헐하긴 고사하고 굶어 뒈진다기루 하는 수 있나. 하하하."

---

* 요보: 조선인을 얕잡아 부르는 말.
** 전차(前借): 훗날 갚기로 약속하고 미리 당겨 쓴 돈.

유학생 이인화는 관부 연락선의 목욕탕에서 본 그 일본인 업자의 말을 통해 "가련한 조선 노동자들이 속아서, 지상의 지옥같은 일본 각지의 공장으로 몸이 팔려가는 것이, 모두 이런 도적놈 같은 협잡 부랑배의 술중術中에 빠져서 그러는구나" 하는 것을 비로소 깨닫지만, 그때 스물두셋쯤 된 나이의 책상도련님인 제 처지로는 그 뻔뻔한 자의 상판때기를 쳐다보는 것 이외에는 달리 아무것도 할 수가 없었다.

작품이 처음 발표된 게 아직 관동 대지진 직전인 1922년이었다. 그때 제목은 「묘지」였다.

송영은 1920년대의 마지막 날 도쿄역에 도착했다.[2] 어떤 계획이나 목적도 없이 그저 갑자기 단행한 말 그대로 도깨비 여행이었다. 밤 9시 40분, 마침 도쿄의 명물이라는 가랑비가 내리고 있었다. 그는 그 비를 맞으며 얼마를 걷는데, 스미다 강변에서 귀에 익은 소리를 듣고 기뻐한다. 8년 전, 그는 유리 공장에 다니던 한낱 견습공에 지나지 않았다. 아침 볕이 있을 때에 모터 밑으로 들어가면 저녁에 별이 다시 뜰 때에야 합숙소로 돌아오는 것이 생활이었다. 돌아오면 운동은커녕 책은커녕 아무 생각도 나지 않고 귓속에서는 윙윙거리는 기계 소리가 끊이지 않고 눈은 또 아물아물하여서 그저 자고 싶을 뿐이었다. 그 힘든 경험이 「늘어가는 무리」(1925), 「용광로」(1927), 「교대 시간」(1930) 등 일련의 노동 소설과 「일체 면회를 거절하라」

1930년 후카가와 공장 지대.

(1929)와 같은 노동 희곡을 쓰는 밑천이 되었다.

　1878년(메이지 11)에 설치된 도쿄 15구 중 해안가에 자리 잡은 혼쇼, 교바시, 후카가와, 시바는 공장이 많기로 도쿄에서 상위 네 곳이었다. 인쇄소, 조선소, 철도 공장, 전기 회사, 가스 회사 등 대규모 공장도 몰려 있었다. 혼쇼와 후카가와에는 특히 요업이 발달했고, 시멘트 공장도 그 지역에 처음 건설되었다. 공장 지대여서 당연히 소음과 분진, 수질 오염 등의 문제가 심했다.

관동 대지진은 이 지역을 강타하여, 예를 들어 혼쇼의 경우 9할 이상이 소실되고 사망자가 무려 4만 8,000여 명이나 발생했다. 그 후 도쿄는 대규모 토목 공사 사업에 착수하는데, 이때 가장 손쉽게 구할 수 있었던 게 조선인 노동자들이었다.[3] 한 통계에 따르면 1928년 도쿄에 등록된 일용직 노동자들의 54.7퍼센트가 조선인이었다. 말하자면, 제국의 수도 도쿄가 새로운 모습으로 등장할 때 그 물질적 토대는 상당 부분 식민지에서 온 노동력으로 건설되었던 것이다. 재일본 조선인 중 노동자의 비율은 1920년대 후반부터 급격히 증가하여 1930년대에 들어서서는 60퍼센트를 넘어선다. 그들 조선인 노동자들은 유학생들과 다르게 대부분 도쿄에서 가장 후미진 곳, 즉 후카가와나 혼쇼 같은 동부 지역에서 도시의 다양한 하층민들과 함께 살았다.

승오는 오정이 거의 다 되어서 겨우 찾아왔다.

이곳은 한 오십 명 가량이 일단이 되어 있는 도가심(모군꾼) 판이다. 우전천(스마다강) 지류인 소명목천(오나기가와) 언덕 넓은 들 가운데에 있다. 논고랑 모양으로 번듯번듯한 일터는 끝없이 널려 있다. 냇가이며 또는 비가 노—

온 까닭에 온통 진흙구덩이가 되어 있다. 한복판에는 내와 통한 연못이 있다. 거기에는 집 지을 재목이 떼 모양으로 가득하게 차서 있다. 한편에서는 벌써 기다란 낭아야(목조 연립 주택)를 지어 오고 있다. 냇가가 중심이 되어 이곳저곳에는 흙도 메어 나르며 달구질도 하며 땅도 파는 노동자들이 벌여 있다. 이곳은 부흥국에 속한 작업장이다. 진재 통에 한꺼번에 멸시를 당해버린 심천구(후카가와) 주민을 위하여 임시로 집을 짓고 있는 곳이다.

야트막한 하늘은 잿빛 같은 기운이 무겁게 어렸다. 수없는 연통에서 나오는 검은 연기는 엷은 구름같이 몰렸다 헤어졌다 한다.[4]

도일 조선인 노동자들의 집단 거주지는 1934년에만 11개 소나 되었다.[5] 고이시가와의 속칭 '태양이 없는 거리'를 비롯하여 도쿄 도살장 부근의 조선촌, 후카가와 유곽 근처에 있던 적심단赤心團 바라크 등으로, 당연히 비위생적이고 불결한 환경으로도 악명이 높았다.

불과 1년 남짓한 기간이었지만 바로 그 도쿄에서의 노동자 생활은 송영의 문학에 결정적인 영향을 끼쳤다. 귀국 후 그는 곧 염군사를 시작으로 조선의 프로 문학 운동에 당당히 발을 내딛게 되는 것이다.

1929년의 송영은 도쿄 도착 나흘째 되던 날 그립던 동무를 찾았다. 이야기가 예술 운동에 미치자, 도쿄의 동무들은 달라진 상황을 씩씩하게 말한다. 도쿄는 과연 도쿄답게 놀랍게 발전하고 있다는 것. 즉, 프로 예술 운동의 영향력이 심지어 라쿠고*, 강담講談, 장패** 따위 전통 예술 분야에까지 확대되었다고 했다. 물론 좌익 극장은 그들대로 또 세력을 늘려, 이제는 노동 계급 동지들이 관객의 대부분을 차지한다고도 했다. 일반 연극이나 가부키좌의 관중이 신사적인 것에 반하여 그 관중들은 야성적이어서, 가령 무대에서 노동자가 공장주를 보고 무어라고 부르짖으면 관중도 금세 함께 달아올라 "그렇다", "암 그렇지" 하다가는 나중엔 만세까지 외친다고.

일본에서 그해, 즉 1929년은 '게 공선'이라는 낯선 말이 크게 유행한 한 해이기도 했다. 그것은 프로 문학계의 신예 작가 고바야시 다키지가 쓴 중편 소설 『게 공선』 때문이었다. 그 소설을 통해 일반 독자들은 홋카이도 너머 차가운 바다 위에 떠 있는 그 배들, '게 잡이 가공선'의 존재를 처음 알게 되었다. 그와 동시에 맛있는 게 통조림이 어떤 과정을 통해 만들어지는지도 알게 되었다. 한마디로 그건 노동 대 자본이 벌이는 격렬한 투

---

* 라쿠고(落語): 일본의 전통 이야기극.
* 장패(長唄): 나가우타. 에도 시대에 유행한 긴 속요(俗謠). 사미센(三味線)이나 피리로 반주한다.

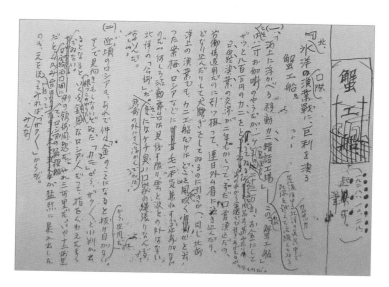

일본 프롤레타리아 문학의 고전
『게 공선』초고.
고바야시 다키지(1903~1933).

쟁의 산물이었다. 말이 투쟁이지, 실제로 노동은 차디찬 얼음
바다에서 자본의 회유와 교묘한 폭력 아래 처참한 일상을 감수
하고 있었다. 견디다 못한 노동은 대표를 뽑아 요구 조건을 내
걸었다. 역부족이었다. 마침 구축함이 다가왔다. 노동은 새삼
힘을 냈다. '제국'의 군함이니만큼 '국민'들을 도와줄 거라고 기
대했기 때문이다. 하지만 노동의 기대가 산산조각 나는 데에는
긴 시간이 필요치 않았다. 노동은 마침내 국가와 결탁한 자본
의 정체를 깨닫고 이렇게 소리친다.

"제국 군함? 아— 이제 알겠다. 그놈이 그놈이야. 모두 한통
속으로…. 국민의 편? 웃기는 얘기였어!"[6]

한국 문학사 역시 1929년의 임화에게 각별한 관심을 기울여
야 한다.

그해 그는 「네거리의 순이」와 「우리 오빠와 화로」를 발표해
일약 프로 문단의 총아로 떠올랐고, 후견인이자 스승이었던 박
영희로부터 독립해 기어이 현해탄을 건넜으며, 가자마자 곧 일
본 프로 문학의 거두 나가노 시게하루의 시 「비 내리는 시나가
와 역」에 화답하여 한일 무산자 계급의 연대를 주장하는 저 유
명한 「우산 받은 요코하마의 부두」를 발표했기 때문이다.[7]

항구의 계집애야! 이국異國의 계집애야!

독크를 뛰어오지 말아라 독크는 비에 젖었고

내 가슴은 떠나가는 서러움과 내어쫓기는 분함에 불이 타는데

오오 사랑하는 항구 요코하마의 계집애야!

독크를 뛰어오지 말아라 난간은 비에 젖어 있다

이렇게 시작하는 시는 조선과 일본의 노동자가 오직 근로하
는 형제로서 한마음이 되어 함께 싸우는 연대를 이끌어낸다.
그렇기에 지금은 비록 서로 헤어져야 하는 처지이지만 내일의
희망만은 결코 잃어서는 안 된다. 그러니,

이국의 계집애야!

눈물은 흘리지 말아라

가리街里를 흘러가는 「데모」속에 내가 없고 그 녀석들이 빠
졌다고—

섭섭해하지도 말아라

네가 공장을 나왔을 때 전주電柱 뒤에 기다리던 내가 없다고—

거기엔 또다시 젊은 노동자들의 물결로 네 마음을 굳세게
할 것이 있을 것이며

사랑의 주린 유년공幼年工들의 손이 너를 기다릴 것이다—

그리고 다시 젊은 사람들의 입으로 하는 연설은

근로하는 사람들의 머리에 불같이 쏟아질 것이다

그는 이제 보성중학교 시절 학교 공부는 게을리한 채 겉멋을 부리고 다녀 인근 여학교 학생들부터 연애 박사라는 소리를 듣던 발랄한 소년도 아니었고, 가정 형편이 어려워지자 교과서를 팔아버리고 그 돈으로 당시 유행하던 조타모를 사 쓴, 그래서는 본정(명동)에 가서 일본어 잡지 『개조』와 크로포트킨의 저서를 사들고 집에 돌아가 아버지에게 학교를 그만두겠다고 호기 있게 선언한 청소년도 아니었다. 그는 이미 카프 즉 조선프롤레타리아예술가동맹이 이끄는 문예 운동의 격류에 몸을 담은 청년이었다. 그렇더라도 현해탄을 건너는 연락선에 올라탈 때 그가 어떤 분명한 미래를 그리고 있던 것은 아니었다. 그에게는 붓 몇 자루와 다 찌그러진 물감 튜브 따위 화구를 넣은 조그만 나무 손가방 하나와 양복저고리에 넣은 경성―대판(오사카) 간 3등 차표가 전부였다. 물론 약관의 청년은 스스로 말하듯 대단히 큰 '정신적 행장'을 들고 있었던 것만은 분명했다. 그러나 솔직히 그건 당시 현해탄 검은 바다를 건넌 조선의 거의 대부분 청춘들이 가슴에 품었던 포부와 크게 다른 게 아니었다.

문학에 대하여, 영화에 대하여, 연극에 대하여, 또 건축, 회화, 또 그밖의 예술과 철학 등 모든 학문을 나는 반드시 내 것을 만들 수가 있다. 이것을 다만 이 머릿속에 넣지 않고

는 두 번 이 조선해협을 건너지 않으리라는 엉뚱한 생각을 하고….8

포부가 크다는 건 포부가 막연하다는 것이다. 손에 든 화구 상자는 단지 감시의 눈초리를 피하기 위한 설정만은 아니었을 것이다. 적어도 그때 그는 아직 다다이즘과 감상주의의 세례를 온전히 다 털어내지 못한 신세대 청년의 눈으로 조선과 일본의 두 바다, 실은 일의대수의 검은 바다를 바라보았을 것이다.

예술, 학문, 움직일 수 없는 진리….
그의 꿈꾸는 사상이 높다랗게 굽이치는 동경,
모든 것을 배워 모든 것을 익혀,
다시 이 바다 물결 위에 올랐을 때,
나는 슬픈 고향의 한 밤,
홰보다는 밝게 타는 별이 되리라.
청년의 가슴은 바다보다 더 설레었다.9

하지만 도쿄에서 임화를 기다린 것은 온통 구체적인 것들뿐이었다. 추상적인 것, 그래서 막연한 것들은 아무 쓸모가 없었다. 그는 당장 먹고 자는 문제를 해결해야 했고, 혼자서 "예술과 학문과 움직일 수 없는 진리"를 궁구할 여유는 없었다. 그는 이북만, 김남천, 안막, 김두용 등과 어울려 한 몸처럼 행동했다. 프로 문학은 무산 계급의 이익에 실질적으로 봉사했다. 그때의 프로 문학만이 '유일한 진리'였다. 이제 그에게 중요한 것은 조직원을 기다릴 때 약속 시각에서 단 5분만 넘으면 미련 없이 자리를 떠야 한다는, 그래야 만일의 경우 조직의 더 큰 피해를 막을 수 있다는 식의 운동 원칙이었다. 또 돌아가면서 기관지의 발행인으로 서명해서 재수 없게 걸리면 신문지법에 의해 대개 2~3개월의 구류는 각오해야 한다는 불문율 따위였다. 1929년의 도쿄는 임화처럼 민중 속으로 내려가야 할 의무를 스스로 챙긴 조선과 일본의 지식 청년들로 우글거렸다.

카프 도쿄 지부와 무산자사를 실질적으로 이끈 이는 이북만이었다. 그의 주소는 시타기치조치下吉祥寺 2554번지. 임화는 조선에서부터 이북만의 존재를 알고 있었다. 당시 그는 제3전선파의 맹장으로 나프(일본 프롤레타리아예술가동맹)의 회원이기도 했다. 요미우리 강당에 올라 유창한 일본어로 열변을 토할 정도의 위치였다. 경성의 어설픈 유물론자들하고는 차원이 다른 지도자였다. 임화의 시 「탱크의 출발」을 일본어로 번역해 『프롤레타리아 예술』(제4호, 1927.10)에 실릴 수 있게 해준 것도 그였다.[10] 함흥 출신으로 도쿄 제대 미학과에 다니며 신인회 회원이기도 한 최고 엘리트 김두용도 그와 마찬가지로 나프 회원이었다.

화가 구본웅이 장정한 임화의 첫 시집 『현해탄』 표지(1938).

　　임화는 도쿄에서 바로 그 이북만의 집에 거주하며 카프 도
쿄 지부를 해소하고 들어선 무산자사에서 맹렬한 활동을 전개
했다. 조직 활동과 규율이 아직 몸에 배지는 않았지만 기꺼이
무산자 운동의 전위이기를 원했다. 한번은 동지를 만나러 교외
로 나갔다가 돈이 떨어져 빈집을 찾아 들어가 잠을 청하기도
했는데, 경찰이 갑자기 들이닥치는 바람에 한밤중에 지붕을 타
고 줄행랑을 친 적도 있었다. 임화는 1930년 11월 비밀리에 귀
국함으로써 1년 반에 걸친 도쿄 생활을 정리한다. 도쿄에서 시

모노세키까지 그는 꼬박 일주일을 아무것도 먹지 못한 채 왔고, 관부 연락선 안에서는 조선으로 가는 어느 일본 재향 군인과 기생의 동행인 척 연기하여 감시의 눈초리를 따돌릴 수 있었다. 그는 서울에서 이북만의 여동생 이귀례와 결혼하지만 곧 벌어진 카프 제1차 검거를 피하지 못한다.

고바야시 다키지의 남은 생은 길지 못했다. 그는 1930년 6월 도쿄에서 붙잡혀 도요타마 형무소로 넘어간다. 거기서 그는 면회 오는 이 하나 없는 조선인 활동가와 짧지만 강한 연대를 맺는다. 고바야시가 소내 투쟁의 일환으로 눈깔사탕 투쟁을 전개하자, 이번에는 그 조선인이 이불만 아니라 사람도 햇볕을 쬐게 해달라고 요청했다. 고바야시는 그게 자신의 투쟁을 조직적으로 뒷받침하는 또 다른 투쟁임을 알았다.

간수가 말했다.

"뭐야, 아까 18번 방이 하는 소릴 들은 거냐? 니들한테 진짜 질렸다."

18번 방에 있던 고바야시 다키지는 발로 구르며 응원했다.

'보라! 동지란 이런 것이다!'[11]

그는 1931년 1월 보석으로 풀려난다. 몸은 부실했고 상황은 더욱 나빠졌지만 그는 비합법 투쟁을 포기하지 않았다. 그러다가 마침내 1933년 2월 20일 쓰키지 경찰서의 특고에게 체포되었는데, 그로부터 딱 일곱 시간 만에 절명했다. 추위 속에 가해진 세 시간의 고문은 그가 중편 「1928년 3월 15일」에 묘사한 고문보다 훨씬 잔인한 것이었다.

밧줄에 묶어 거꾸로 매단 다음 도르래의 한쪽 줄을 갑자기 탁 놓으면 머리통이 시멘트 바닥에 사정없이 내리꽂히고, 그렇게 서너 번 고문이 계속되면 머리에서 선혈이 폭포수와 같이 울컥울컥 흘러내리는 기분이 되고, 눈동자는 실핏줄이 터져 벌겋게 채색되었으며 금방이라도 빠져버릴 듯이 사납게 툭 튀어나온다. 입에서도 피가 시뻘겋게 흘러내린다. 픽픽 내리꽂히는 동안 혀를 깨물렸기 때문이다. 의사가 시종 맥박을 재는 가운데 일고여덟 차례 목을 졸라 기절을 시키는 고문, 손가락 사이에 연필을 끼우고 마구 내리치는 고문을 가했을지도 몰랐다. 그에게 가해졌을 온갖 고문 중에서 확인할 수 있는 한 가지는 작가인 그가 더 이상 글을 쓸 수 없도록 오른손 집게손가락이 손등에 닿을 때까지 꺾어버린 것이었다.

경찰의 바람대로 고바야시 다키지는 단 세 시간 만에 더 이상 글을 쓸 수 없는 몸이 되었다. 경찰은 이튿날 라디오 임시 뉴스를 통해 그의 죽음을 보도했는데, 사인은 심장마비로 발표되었다. 그나마 한 가지 다행이라면 동료들이 그의 시신을 모셔와 온몸에 남은 그 참혹한 고문의 흔적을 후세에 생생하게 전할 수 있게 되었다는 점이다.[12]

그의 죽음은 국내외적으로 큰 파장을 불러일으켰다. 루쉰은 그의 죽음에 격분하여 "우리들은 알고 있다. 우리들은 잊을 수 없다. 우리들은 견실한 동지 고바야시의 혈로血路를 쫓아 전진하며 그와 두 손을 굳게 맞잡을 것"이라고 말했다.

이렇듯 프롤레타리아 간의 국제적인 연대는 거대한 물결이 되어 어디곤 퍼져나갔다.

조명희의 「아들의 마음」(1928)[13]은 도쿄에서 노동을 하다가 축대에 말려들어가는 사고로 팔 하나를 잘라낸 채 허름한 병원에 입원한 주인공이 일본인 노동자와 연대하는 내용을 다루고 있다. 특이하게도 이들을 연결해주는 것은 신문에 난 어느 여자 비행사의 기사로, 그녀가 중국 혁명에 북벌군으로 참가해 맹활약을 하고 있다는 내용이었다. 알고 보니 그 여자 혁명가는 주인공이자 화자인 '나'의 고향 친구이자 동창생이었다.

나는 흥분하여 이렇게 외친다.

"아, 금순이가 과연…. 중국 혁명을 위하여… 아니 세계 무산계급 해방을 달성하기 위하야. 나도 무장을 합하고 쌈하자. 민족 해방을 위하여 계급 해방을 위하야…. 너는 중국에서 나는 조선에서…."

내가 그 내용을 일본어로 들려주자 일본인 동지들의 입에서는 금세 감탄의 말이 터져나왔다.

"그건 참 굉장하구려."

마침 이튿날이 메이데이였다.

우에노 공원에서 열린 일본 최초의 메이데이 시위(1920년 5월 2일).

그날 밤에 나는 메데(메이데이) 행렬에 참가하여 나가는 꿈을 꾸었었다. 그 뒤 잘려낸 나의 왼쪽 죽지가 합창되어 퇴원하였을 제 때맞추어 그때 마침 메데를 시위하는 노동자의 대열이 두어 마장이나 뻗쳐 일비곡(히비야) 공원 앞 큰거리를 뚫고 나갈 때다. 나도 거기 참가하였다. 금순의 비행기가 남중국 공중에 높이 떠서 적군을 향하여 매같이 달려나가리라고 생각할 제 나와 나의 친구들의 힘 있고 무거운 발들은 혁명의 거리를 구르며 걸어나갔었다.

도쿄를 배경으로 하는 송영의 여러 노동 문학 작품들, 즉 「용광로」, 「교대 시간」, 「일체 면회를 거부하라」 등에도 민족보다 계급을 앞세우는 이른바 계급주의적 국제주의가 확연했다. 예를 들어 「교대 시간」에는 조선인과 일본인 노동자들 사이에서 벌어진 사소한 충돌이 걷잡을 수 없이 큰 싸움으로 번지는 모습이 드러난다. 그러나 '나'는 이래서는 안 된다, 우리가 계급적으로 단결해야 저들(자본가)의 간계를 물리칠 수 있다고 생각해서 행동한다. 말이 그렇지, 그동안 엄연히 차별을 받아온 동료 조선인 노동자들을 설득하는 일이 생각만큼 쉬울 리 없었다. 같은 광산에서 "다리 팔이나 일하는 시간이나 다 같은 우리들이었건마는" 일본인 노동자가 1환 80전을 받을 때 조선인 노동자는 1환 30전밖에 받지 못했다. 품삯만 아니라 들어가 사는 집도 저들이 '사택'이라면 이쪽은 '감옥소'라는 별명이 붙을 정도로 지극히 열악한 곳이었다. 그런 상황에서 한번 터진 패싸움은 피가 난무하고 골이 깨지는 큰 싸움으로 이어졌다. 하지만 나는 부상을 입은 몸으로도 두 민족 간의 계급적 연대를 주장하고, 마침내 "분한 생각, 미운 생각"을 한 곳, 즉 자본가인 광산주에게로 몰아가는 데 성공한다.[14]

송영의 이런 식의 계급주의적 국제주의는 1928년 2월에 있었던 코민테른의 결정, 즉 부르주아는 결코 진보적일 수 없기 때문에 통일전선의 대상이 아니다, 따라서 무산계급만으로 철저히 비합법 투쟁을 전개해야 한다는 노선 전환에 선을 대고 있었다. 하지만 이러한 전술은 식민지 조선의 현실을 무시한 관념성을 비판받게 되며, 또 장차 그가 일제 말 친일 협력으로 나아가게 될 때에도 시간을 거슬러 어떤 먼 단초인 양 의심을 받기도 한다.[15]

15

참 치사스러운
도쿄

관동 대지진 당시 도쿄는 엄청난 피해를 입었다. 사망자와 부상자가 각각 10만여 명에 행방불명자가 4만 3,000여 명에 달하는 막대한 인명 피해 이외에도 가옥 전파 12만 8,000여 호, 반파 12만 6,000여 호로 도시의 거의 절반이 초토화되었다. 이재민 수는 340만 명이 넘었다.[2]

그렇지만 이후 도쿄는 국가의 명운을 건 이른바 '제도 부흥 사업'을 통해 놀랄 만큼 빠른 속도로 '진재'의 악몽을 털어내고 세계적인 대도시로 성장한다. 인구만 보더라도, 메이지 17년(1876)에 100만 명을 돌파한 것으로 추정되는 도쿄의 인구는 메이지 33년(1900) 200만을 넘어서지만, 그 이후 증가 속도는 훨씬 가팔라서 다이쇼 8년(1919)에는 300만, 다이쇼 13년(1924)에는 400만, 쇼와 3년(1928)에는 500만, 쇼와 9년(1934)에는 무려 600만을 넘어선다.[3] 1935년 도쿄의 거주 인구는 총 636만 명에 달해 뉴욕, 런던과 대등한 수준으로 성장했다.

김진섭은 3년 만에 다시 그 도쿄로 향했다. 내륙을 관통하는 밤 기차 안에서 그는 문득 세계의 이 지점에 도쿄가 있고 세계의 저 지점에 베를린이 있다는 엄연한 지리적 사실에 의문이 들었다.[4] 과연 그럴까. 남들이 모두 그 도쿄에 가 닿았다고 해서 나도 그러리라는 걸 어찌 확신할 수 있으랴.

'동경이 홀연히 그 영원한 지점에서 사라지지는 아니할까?'

그는 두려웠다.

내일 아침 도착하는 곳에 도쿄가 그 자리에 있지 않다면?

물론 그건 터무니없는 기우였다. 이튿날 아침, 그는 요코하마와 가나가와를 거쳐 마침내 신바시 역에 내릴 수 있었다. 다행히 도쿄는 그곳에 있었다.

도쿄의 객관적 상주常住에 대한 김진섭의 이 말도 안 되는 불안은 조선의 지식인들이 도쿄에 대해 어떤 감정을 품고 있었는지를 잘 보여준다.

김진섭은 신바시 역에서 어쩔 줄을 몰라한다. 악수를 하려고 해도 도쿄의 손手은 어디에 있는 것이냐. 그는 도쿄의 어떠한 부분을 잡고 악수하면 좋을지 도무지 알 수가 없었다.

당혹한 나머지, 식민지 조선의 지식인은 기어이 탄식을 삼키고야 만다.

나는 동경에 아무 관계가 없는 사람으로서 이 길을 섭섭하게 거닐 수밖에 없다. 사람이 자기가 이 세상과 어떠한 형식에 있어서도 관계를 맺지 아니하고 있다는 것을 느낄 때같이 사람의 양심이 편안할 때는 없는 것이지만, 그러나 내가 일찍이 이 동경의 어떠한 사람의 어깨 위에다

1920년대 마루노우치 풍경.
영국 런던을 본떠 조성한 붉은 벽돌 건물이 인상적이다.

가도 손을 대지 않았다는 것은 너무나 쓸쓸한 일이 아니
냐!(3월 6일)

이럴진대 도쿄는 하나의 '사상'이었다. 그것도 오만한 사상!
홋카이도를 배경으로 한 다케다 타이준의 소설 『삼림과 호

수의 축제』에는 약소 민족으로서 아이누에 대해 동정과 연대의 감정을 표시하는 본토(야마토) 출신 지식인이 등장한다. 그러나 그가 만난 아이누 청년은 그의 관심 자체를 거부하며 이렇게 말한다.

"세상에는 두 가지 입장이 있지. 보는 쪽이 되든가 보이는 쪽이 되든가…. 야마토인은 보는 쪽, 아이누는 보이는 쪽. 지금은 그렇게 되어버린 거야. 보이기도 하고 주물림을 당하기도 하는 쪽은, 어떤 경우에도 보는 쪽, 주무르는 쪽과는 다른 입장인 것이다. 타히티섬으로 갔던 고갱은 최후까지 보는 쪽이었지. 섬의 원주민들은 보이는 쪽이었고 말이야."[5]

도쿄도 마찬가지였다. 조선이 식민지인 한 조선인은 한 번도 도쿄를 '본' 적이 없었다. 시선의 주체는 늘 도쿄에게 있었다. 김진섭이 도쿄 역에 내려 제 앞에 우뚝 선 마루노우치 빌딩을 쳐다보는 순간, 도쿄는 식민지에서 몇 밤을 새워 달려온 초라한 한 사내의 몰골을 내려다보고 있었던 것이다.

파인 김동환은 도쿄에서 보낸 대학 시절 질통을 지고 오르내리며 마루노우치 빌딩 공사장에서 일을 했다. 대지진이 일어나기 전이었다.

그리고 세월이 훌쩍 흘러, 마침내 이상이 그 자리에 섰다.

이상은 즉각 예민한 시인이자 작가의 감각으로 무엇이 잘못되어도 크게 잘못되었음을 깨달았다.[6] 우선 눈앞의 마루노우치

빌딩이 작아도 너무 작았다. 제 생각대로라면 그보다 네 배쯤
은 더 커야 했다. 게다가 사방천지에서 고약한 냄새가 코를 찔
렀다. 질 나쁜 '깨솔링(가솔린)' 냄새였다. 어딜 가나 그 냄새가
코끝에 달라붙고 속을 훑는대서야 도무지 견딜 재간이 없었다.

이상은 도쿄라는 거대한 메트로폴리스를 움직이는 것의 실
체를 단번에 깨달았다. "이 마루노우찌라는 삘딩 동리에는 삘
딩 외에 주민이 없다. 자동차가 구두 노릇을 한다." 그는 "어림
없이 이 동리를 5분 동안이나 걸었다." 그런 다음에는 곧바로
택시를 집어타는 수밖에 없었다. 조선에서 제아무리 최첨단을
가는 모던 보이였다 하더라도 도쿄의 속도와 호화를 따라잡을
수는 없었다. 걸으면서 제 눈으로 도쿄를 관찰하려던 산책자의
꿈은 속절없이 깨지고 만다. 그다음부터는 도쿄가 그를 관찰한
다. 관찰하고 명령한다. 관찰하고 명령하고 규율한다. 그리하여
긴자에서는 경시청에서 "길바닥에 침을 뱉지 말라"고 써놓았으
므로 침을 뱉지 못했다. 그가 할 수 있었던 일은 고작 "경교京橋
옆 지하 공동변소에서 간단한 배설을 하면서 동경 갔다 왔다고
그렇게나 자랑들 하던 여러 친구들의 이름을 한번 암송"해보는
것뿐이었다.

그는 결국 삿포로에 있는 외우 김기림에게 이런 편지를 쓴다.

동경이란 참 치사스러운 도십니다. 예다 대면 경성이란 얼

마나 인심 좋고 살기 좋은 한적한 농촌인지 모르겠습디다.

어디를 가도 구미가 땡기는 것이 없소그려! キザナ(아니
꼽게도) 표피적인 서구적 악취의 말하자면 그나마도 그저
분자식이 겨우 여기 수입이 되어서 ホンモノ(진짜) 행세
를 하는 꼴이란 참 구역질이 날 일이오.
나는 참 동경이 이따위 비속卑俗 그것과 같은 シナモノ(물
건)인 줄은 그래도 몰랐소. 그래도 뭐이 있겠거니 했더니
과연 속 빈 강정 그것이오.7

도쿄에 온 이래 그는 내내 몸이 엉망이었다. 특히 오후만 되
면 기동조차 못 할 정도로 열이 나서 성가실 정도였다. 그는 아
무리 아니라고 부인하려 해도 자신 또한 서울의 김유정이 가는
길을 고스란히 되밟고 있음을 잘 알고 있었다. 떠나기 전, 이상
이 찾아가서 본 병석의 유정은 처참했다. 그의 젖가슴은 새 초
롱보다도 앙상했다. 유정이 누구던가. 싸움이 벌어졌다 하면 모
자와 두루마기와 마고자를 훌떡 벗어던진 채 주먹으로는 민첩
하게 적의 뺨을, 발길로는 적의 사타구니를 냅다 걷어차고도
힘이 남아 제풀에 엉덩방아를 찧고야 마는 희대의 투사가 아니
던가. 그런 유정이 이제 앙상한 가슴이 부풀었다 구겼다 하면
서 단말마의 호흡을 내고 있었다. 이상은 서글펐다. 유정과 함

께 꿈꾼 신성불가침한 찬란한 정사 같은 건 불가능했다. 그건 거짓이었다. 주체할 수도 없는 거짓!―죽을 때 모든 사람은 단독자였다. 유정은 내내 울고, 이상은 침대맡에 서서 그런 유정을 바라봤다.

그리고 기어이 그는 말했다.

"유정! 저는 내일 아침 차로 동경 가겠습니다."

유정은 아무 대답이 없었고, 이상은 유정을 찾아온 것을 후회했다.

그렇게 떠나온 도쿄.

그는 도쿄를 보고 절망했다. 거기엔 구원이고 뭐고 없었다. 무엇보다 '진짜'가 아니었다. 그저 허겁지겁 서양을 쫓아가려고 안달복달하는 흉내쟁이에 불과했다.

식민지 경성에서는 구보 씨가 자기에게 양행비가 있다면 행복할 거라고, 그 돈으로 (서양은 언감생심) 도쿄에라도 갈 수 있으면 좋겠다고 생각한다(박태원, 「소설가 구보 씨의 일일」). 무엇보다 자기가 떠나온 뒤의 변한 도쿄가 보고 싶었기 때문이다. 간다의 어느 철물점에서 네일 클리퍼를 구입한 구보 씨는 '짐보오쪼오'의 어느 끽다점에 들어간다. 휴식도, 차를 마시기 위함도 아니었다. 도쿄에 남겨두고 온 추억 때문이었다. 대학 노트에 적힌 윤리학 석 자와 '임姙' 자가 든 성명이 기입된 노트 한 권의 추억. ―구보 씨의 추억 속엔 우입구 시래정과 무장야

265

미쓰코시 백화점 옥상의 공중 정원.

관과 히비야 공원이 은좌(긴자)와 더불어 쉬지 않고 떠오르는데, 주책없이 멀어도 한참 먼 지인이 그의 꿈을 박살 낸다.

"어이, 구포 씨 아니요?"

그는 늘 구보 씨를 구포 씨라고 불렀던 것이다.

이상은 달랐다. 그도 떠나기 전엔 외우 박태원과 다르지 않았을 텐데, 막상 도쿄에 도착하자마자 당장 도쿄의 정체를 깨달았던 것이다. 그렇게…. 진보쵸 고서점 거리는 이슬비에 젖었고, 그는 최후의 20전을 던져 타임스판 『상용 영어 4천자』라는 서적을 샀다. 4,000자라면 참 많은 수효였다. 그 바다만 한 외국어를 겨드랑이에 끼고선 배고프다고 징징거릴 수가 없다. 그래서 그는 이렇게 중얼거린다.

'아, 나는 배부르다!'

신주쿠에 갔다. 신주쿠에는 신주쿠다운 성격이 있다. 살얼음을 밟는 듯한 사치. 긴자는 그냥 한 개 허영 독본이다. 낮의 긴자는 밤의 긴자를 위한 해골이기 때문에 적잖이 추하다….

애드벌룬이 착륙한 뒤의 긴자 하늘에는 신의 사려에 의하여 별도 반짝이련만 이미 이 카인의 말예*末裔들은 별을 잊어버린 지도 오래다. 노아의 홍수보다도 독와사*를 더 무서워하라고 교육받은 여기 시민들은 솔직하게도 산보 귀가의 길을 지하철로 하기도 한다. 이태백이 노던 달아! 너도 차라리 십구 세기와 함께 운명하여 버렸던들 작히나 좋았을까.[8]

오만한 건 도쿄가 아니었다. 이상이 오만했다. 오만한 그가 감히 '자기 눈'으로 도쿄를 보고자 했다. 사실 그는 "동경이라

---

* 독와사(毒瓦斯): 독가스.

는 곳에 오직 나를 매질할 빈고貧苦가 있을 뿐인 것을 너무 잘 알고 있지만 컨디슌이 필요"했다. "컨디슌, 사표師表, 시야視野, 아니 안계眼界, 구속…."9 어째 적당한 어휘가 쉽게 발견되지 않았지만, 그는 '자기 눈'으로 현대를 읽어내려고 했던 것이다. 대도쿄는 일개 식민지 지식인의 그런 오만을 용납할 수 없었다.

1931년 만주사변을 일으킨 이후 일본은 준전시 체제에 돌입했다. 국가주의의 기세는 날로 강화되었다. 수상을 사살한 후 천황 중심의 국가 개조를 꾀한 청년 장교들의 기도(1932.5.15)는 실패했지만, 그 사건을 기화로 군부는 정당이 차지하던 영역까지 깊숙이 파고들었다. 두려움을 느낀 지식인들은 하나둘 전선을 이탈했다. 그리고 마침내 공산당의 거두 사노 마나부와 나베야마 사다치카가 공동으로 전향을 선언했다. 성명서에서 그들은 천황제를 인정했고, 일제의 만주 침략도 옹호했다. 봇물처럼 눈사태처럼 전향자가 속출했다. 기다렸다는 듯 중의원은 이른바 '국체명징國體明徵'에 관한 결의안을 통과시켰다. 곧, 일본은 천황만이 주권을 지닌 국가임을 명확히 선언한 것이다.

군부는 두 갈래였다. 황도파는 천황 중심의 급진적 체제 혁신을 꾀했는데, 통제파는 군부가 실권을 장악한 강력한 국방 국가 건설을 주장했다. 이 두 파벌의 대립은 급기야 1936년 2월 26일 만주국 전출을 앞둔 황도파 청년 장교들이 주도한 쿠데타로 이어졌다. 무려 1,400여 명의 하사관과 사병까지 동원하여 도쿄 한복판에서 벌어진 이 쿠데타의 충격은 상당했다. 반란이 실패로 끝나면서 황도파의 주모자들은 처형을 피할 수 없었지만, 이로 인해 군부의 정치적 위상은 한층 강화되기에 이르렀다. 이제 군부는 파시즘을 향해 치닫는 일본 정치의 유일한 실권자였다.

2·26 직후 도쿄에 들른 이태준은 아직 계엄령 하의 도쿄가 생각보다 평온한 데 오히려 놀란다.[10] 주요 관청과 전기, 가스 같은 문제되는 재벌 회사에 무장 병력이 한두 명씩 서 있을 뿐 행인의 눈엔 그리 긴장돼 보이는 데가 없었다. 그래서 그는 프랑스식 커피와 캔디로 유명한 긴자의 다방 콜롬방에도 들르고, 영국 신사 숙녀들이 사용하는 물건들을 판다는 러스킨 문고에도 들렀다. 그래도 그의 취미에는 골동품상만 한 것이 없었다. 상고주의자인 그는 추사의 현판 하나를 본 것만으로도 지극히 행복했다.

하지만 그로부터 한 해 후의 2월 12일, 이상은 집 근처 술집에서 맥없이 체포되었다. 치안유지법에 따른 예비 검속이었다. 그는 한 달간 니시간다 경찰서 유치장에 수감되어 있다가 겨우 풀려났다. 김기림이 황급히 달려와 하숙집 골방에 누워 있는 그를 만났다.[11] 몰골이 말이 아니었다. 전등 불빛 아래 가로 비친 이상의 얼굴은 상아보다 더 창백하고, 특유의 검은 수염이 코밑과 턱에 참혹하게 무성했다.

269

경성고등공업학교 시절의 이상(1920년대).

"여보, 당신 얼굴이 아주 피디아스의 제우스 신상 같구려."

김기림이 애써 명랑한 목소리로 말하자, 이상도 껄껄 웃었다. 그러나 그 웃음에는 이미 예의 정열이라곤 한 터럭도 남아 있지 않다는 걸, 이상 자신도 그를 지켜보는 김기림도 다 알았다. 그래도 이상은 경찰서 유치장에서 다른 ○○주의자들과 마찬가지로 수기를 썼는데, 제가 쓴 '명문'에 대해서는 조사하던 계원도 찬탄하더라고, 그러니 도쿄의 경찰서에조차 애독자를 가졌다는 것은 시인으로서 얼마나 통쾌한 것이냐고 낄낄거렸다.

둘은 한 달 후, 김기림이 학교 일을 마치고 돌아오는 대로 다시 만나기로 약속했다. 그러나 그 약속은 끝내 지켜지지 못했다. 도쿄로 달려오는 김기림의 귓가에는 이상이 손을 저으며 마지막 남긴 말이 너무나 선명하게 쟁쟁했다.

"그럼 다녀오오. 내 죽지는 않소."

이상의 명목(瞑目) 일자는 1937년 4월 17일이었다. 도쿄 제국대학 병원에 입원해 있는 동안 그의 벗들은 김유정이 이미 3월 29일에 먼저 세상을 떠났다는 사실을 들려주지 않았다.

아내 변동림이 밤 도와 경성에서 달려왔다. "헤어질 때만 사랑할 수 있는"[12] 이상을 사랑한 죄였다. 그녀가 가져온 하얀 한복으로 차려입은 고 강릉 김씨 해경의 유해는 화장되었고 한줌 재로 현해탄을 건넜다.

김기림은 이렇게 썼다.

상(箱)은 필시 죽음에게 진 것은 아니리라. 상은 제 육체의 마지막 조각까지라도 손수 길러서 없애고 사라진 것이리라. 상은 오늘의 환경과 종족과 무지 속에 두기에는 너무나 아까운 천재였다. 상은 한 번도 '잉크'로 시를 쓴 일은 없다. 상의 시에는 언제든지 상의 피가 임리*하다. 그는 스스로

---

* 임리(淋漓): 피가 흥건한 모양.

271

제 혈관을 짜서 '시대의 혈서'를 쓴 것이다. 그는 현대라는 커다란 파선破船에서 떨어져 표랑하던 너무나 처참한 선체 조각이었다.[13]

이상이 도쿄에서 묵었던 하숙의 주소는 간다구 진보쵸정 3정목 101-4 이시가와 방이었다.[14] 구단 아래 꼬부라진 뒷골목 2층 골방. 이상은 거기서 각혈을 쏟아내면서도 쉬지 않고 글을 썼다. 「실화」는 물론 「종생기」, 「권태」, 「봉별기」가 다 그곳에서 그의 죽음을 먹고 탄생했다. 한국 문학사의 슬픈 역사였다.

16

모멸의 시대

관동 대지진 때 소설가 다야
마 가타이는 조선인 학살을 두고 지인과 나눈 대화를 이렇게
소개하고 있다.[1]

"그게 자네는 좀 닮았다니까."

"내가 조선인하고?"

"머리를 좀 기른 데가 닮았어."

"정말, 참을 수 없군."

"너무 얼굴이 갸름하고 창백한 것도 닮았다니까."

조선인으로 오해를 받으면 일본인이라도 어떤 위험에 처할
지 알 수 없는 노릇이었다. 그러니 엄연히 일본인더러 조선인
처럼 생겼다는 말은 모욕을 넘어 농담으로라도 해서는 안 되는
말이었을 것이다. 가령 일본인이라도 뒤통수가 상대적으로 밋
밋한 사람은 큰일이었다. 자경단원들은 죽창, 일본도, 곤봉 따
위를 들고 지켜 서서는 모자를 벗어보라고 하는데, 조선인은
평소 목침을 사용하기 때문에 뒤통수가 '절벽'이라는 거였다.

자경단원들이 조선인을 색출해낼 때 얼굴보다도 더 신뢰한
게 '말'이었다.[2] 그들은 곳곳에 검문소를 설치하고 통행인을 불
러 세워 기미가요를 불러보라든가 도도이쯔(남녀 간의 사랑을

274

관동 대지진 이후 일본에서 성행한 자경단 놀이 삽화.
아이들이 역할을 나눠 조선인 아이를 죽이는 놀이를 하자
화가가 그런 놀이를 만류하는 내용(『미야코신문』, 1923년 9월 19일).

다룬 일본의 속요)를 읊어보라든가 하는 식으로 검문검색을 실시했다. 그러나 가장 널리 쓰인 방법은 "15원 55전을 말해봐!"라는 것이었다. "주고엔 고주고센"이라는 말에서 '주+'는 탁음이라고 해서 조선인은 발음이 쉽지 않다는 판단 때문이었다.

  문제는 일본인 중에서도 발음을 정확히 하지 못하는 경우가 얼마든지 가능하다는 사실이었다. 그 경우 심문 당하는 자가 스스로 일본인임을 증명하는 일이 그만큼 용이한 것만도 아니었다. 사실 그때, 그 현장 어딘가에서, 객관적인 증거를 일일이 챙기는 것은 불가능에 가까웠다. 그렇다면 일본인과 조선인

의 위계질서가 허물어진 상태에서 그것을 가장 분명하게 재건하는 방식은 무엇이 있었을까. 그게 바로 학살이었다. "일본인이 일본인이라는 것을 스스로 증명할 수 없는 장에서, 일본인은 폭력을 행사했다. 왜냐하면 스스로가 일본인이라는 것을 증명할 수단이 '일본인의 적'으로 보이는 사람을 죽이는 일뿐이었기 때문"[3]이다.

또 이 경우 '표준어'는 도쿄 말이었다. '방언'은 조선과 중국은 물론이고, 심지어 오키나와도 포함될 수 있었다. 실제로 현대 오키나와를 대표하는 소설가 메도루마 슌은 관동 대지진 당시 마을 식당 곳곳에 "류큐인*, 조선인 출입 금지"라고 나붙은 방을 목격했다는 제 할머니의 이야기를 들려준다.[4] 본토에서는 할머니의 친구들이 여공으로 일하고 있었는데 그때 조선인으로 오인되어 죽을 뻔한 경우도 있었다고 했다. 표준어를 제대로 구사하지 못하는 오키나와인이 조선인으로 오인받을 가능성이 있었다는 건 당시 오키나와 사회에 널리 알려진 이야기였다.

도쿄는 사회주의자와 무정부주의자 역시 표준어의 영역에서 배제했다. 그 말은 언제나 차별과 배제, 극단적일 경우 학살의 대상이 될 수 있다는 뜻이었다. 관동 대지진 초기 사회주의

---

* 류큐인: 류큐는 오키나와의 옛 이름.

자 두 명이 가메이도 경찰서에 붙잡혀 학살된 소위 가메이도 사건과 헌병대에 의한 저명한 아나키스트 오스기 사카에 가족 살해 사건이 이를 증명한다. 늘 그렇듯이 표준어는 자신들의 번제 때 방언을 희생양으로 삼기를 주저하지 않는 것이다. 이것은 물론 일본의 신화 시대부터 내려오던 뿌리 깊은 게가레穢れ 의식과도 연결될 터였다. 더럽혀졌다고 해서 꺼리게 되는 것을 뜻하는 이 말의 대상은 실로 광범위했다. 죽음, 병, 근친상간, 여성, 상처 따위는 물론이고 다른 지방 사람이나 외국인처럼 자기네 공동체에 속하지 않는 사람들, 불가촉천민 혹은 부락민처럼 특정 신분의 사람들, 백정이나 유녀 등 특정 직업에 종사하는 사람들, 심지어 왼손을 쓰는 사람들까지 두루 포함했다. 물론 어느 나라 어느 민족이든 이런 배타성이 정도의 차이는 있겠지만 없는 곳은 없을 것이다. 하지만 제국주의 일본의 경우 이런 차별과 혐오 의식은 유난히 심했고, 특히 그런 차별을 통한 위계를 효율적인 식민지 지배 수단의 하나로 사용했다는 데 문제가 있었다.

타이완 작가 우줘류의 『아시아의 고아』(1945)[5]에는 일본 유학생이 겪게 되는 양가감정이 잘 드러나고 있다. 주인공 타이밍은 도쿄에 들르기 전 먼저 교토에 들렀는데 거기서 아주 깊은 인상을 받는다. 교토의 모든 게 다 마음에 들었다. 그곳에 사는 사람들, 거리, 대자연의 경치 등 어느 것 하나 마음에 들지 않는 것이 없었다. 그 모든 게 평온하고 안정되어 보였다. 어떤 품위마저 느껴질 정도였다. 게다가 만나는 사람마다 다들 친절하고 상냥했다. 심지어 식당의 보이, 여관 종업원, 버스 안내원, 백화점의 여점원에 이르기까지 다들 교양이 있었다. 특히 젊은 여성들의 그 우아한 품격은 참으로 신선한 충격이었다.

'아름다운 국토, 사랑스러운 국민!'

타이밍은 그런 생각만으로도 가슴이 두근두근했다.

도쿄는 교토에 비해 훨씬 크고 번잡했다. 그러나 사람들이 온화하고 예의 바르고 친절한 것은 교토와 다르지 않았다. 한 번은 경찰에게 길을 물었는데, 그 경찰까지 아주 친절했다. 하지만 타이밍이 도쿄의 이면을 보게 되는 순간이 찾아온다.

먼저 유학을 온 친구 란이 타이밍에게 말했다.

"이곳에서는 자네가 타이완 사람이라는 것을 밝히지 않는 게 좋아. 타이완 사람들이 하는 일본어는 규슈 발음하고 비슷하니까 자네는 그냥 후쿠오카나 구마모토 출신이라고 하게."

타이밍은 그 말이 마음에 들지 않았다. 하지만 재일 중국인 유학생들의 총회가 열렸을 때 참가했다가 그것이 무슨 문제가 되는지를 똑똑히 깨닫게 된다. 타이밍은 중국 남부 지방 사람들이 주로 쓰는 객가어 소리가 들려 그들과 어울리는데, 자기소개를 할 때 타이완 출신임을 밝혔다. 그러자 중국 유학생들의 태도가 표변했다.

"뭐라고? 타이완? 흥!"

알고 보니 타이완인은 중국인 사회에서 일본의 스파이로 취급되고 있었던 것이다. 사실 일본은 식민지 타이완인을 중국 대륙에서 고등 특무 정책의 앞잡이로 이용하고 있었다. 타이밍은 모든 참가자들의 따가운 눈총을 받으며 쓸쓸히 회관을 빠져 나오지 않으면 안 되었다. 그의 유학 시절은 그렇게 끝이 난다.

도쿄는 조선인에게도 쉽사리 문을 열어주지 않았다. 물론 유진오의 「귀향」에서처럼 조선인에게 문을 열어준 고마운 할머니도 있었지만, 그건 미담이었다. 그리고 그런 미담을 강조할수록 오히려 사건의 진상이 은폐되는 우울한 측면도 무시할 수 없는 일이었다.

박태원은 도쿄에서 지낸 경험을 바탕으로 중편 「반년간」(1933)을 신문에 연재했다.[6] 거기서 주인공 철수는 영문학도 유학생인데, 어느 날 친구와 함께 카페에 들어갔다가 나와 밤의 도쿄를 바라보는 장면이 나온다.

거리는 애달픈 꿈을 꾸고 있는 것이다.

철수는 아스팔트 위를 내려다보았다. 그는 그곳에 주검과 같이 가혹하고 얼음장같이 싸늘한 도회의 외곽을 보았다. 허리를 굽혀 손으로 그것을 어루만질 때 사람은 응당 그 차디찬 촉각에 진저리를 칠 것이다.

도쿄를 주무대로 한 박태원의 소설 「반년간」(『동아일보』 연재, 1933).

김진섭이 도쿄에 처음 와서 당혹했던 것이 대체 누구에게 손을 내밀까 하는 것이었다. 박태원의 소설에서 철수는 밤의 도쿄를 어루만졌을 때 차디찬 촉각에 진저리를 치고 만다. 그때 이미 밤이 깊어 전차도 다니지 않는 넉 줄 레일 위를 지나가는 인력거 한 채를 눈에 담았다. 그건 "시대가 저를 잊고 시대가 저를 내어버리고, 그리고 시대가 저를 돌보지 않는 것을 슬퍼하는 듯이 하소연하는 듯이, 그러면서도 그의 옷자락에 매어달려 몸부림하기까지의 기운이 없는 듯이 밤 깊은 대도시의 거리 위를 달리는 인력거"였다. 그리고 그 인력거처럼 조선인 유학생으로서 저 또한 매사에 그렇게도 기력이 없고 또 그렇게

도 초라하지 않은가. 그건 어쩌면 그가 몸은 도쿄에 있어도 언제든 조선을, 그리고 조선의 경성을 한 치도 벗어나지 못할 수밖에 없는 데서 오는 필연적인 귀결일지 몰랐다. 카페를 나온 철수는 벗 준호와 함께 포장마차에 들어갔는데, 철수는 준호가 그런 장소에서 거리낌 없이 조선 말을 사용하는 것을 좀 재미 없이 생각했고, 그리고 또 그것을 듣고 아이들이 모멸 가득한 눈초리로 자기들을 쳐다보는 것을 불쾌하게 여긴다.

철수는 최은숙이라는 이름의 여자가 보낸 편지 한 통을 받는다. 휴일에 만나자는 내용이었다. 그는 그게 얼마 전 들렀던 카페에서 처음 본 조선인 여급 미사코인 줄을 짐작했다. 미사코는 철수네가 조선인이라는 것을 알자마자 눈물부터 펑펑 쏟았다. 도쿄에 온 지 3년이나 되었다는데도 그런 정을 지니고 있었던 것이다. 그런데 이제 그 미사코, 아니 최은숙을 신숙(신주쿠)에서 기다리는데 시간이 지나도 여자는 오지 않았다. 대지진 이전까지 신숙은 한 개 보잘것없는 동리에 불과했다. 사람들이 신숙에 갔다 왔다 하면 으레 '유곽'에 다녀온 줄로 알 정도였다. 그러던 신숙이 관동 대지진을 겪고 나서는 완전히 새로운 도심으로 부상했다. 대지진 때에도 불에 타지 않았지만 새로운 건설을 위해서는 우선 사람 손에 무너질 필요가 있었다.

길을 닦는 요란한 곡괭이 소리, 곡괭이 소리 뒤에 일어나는 아스팔트 굽는 연기, 그 연기와 함께 새로운 건물, 광대한 건물은 한 층, 두 층, 세 층, 네 층 높게 더 높게 쌓아 올라갔다. 백화점이 생기고, 극장이 생기고, 요리점, 카페, 음식점, 마찌아이侍合, 댄스홀, 그리고 또 온갖 종류의 광대한 점포— 양편에 늘어선 그 건물 사이를 전차, 자동차, 자전거가 끊임없이 다니고, 그리고 그보다도 무서운, 오— 군중의 대홍수— 밤이면 붉게 푸르게 밤하늘에 반짝이는 찬연한 네온사인 문자 그대로 불야성 아래 비약하는 근대적 불량성—

신숙은 이제 하루 17만 명이나 되는 승객을 삼키고 토해내는 거대한 도심이 되어 있었다. 조선인 철수는 그곳에서 조선인 여급을 기다리는 거였다. 철수가 무연히 역 안 고지판에서 승객들이 적어놓은 갖가지 사연들을 읽는데, 마침 미사코가 근무하는 카페의 또 다른 여급 아키코가 나타난다. 눈치 빠른 아키코는 철수가 누군가 여자를 기다린다는 것을 짐작하고 놀려대더니 고지판에 적힌 글 하나를 가리키며 웃는다.

'위험하다. 말어라. 절대로 말어라. 미루꾸.'

미사코는 나중에 나타났다. 원래 약간 늦었을 뿐인데 그때 하필이면 아사코가 나타난 것을 목격해서 몸을 피했다는 거였다. 두 사람은 뒤늦게 데이트를 한다. 그러나 철수의 뇌리에는 예의 그 글귀가 자꾸만 떠올랐다.

'위험하다. 말어라. 절대로 말어라.'

미사코는 철수를 노골적으로 유혹한다.

"오늘밤 기어코 저를 어디로 유혹하지 않으시렵니까?"

혹은

"철수씨, 제게 식욕을 느끼지는 않으십니까?"

철수는 여자에게 증오와 모멸을 느낀다. 그 여자에게 내어주기에는 자기의 사랑이 너무 깨끗한 것 같았다. 그러나 그날 밤 철수는 미사코와 함께 댄스홀까지 들렀고, 결국 고원사 제 하숙집에는 들어가지 않았다.

소설의 시간적 배경은 정확히 1930년이다. 그때, 세계를 덮친 대공황의 여파는 도쿄라고 예외는 아니어서, 가령 그 많던 택시들은 이제 서로 제 살 깎아먹기 경쟁을 해야 할 정도였다. 하지만 이미 세계 5대 도시니 3대 도시니 하는 반열에 오른 도쿄는 식민지 조선에서 온 청년들에게는 여전히 "위험하다. 말어라. 절대로 말어라" 하고 경고할 권리를 지니고 있었다. 소설의 마지막 장면에서는 또 다른 조선인 유학생 황이 며칠을 굶다 못해 기어이 주인집 물건을 훔쳐 팔았다가 걸려 경찰서로 넘겨진다.

이렇게 보면, 철수가 하숙집에서 주인집 딸에게 영어를 가르치고, 철수의 또 다른 친구들 중 조숙희는 집에서 가져온 돈으로 서슴없이 마작 구락부를 인수하며, 최준호는 가난한 문사라 이따금 전당포에 옷까지 맡겨가며 사는 형편일지언정 택시에 탔을 때 운전기사의 허가증을 부러 확인하고는 운전기사를 "마 끼노 군"이라고 쉽게 부르는 건 좀 낯선 풍경이다. 그들은 일본 인 앞에서도 전혀 기가 죽지 않았던 것이다. 하지만 그게 오히 려 거대한 도쿄 앞에 선 작가 박태원의 자격지심으로 읽힐 수 도 있다. 그래서일까, 철수로 하여금 식민 종주국의 가장 약한 고리인 하층 계급 여성들에게 달려들어 성희롱을 넘어선 폭력 까지 시도하게 만든 것인지도 모른다. 가령 철수는 자기에게 영어를 배우는 하숙집 딸에게 돌연 성적 욕망을 느껴 달려든 다. 그러자 딸은 처음과 달리 저항한다.

철수는 부둥켜안고 있는 자기의 두 팔 속에 여자의 굳센 저항을 깨달았다.
"유루시데네 하나시데네(용서하세요. 놓아주세요)."
'여자의 처녀성의 그것만은 그것만은…' 하고 애원하였다.
그러나 철수의 오랫동안 억압당하였던 '사내'는 걷잡을 수 없는 형세로 여자의 '처녀'를 요구한다.
"용서하세요. 네?"
철수는 또 한 번 속살거렸다. 그리고 열에 타는 입술은 여 자의 입술을 구하였다.

식민 지배자와 피지배자 사이에서 일어나는 이러한 관계의 전도는 결국 식민지 체제 자체의 총체적 모순의 발로일 터. 후대의 한 평론가는 이에 대해 "식민지 근대 주체 형성 과정에서 가장 강력하게 작동하는 것은 민족적 열등감이며 그것을 보상받기 위해 피식민지 출신의 지식인 남성 주체는 자신이 문명인인 점을 스스로 배반하는 일마저 서슴지 않았다"[7]는 식의 진단도 피하지 않았다.

식민지 종주국의 여성을 상대로 가장 과감한 행위를 하는 주인공은 의외로 이태준의 작품에 등장한다. 단편 「누이」(1929)[8]에서는 장지문 한 겹으로 칸을 막은 이웃 여자가 요부 타이프여서 '나'의 관음증을 자극한다. 그 방에서 나는 소리는 더더욱 나를 괴롭히지만 나로선 대개 이불을 뒤집어쓰고 말뿐으로 달리 도리가 없었다. 그러다가 생긴 게 한밤중에 벌떡 산보를 나가는 버릇이었다. 어젯밤에도 그렇게 '모욕적 산보'를 나갔다. 집 근처에는 잡사곡(조시가야) 묘지가 있는데, 묘지라고는 해도 마치 잘 가꾸어놓은 공원 같은 느낌을 주는 곳이었다. 하지만 밤중에 그곳에 가면 아직 이웃집 때문에 생긴 정욕이 식지 않아, 어둠 속에 희끗희끗 서 있는 비석들이 모조리 벌거벗은 계집으로 보이곤 했다. 거기서 뜻밖에 한 젊은 여자를 만났는데, 나는 평소와 달리 다짜고짜 들이덤볐다. 더 놀라운 것은 여자가 너무 침착하게 나를 받아들였다는 사실이다. 나는 기어이 여자의 입술까지 훔치고 말았다. 짧은 대화 끝에, 나는 여자가 나를 만나기 전부터 '울고 있던 사람'이라는 걸 알게 된다. 내가 스스로 '고독한 사람'이라고 밝히자, 여자도 똑같이 대꾸한다. 여자는 전혀 상스럽지 않았다. 나는 세상엔 우리처럼 고독한 사람이 얼마나 많은가, 생각하며 제 행위를 스스로 합리화한다. 그러다가 어디선가 인기척이 나서 둘은 맞잡은 손을 놓고 헤어진다.

여자는 내게 이렇게 한마디를 남기고 어둠 속으로 사라졌다.

"妾もこれから淋しい人人の味方になりますね(저도 이제부터 외로운 사람들의 편이 되겠어요)."

쉽게 이해하기 힘든 소재에, 이런 대사도 꽤 뜬금없다는 생각이 들게 마련이다.

작가 이태준이 도쿄에 있던 동안 공기만 먹고 살 정도로 경제적으로 무척 궁핍한 생활을 했다는 사실은 제법 알려져 있다. 하지만 「누이」의 화자와 여자가 느꼈다는 고독의 정체, 분명한 성추행을 오히려 동정과 연민으로 바꿔버리는 그 고독의 정체가 과연 무엇인지는 쉽게 추측하기 어렵다. 작품의 문맥으로만 볼 때, 도쿄 대지진의 참화 이후라는 시기를 따져 그것을 당장 민족적 감정으로 치환하는 것은 무리다. 하지만 조선인에게 잡사곡 묘지는 여느 묘지가 아니었다. 대지진 당시 산더미처럼 쏟아진 희생자들의 유골을 제일 먼저 수습한 곳이 그곳이다. 조선인 희생자들도 분명히 그곳에 버려지거나 묻혔을 가능성이 크다. 게다가 이태준은 1924년 도일 이후 와세다 대학 우애학사에 머물렀는데, "무슨 탐정 소설에 나오는 마굴 같은 이 살풍경한 양관洋館 뒤에는 바로 절이 있고 묘지가 있었다." (「의무전기」) 그 묘지가 바로 잡사곡 묘지였다. 한 연구자는 이 모든 정황을 따져 누이의 배경인 잡사곡 묘지를 관동 대지진의 기표로 읽어내는 시도를 하고 있다.[9] 그리하여 국적은 다르지만 '외로운 사람들"끼리 연대하는 소설로 다시 읽어내는 것이다.

물론 이런 식의 다소 무리한 해석이라도 가능하려면 이태준이 도쿄에서 쓴 「묘지에서」(1926)라는 시 한 편도 필수적이다.[10]

    평화롭게 잠자는 그대들 옆엔 잔을 같이 기울이던 친구들도 있겠고
    살을 서로 겨누던 원수들도 있으리
    그러나 그대들은 기억하지 않도다
    그대들의 안해나 아들이 와서
    정성껏 흘리는 눈물이라도
    그것이 그대들을 움직일 수 없거든
    하물며 한두 줄의 비문일까보냐

조시가야(잡사곡) 묘지 나쓰메 소세키 무덤.

봄새는 노래하고 흰구름은 떠도네
듣는가 보는가 움직이는가
그대들의 거룩한 잠터에서는
잠꼬대 한마디 들을 수 없네
―3월 30일 잡사곡 묘지에서

잡사곡 묘지에는 나쓰메 소세키와 나가이 가후의 묘도 있다.

진작 언급한 바 있는 라프카디오 헌도 고이즈미 야쿠모라는 이름으로 잠들어 있다.

1937년 장혁주는 인상적인 르포를 발표한다.[11] 「조선인 취락을 가다」라는 이 르포에서 그가 찾아간 곳은 도쿄 항에 가까운 시바우라의 츠키미마치에 형성된 대표적인 조선인 취락이었다. 석탄 저장소 자리에 들어선 무허가 판자촌이었다. 긴자에서 택시를 타고 20~30분이면 충분히 닿는 거리여서 누구나 쉽게 접근할 수 있었지만, 막상 그곳에 가면 입구를 찾는 것부터 쉽지 않았다. 장혁주는 한참을 헤맨 끝에 조선 여자들에게 묻고 나서야 겨우 입구를 찾았다.

불규칙한 구멍이 입을 열고 있어 나는 그 안으로 빨려들듯 들어갔다. 과연 그 구멍이 이 부락의 통로였다. 어쩌면 유일한 통로였을지도 모른다. 판자벽과 기둥이 겨우 나를 지나가게 했다. 열린 작은 구멍 안으로 들여다보면, 거적이나 흠뻑 젖어 더럽혀진 다다미가 깔려 있고, 아이들이나 어른들이 붉고 흰 조선 천이나 검은 일본 천으로 된 이불로 몸을 둘러싸고 자고 있는 방도 있다. 파리가 어린아이의 입 근처를 엿보는 듯이 날아다니고 있었다. 몇 걸음 가지 않아 구멍 창고는 어두워졌다. 머리 위에는 지붕에서 지붕으로 걸쳐 걸린 2층이나 빨래 건조대 등으로 하늘이

가려져 있기 때문이었다. … 구멍에서 구멍으로, 이것이
부락의 통로였다. 지렁이나 개미의 집을 나는 문득 떠올렸
다. 이 구멍의 연결이 집에서 집으로의, 아니 방에서 방으
로의 통로였다.

불규칙한 구멍—그것이 바로 표준어의 도쿄에 섞이지 못하
는 가장 밑바닥 방언의 세계였다.

박태원이 일본에 와 호세이 대학에 입학한 것은 1930년 9월
13일이었다. 그때 그는 혼고에 숙소를 정하려다가 두 가지 이유
로 포기한다.[12] 첫째는 학교까지 시영 전철을 이용하게 되는 까
닭, 둘째, 그리고 가장 중요한 것은 제대(도쿄 제대)와 일고(제
일고등학교) 학생들에게 위압당하는 감이 있는 것. —그는 결
국 스스로 변두리(다하시)에 거처를 정하고, 약 반년쯤 있다가
중앙부로 진출하려 한다고, 제게 혼고에서 숙소를 구하라고 알
려준 '선생님'에게 편지를 써 알린다. 그러나 그는 끝내 혼고로
진출하지 못한 채 반년 만에 학교를 중퇴한 채 경성으로 돌아
와버리고 만다.

세월이 한참 더 흘렀는데 김사량의 팔자는 여전히 구질구질
했다.[13] '도쿄' 제대 출신이라도 그 역시 조선인이었다. 혼고에
서 어렵게 구한 하숙집에 들었더니 하필이면 첫날 밤 빈대가
두 마리 느릿느릿 기어나왔다. 아침에 주인 노파에게 말하니까

'반도 사람'에게 한번 방을 빌려줘서 이렇게 된 거라고 생뚱맞은 변명을 천연히 늘어놓는다. 그날부터 며칠 전화가 뚝 끊겼다. 짐작하건대, '반도 사람'인 그를 찾는 전화가 오면 주인이 수화기에 대고 주절주절 불쾌한 말을 늘어놓았을지 몰랐다. 상성이 난 김사량은 가마쿠라로 훌쩍 거처를 옮겨버린다. 이렇게 중얼거리면서!

"빈대여, 안녕! 하는 김에 도쿄도 안녕!"

절이 싫으면 중이 떠나는 법이었다.

'재일'의 탄생

일제 강점기 조선의 작가들
이 쓴 소설에는 의외로 일본인들이 많이 등장하지 않는다. 인
구 분포만 놓고 보더라도 1935년 경성의 경우, 전체 인구 40여
만 명 중 일본인은 11만 명이 넘게 거주했다. 따라서 일본인이
어떤 식으로든 등장하는 게 오히려 자연스럽겠지만, 현실은 달
랐다. 작가들은 짠 것처럼 일본인들을 배제했다. 여기서 그 이
유를 따질 여유는 없는데, 다만 염상섭의 경우엔 상대적으로
자주 일본인을 등장시켰다는 사실을 말할 수 있다.

심지어 그의 장편 『모란꽃 필 때』(1934)[1]에서는 특히 후반부
에 이르면 식민 제국의 수도 도쿄가 아주 중요한 배경으로 등
장해서 눈길을 끈다. 자연히 조선인 등장인물들이 현지 일본인
들하고 만나는 접촉 국면도 넓어지게 마련인데, 그것도 다른
소설의 사례로 미루어 흔히 예상할 수 있듯이 경찰이나 관리
따위 사악한 역할이 아니라 도쿄에 와서 고난에 처한 이방인
주인공을 어떻게든 도와주는 긍정적인 역할이다.

부잣집 딸 신성이는 영식이하고 약혼을 했으나 실수로 김진
호가 보낸 편지를 영식이에게 들킨 후 약혼을 파기당하고 만
다. 그 사이 신성이네 집안도 몰락하였기에, 영식이네는 신성이

네 부친의 도움으로 재산을 모았음에도 불구하고 냉정한 태도를 보인 거였다. 거기에는 신성이의 동창이자 라이벌인 문자의 간교가 개입했다. 이제 영식이는 문자와 도쿄로 달아나서 집을 얻어 함께 산다. 문자의 어머니는 일본인으로 조선에서 친일파인 문자 부친의 첩으로 살다가 일본으로 함께 건너온 터였다. 문자는 그 넓은 도쿄가 좁아라, 사치에 사치를 더하면서 기세등등하게 하루하루를 보낸다. 나중에 신성이도 공부를 하기 위해 도쿄로 오는데, 제 몸 하나 간수하기가 버거운 처지라 일본인 화가 추수 선생의 도움으로 또 다른 일본인 귀족 삼포 집안에 가정 교사로 들어간다. 신성이는 추수 선생의 그림에 모델로 나서고, 그 그림은 나중에 영식이가 500원에 사서 돌려준다. 자신의 죄를 뉘우치는 것이다.

물론 추수 화백이나 삼포나 실제로 도쿄의 조선인들이 그렇듯 고마운 일본인들을 만날 기회가 많은 것은 아니었다. 소설 속 신성이와는 다르게 대개의 조선인이 맞닥뜨린 처지 자체가 몹시 궁색했기 때문에 더더욱 그랬을 것이다.

김사량은 1936년 도쿄 제국대학 문학부 독문학과에 입학한다. 이후 히라카와바시에 있는 제국대학의 세틀먼트에서 활동했다.[2] 1923년에 설립된 이 세틀먼트는 근처의 도시 빈민들을 위해 일종의 봉사 활동 및 지원 활동을 하는 단체로, 아동 교육은 물론 구매 조합을 운영하고 의료 봉사도 실시하고 있었다.

노동 상담과 법률 상담도 병행했다. 김사량은 그중 아동부에서 활동했는데 1940년 아쿠타가와 상 수상 후보로 올라 명성을 떨친 「빛 속으로」(1939)가 바로 그런 활동을 배경으로 한 작품이다.

김사량은 아쿠타가와 상 후보로 오른 이후 본격적으로 창작 활동에 매달렸다. 그러나 그때는 이미 조선이 식민지로 전락한 지 30년이나 되었고, 조선에서는 내선일체의 황민화 움직임이 강제되고 있을 무렵이었다. '내지'에서도 조선인들의 삶의 양태가 바뀌고 있었다. 유학생으로 시작하여 노동자들의 집단 이주로 이어지던 도일의 거센 흐름은 세계 공황과 만주사변(1931)을 전후한 시기에 절정을 이루었다. 이 시기에 조선의 농촌에서 피폐해질 대로 피폐해진 삶을 견디다 못한 무수한 조선인들이 현해탄을 건넜는데, 이들 중 대부분은 일본의 미해방 부락 속으로 들어가 집단으로 거주했다.[3] 예컨대 고베에서 가까운 효고현의 한 부락에는 총인구 5,816명 중 조선인이 무려 2,057명이나 되었다. 거의 40퍼센트에 달했던 것이다. 그 이후에도 조선인의 도일 행렬은 끊이지 않아, 1940년에는 124만여 명으로 42만여 명이던 1930년에 비해 무려 세 배나 늘어났다.[4] 이들 중 절대 다수가 이른바 3K 노동, 즉 일본어로 '기쓰이(고되고)', '기타나이(더럽고)', '기켄(위험한)' 일에 종사했다.[5] 조선인들이 가장 많이 살던 곳은 오사카를 포함하는 관서 지방이었고, 그 비율은 거의 40퍼센트에 육박했다. 규슈 지방에는 29만여 명이, 홋카이도 지방에는 4만 3,000여 명이 거주했는데, 물론 이들 중 상당수는 광산 노동자였다. 도쿄에도 15만여 명이 거주했다.

그 과정에서 일본의 조선인 사회는 안으로부터 구성 자체가 변했다. 싫든 좋든 벌써 꽤 오랜 기간 집단 부락을 형성해 살아오는 동안, 이제는 일본을 아예 삶의 근거로 삼는 이들이 절대적으로 늘어난 것은 물론이고 그들 사이에서 태어난 새로운 세대까지 무시 못 할 비중으로 대두했던 것이다. 1930년의 한 조사에 따르면 재일 조선인 인구 약 40만 명 가운데 약 8퍼센트에 해당하는 2만 4,000여 명이 일본에서 태어난 것으로 되어 있다. 연령 구성에서도 14세 이하 어린이가 22퍼센트를 차지했다.[6] 1940년이면 이 비율이 훨씬 늘어났을 터였다.

거듭 말하지만 30년 세월이었다. 강산이 세 번 바뀌는 세월! 그에 따라 소설의 등장인물에도 큰 변화가 발생한다. 김사량은 그런 변화를 누구보다도 정확하게 포착했다. 개별적인 청년 노동자를 주인공으로 내세우던 송영들의 시대는 가고, 조선에서처럼 이제 일본에서도 나날의 일상을 꾸려가는 가족이 소설의 전면에 등장한 거였다. 물론 그 가족의 양상은 천차만별이었다.

「빛 속으로」[7]의 경우, 화자인 나는 도쿄 제대 학생으로 세틀먼트 야간부에서 영어를 가르친다. 학생들은 대개 근처 공장

지대의 노동자들이어서 수업 시간에 꾸벅꾸벅 졸기가 일쑤였다. 두 시간 수업이 끝나면 아래층 아동부에서 아이들이 달려올라와 내게 매달리며 천진난만하게 장난을 치곤 했다. 아이들은 나를 "미나미 선생님"이라고 불렀다. 내 성이 '남南'이었기 때문에 그걸 일본식으로 그렇게들 불렀던 것이다. 물론 아이들은 내가 조선인이라는 사실은 전혀 모르고 있었다.

어느 날 한 학생이 나를 찾아왔다. 운전수 조수로 일하는 조선인 이 씨였다. 그가 심각한 어조로 말했다.

"어째서 선생님 같은 분조차도 성씨를 숨기려고 하십니까?"

그는 자신은 비록 일개 노동자에 불과하지만 비굴하게 행동하고 싶지 않다며 나를 힐난했다. 나 역시 그 말에 동감하지만, 자기는 다만 아이들과 유쾌하게 지내고 싶었을 따름이라고 대답했다. 그러나 그런 대화를 엿들은 한 아이가 있었다. 야마다 하루오라는 아이였는데, 갑자기 큰소리로 아우성을 치는 것이었다.

"이거 봐라, 선생님은 조센진이야!"

순간 복도는 찬물을 끼얹은 것처럼 조용해졌다.

소설은 나중에 굉장한 반전을 내보인다. 알고 보니 누구보다 앞서 나를 조센진이라고 비난하던 하루오가 실은 조선인의 피를 물려받은 아이였던 것이다. 어느 날 운전사 조수 이 씨가 피투성이가 된 한 조선인 부인을 의료부에 데려왔는데, 놀랍게도 그녀가 바로 하루오의 어머니였다. 남편은 내지인으로 지독한 악당에 노름꾼이었다. 감옥에도 들락거리던 치였다. 그런 그자가 터무니없는 이유를 내걸어 날붙이로 그녀의 머리를 내리쳤다는 거였다. 물론 아이는 엄마의 병문안도 오지 않았다. 그 모든 사실을 도저히 받아들일 수 없었던 것이다.

"아니야, 아니야. 조센진 따위 내 엄마가 아니야. 말도 안 돼, 안 돼."

사실은 나 역시 지칠 대로 지쳐 있었다. 일본 땅에서 조선인이라는 것을 의식할 때면 언제나 자신을 무장해야 했다. 그렇다, 솔직히 말해 나는 진흙탕과도 같은 연극에 지쳐 있었다. 그리고 어느새 나는 '미나미'가 되어 있었던 것이다. 나중에는 하루오의 아버지도 실은 어머니가 조선인이며 그 자신 조선에서 태어났다는 사실이 드러난다.

「무궁일가」(1940)[8]에는 한 번도 조선에 가보지 못한 채 어느덧 성년으로 자란 조선인 청년이 주인공으로 등장한다. 최동성. 아버지는 동쪽 나라에 건너온 이상 거기서 태어난 아들이라도 성공하라는 뜻에서 그런 이름을 지어주었다. 최동성은 줄곧 내지에서 자라났기 때문에 조선어를 더듬거렸다. 그 역시 운전수로 근무하는데, 아무리 열심히 일을 해도 하루하루 겨우 목구멍에 풀칠을 하는 형편이었다. 그렇더라도 허술한 집 한 채를 가지고 있어서 그럭저럭 버틸 수는 있었다. 문제는 아버지가 종종 술주정을 해서 크게 사달을 일으킨다는 것이었다. 이번에는 전기 계량기까지 박살을 내버렸다. 그 돈을 물어주려면 천생 집을 팔고 나가는 수밖에 없었다.

최동성의 집에는 다른 조선인 강명선과 그의 아내, 그리고 강명선의 남동생이 세 들어 살고 있었다. 말이 세입자였지 그들은 벌써 2년이나 한 푼도 세를 내지 못하고 있었다. 미술학도였지만 늘 돈에 쪼들린 강명선은 언젠가 제가 빌려준 돈을 받아내려고 삼촌을 찾아가는데, 뒷구멍으로 돈을 벌어 이제 떵떵거리며 행세깨나 하게 된 그는 조카를 거들떠보지도 않았다. 더 이상 어떻게 해볼 도리가 없게 된 그는 마침내 홋카이도 광산으로 가서 이른바 '감옥방'이라도 들어가 돈을 벌기로 결심하고 편지만 남긴 채 집을 떠난다. 그의 동생은 동생대로 한바탕 분란을 일으킨 끝에 아예 집을 나가버렸다. 하필이면 그럴 때 임신을 한 강명선의 아내가 홀로 몸을 풀게 되었다. 기막힌 일이지만 그녀를 돌봐줄 사람은 이제 최동성의 가족밖에 없었다. 최동성은 새삼스레 정신을 바짝 차렸다.

다만 그는 곧 태어날 작은 생명이 가령 어떠한 괴로운 운명을 짊어지고 태어난다 하더라도, 이토록 모체를 고통스럽게 한다는 것에 대해, 오히려 무언가 신성한 느낌마저 들 정도였다. 저 비명이야말로 새롭게 태어나려고 하는 자신의 고통에 찬 소리인지도 모른다. 아니다. 우리들 모두의 고통에 찬 소리인지도 모른다. 하지만 실제로 자신의 일가는 여러 갈래로 엉클어진 마음을 굳게 모아서, 태어나려고 하는 작은 생명을 위해 축복의 땀을 쥐고 있는 것이 아니겠는가.

그리하여 평상시 같으면 고주망태가 되어 있을 아버지 또한 새삼 의관을 정제한 채, 평생 익힌 한학 실력을 발휘하여 새로 태어나는 아이의 사주를 정확하게 쓰고자 애썼다. 전등불도 없었지만 아버지는 석유 상자 위에 촛불 하나 올려놓고도 이미 근엄한 노학자의 자세를 취하고 있었다.

최동성은 제일 먼저 강명선의 동생이 일한다는 함바를 찾아갔다. 그곳에서 그는 평소 안면이 있던 건강한 체구에 미륵이라는 이름을 가진 조선인 사내를 만났다. 최동성이 안타까운 사정을 토로하자, 미륵은 의외로 당당했다. 강명선이 홋카이도 감옥방에 갔다 하더라도 지레 걱정할 일은 없다, 나중에 행여 문제가 생기면 우리가 힘을 합해 빼오면 된다고 말했다. 사실 그런 투쟁의 전력도 있는 미륵과 그의 동료들이었다. 그때 함바집 노파가 나타났다. 그녀 역시 조선인이었다. 사정을 들은 그녀는 자기 일처럼 산모를 도와주려고 나섰다.

집에 돌아오는 길, 최동성은 모처럼 절실하게 구원을 받은 기분이었다. 아무리 힘들어도 저 혼자만이 구렁텅이에서 헤매고 있는 게 아니었다. 도쿄의 조선인 대개가 마찬가지 형편이었다. 그리고 그것은 "우리들 각각과 이어진 고통이며, 그것을 빠져나가려고 하는 고민과 용기, 그리고 동경, 분투 또한 모두의 것이다. 이렇게 우리는 지금까지 살아왔으며 앞으로도 또한 끝없는 괴로움과 기쁨 가운데서 영원히 살아갈 것"이 틀림없었다.

최동성이 집 가까운 골목 근처에 이르렀을 때였다. 그의 눈에 어둠 속을 배회하는 한 사내의 그림자가 들어왔다. 그건 집을 나갔던 강명선의 동생이었다. 그는 대문에 바짝 몸을 기대더니 안의 동정을 살필 듯 귀를 기울였다. 순간, 나는 온몸이 찡 하고 마비될 것 같은 감동을 느끼지 않을 수 없었다.

도쿄의 조선인은 절망과 희망이 교차하는 가운데 그렇게 일제 강점기의 막바지 몇 년을 더 버텼다. 그들 중 상당수가 장차 이른바 '재일' 즉 '자이니치'의 주요 구성원이 될 터였다.

1937년 중일전쟁 이후 '총력전'이라 하여 파시즘 체제를 한층 공고히 한 일제는 1939년 7월 마침내 조선인들을 강제로 연행하는 국민징용령까지 발동한다. 말은 '모집' 형식이었지만 실제적인 그 강제성은 점점 노골화되었다. 그렇게 끌려온 조선인들은 처음에는 주로 홋카이도와 규슈의 탄광 지대에 배치되었다. 속았다고 생각했을 때에는 이미 때가 늦은 뒤였다.

일제 강점기 조선인 강제 징용자들의 처참한 모습.

예컨대 경상남도 거창군 출신의 염찬순은 1941년 9월 26일이라는 날짜와 2225번이라는 번호를 평생 잊을 수 없을 터였다.[9] 그가 다른 조선인 2,000명과 함께 일본으로 끌려간 날과 야마노 광업소 우루우 탄광에서 처음 부여받은 번호였기 때문이다. 그날부터 그는 죽도록 일을 해야 했다. 심지어 아버지가 돌아가셨다는 연락이 왔는데도 갈 수 없었다. 4개월 후에는 가족이 다 장티푸스에 걸려 다 죽게 되었다는 연락이 왔다. 그렇지만 노무의 말은 한결같았다.

"조선놈은 일부러 부모가 죽었다느니 가족이 병이라느니 거짓말을 해서 돌아가려고 한다. 장티푸스를 일본으로 옮겨와서 전염시키면 탄광의 생산이 정지되지 않는가?"

견디다 못한 조선인 노동자들은 틈만 나면 탈출을 기도했다. 어쩌다 운 좋게 성공하는 이도 없지 않았지만, 열에 아홉은 도로 붙잡혀오게 마련이었다. 그렇게 붙잡히면 심하게 린치를 당하지만, 몇 번이고 탈출을 시도하는 끈질긴 상습자도 있었다. 일요일에 주로 그런 린치가 가해졌다. 그리고 그 장면을 일부러 보게 했다. 린치를 전문으로 하는 가혹한 망나니 노무가 철썩철썩 가죽 혁대로 조선인 노동자를 내리갈기면 비명이 터져나왔다. 심지어 목도로도 때리고, 그것도 부러지면 삽으로도 후려쳤다. 삽날에 찢겨 피투성이가 된 조선인 노동자는 비명조차 제대로 내지르지 못하고 쓰러졌다. 더 잔인한 노무는 자기가

303

중국 전선에서 포로를 100명이나 죽였다고 떠벌이면서, 탈출하다 붙잡힌 조선인에게 잔인한 물고문까지 가했다. 그러자 그 옆에 있던 다른 노무가 말했다.

"빤스를 벗기고 똥구멍으로 호스를 넣어 뱃속 청소를 해주라고."

정확한 추산이 불가능하겠지만, 1939년부터 일본에 끌려온 조선인은 처음 5만여 명으로 시작하여 해마다 급증하더니 절정을 이룬 1944년에는 무려 28만 6,000여 명이나 됐다. 그 결과 강제 연행자 총수만 해도 총 72만여 명에 이르렀다.[10] 그들 중 가장 많은 수가 탄광으로 끌려갔고, 이어 금속 광산과 군수 공장, 그리고 군사 시설을 건설하는 토건 사업에도 두루 동원되었다. 그 속에는 소설가 안회남도 끼어 있었다. 그는 1944년 9월 북규슈 탄광으로 끌려갔는데 해방이 되고 나서야 가까스로 고향에 돌아올 수 있었다. 그는 그때의 경험을 바탕으로 소설집 『불』(1947)을 펴낸다.

그들이 일본 도처에서 겪은 고생은 참으로 끔찍한 것이었다. 그러나 그것 역시 조선의 젊은 여성들이 일본군 위안부로 끌려가 겪은 고생에 비길 수는 없었다. 도쿄는 어떻게든 그따위 인면수심의 야만에 대해 책임을 져야 할 처지였다.

18

도쿄의 절정

1937년 7월 8일, 최재서는 도쿄에 있었다.[1] 오후 3시쯤 외출에서 돌아와 목욕을 하고 나니 여관집 아들이 호외 한 장을 갖다주며 큰일이 났다고 말했다. 그날 새벽 베이징 외곽 루거우차오에서 일어난 중일 양국 간의 충돌을 보도한 호외였다. 그날 그는 의외로 침착하게 그 역사적 사건(중일전쟁)을 받아들였지만, 이후 돌아가는 상황은 아연 긴장의 연속이었다. 그렇더라도 그걸 겉으로 쉽게 드러내는 분위기는 아직 아니었다. 다만 어느 날인가 전철을 탔는데 마침 야구팀이 타고 있었다. 그 젊은이들은 호기 있게 말했다. 전쟁이라는 것도 야구 시합하고 별반 다를 바 없을 거라는 호언. 그후 최재서는 전쟁 뉴스를 들을 때마다 그토록 자신만만하던 그 청년들의 '믿음직한' 얼굴이 떠올랐다.

마침 동북 지방에서 김기림이 찾아왔다.[2]

그는 다짜고짜 하코네에나 다녀오자고 했다. 둘은 별반 준비도 없이 도쿄를 떠났다. 최재서는 세수수건 한 장 지니지 않았고, 김기림은 더욱 경쾌하여 검정 양복을 입었는데 부사견 노타이 셔츠에 반바지에 스타킹을 신었고, 손에는 등산 스틱을, 머리에는 헌팅캡을 비스듬히 얹고 있었다. 마치 러시아 청년다

306

운 모습이었다. 그 모두가 쾌활하고 믿음성 있고 능동적이고도 허물없는 그의 미적 감각을 가장 솔직하게 표현하는 듯싶었다.

그렇게 떠난 하코네 여행의 절정은 일본 유일의 등산 전차를 타고 정상을 오르는 데 있었다. 넓은 차창으로 내려다보이는 밀림과 절벽과 계곡과 드라이브 길은 과연 천하에 절승을 자랑할 만했다. 산 정상의 유황 냄새가 코를 찌르는 분화구며 수증기처럼 시야를 가린 짙은 안개마저 조선인 두 문사에게는 다 잊지 못할 추억이었다. 그때만큼은 산 밑에 두고 온 모든 근심 걱정을 다 잊을 수 있었다.

이어 그들은 뜨거운 바다라는 뜻의 열해熱海, 즉 아타미도 방문했다. 하지만 그곳만큼은 그들을 크게 실망시켰다. 차라리 추악했다. 좁은 해안 거리가 빌 새 없이 오고 가는 자동차와 호객꾼이며, 해변에는 뼈만 앙상하게 세운 탈의장이 볼썽사나운 모습을 드러냈고, 도처에 종이 껍질이며 수박 껍데기가 아무렇게나 널브러져 있었다. 게다가 노랫소리마저 쿵쿵 울리는 데야….

두 사람은 아타미 시내에서 차 한 잔을 마셨다. 그때 경쾌한 블루스풍의 레코드 소리가 갑자기 끊기더니 탁한 라디오 뉴스가 흘러나왔다. 방 안은 금방 조용해지고 손님들은 엄숙하게 바꾼 표정으로 라디오에 귀를 기울였다. 카츠키 중장이 비행기로 북지北支에 부임했다는 말로써 뉴스는 일단 끊어졌다. 엊그제 도쿄를 떠날 때 루거우차오 부근에서 '불상사'가 일어났다는

일본 해군 지원병 모집 포스터(1935)와 육군 소년병 모집 포스터(1944).

보도는 알았지만, 그새 사건이 이리도 신속하게 진전될 줄은 몰랐다. 두 사람이 하코네 산정에서 꿈같은 시간을 보내는 동안 세상은 일변하고 만 것이었다. 최재서는 아타미 역에서 김기림과 작별하고 긴장의 도시 도쿄로 돌아왔다.

　상황은 점점 심각한 곳을 타기 시작했다.

　함께『문예춘추』와『개조』를 만드는 편집부의 일본인 동료들 사이에서도 언제 징집될지 걱정의 빛이 역력해졌다. 더러 호기를 부리는 사람도 있었지만 이야기를 나누다 보면 대개는 안색이 창백해지고 나중에는 아예 긴장해서 얼굴이 일그러질 정도였다.

마침내 최재서는 돌아가기로 결심하고 7월 25일 밤 도쿄 역으로 나갔다.

역 구내는 벌써 출정 군인들과 그들을 떠나보내는 환송객들로 초만원이었다. 택시는 근방에도 가지 못할 정도였다. 그래도 가까스로 짐꾼을 시켜 트렁크 둘을 옮길 수 있었다. 플랫폼 허공에는 창가와 만세와 격동과 피의 흥분이 소용돌이치고 있었다. 최재서는 그 광경에 완전히 압도되었다. 차 안에 올라도 흥분을 쉽게 가라앉힐 수 없었다. 일순간, 이곳이 지금 동란에 고민하고 있는 동양의 중추이려니 생각하고 그 당연함을 반성했다. 그날 밤 최재서는 차 안에서 격랑처럼 밀려오는 '국민적 정열'에 좀처럼 눈을 붙일 수가 없었다.

이튿날은 아린 눈을 뜨자마자 차창이 일장기로 범람하였다. 특별 열차가 물론 정차할 리도 없는 촌락의 자그마한 간이역에도 일장기는 나부끼고, 숲속의 농가 벽에도 일장기가 붙어 있었다. 더욱이 논두렁에서 어린애를 안은 젊은 여인이 질주하는 열차를 향하여 일장기를 휘두르며 만세를 부르는 광경은 참으로 눈물겨웠다. 이리하여 어느새 그는 전쟁 속의 한 사람이 되어 있었다.

조선에 돌아온 그는 순문예지 『인문평론』을 거쳐 1941년부터는 『국민문학』도 주재한다. 『국민문학』은 일어판과 한글판을 섞어 펴냈으나 곧 일어판만으로 일관한다. 그때 조선을 대표하는 탁월한 문학 평론가로서 최재서는 일본의 지방 문학, 가령 규슈 문학, 홋카이도 문학과 같은 위치에 조선 문학을 자리매김하는 것이었다. 이것은 결국 일본 문학과 대립해서는 조선 문학은 없는 것이며, 오직 일본 문학의 일환으로서만 조선 문학이 있다는 뜻이었다.[3] 최재서는 그렇게 세상에 무릎을 꿇었지만, 당연히 그것을 굴복이라고 여기지 않았다. 조선 최고의 영문학자임을 자임하던 그에게 그것은 영국 문학과 애란(아일랜드) 문학의 관계가 아니라 영국 문학과 스코틀랜드 문학과의 관계임이 자명했다.

스스로 고백하듯이 황해도의 아흐레갈이 커다란 과수원집의 소년 시절부터 최재서는 일본 말과 일본 집과 그들의 예의 바름을 좋아했다. 문학 소년 시절에는 특히 메이지 문학을 좋아했다. 일본인 몇 명과는 아무런 스스럼없이 사귀었다. 그렇게 그는 일본을 호흡하고 일본 속에서 자랐다. 그러나 그것은 어디까지나 취미요 교양의 문제였을 뿐이다. 하지만 이제 최재서는 그 모든 일본적인 것을 국가와 민족의 차원에서 정색하며 받아들이게 되는 것이었다.[4] 그리고, 그는 그때 온갖 유혹에 흔들리지 않는다는 불혹의 나이를 막 통과한 참이었다.

1938년 4월 윤치호는 일본을 다녀온다. 거듭, 그는 위대한 일본 국민들에게 심오한 존경을 보냈다.[5] 모자를 벗을 만큼. 그들은 섬나라를 세상에서 가장 아름답고 풍요로운 조국으로 가꾸었다. 조선도 그들 덕분에 불과 25년 만에 경천동지할 만큼 변했다. 그들은 한반도를 철도와 도로망으로 뒤덮고 항구를 정비했으며, 농업과 산업을 발달시키고, 교육과 일본식 문화를 확산시켰다. 아울러 일본의 작은 읍내들에 그리했듯이, 조선 땅 곳곳을 이로움과 즐거움의 중심지로 변모시켜 일본인들이 조선을 여행할 때도 낯선 땅에서 전혀 이방인처럼 느끼지 않고서 본국에서처럼 안락하고 편리하게 즐길 수 있도록 만들었다. 그리고는 마치 이것으로 충분하지 않다는 듯이 조선의 일고여덟 배나 되는 만주를 글자 그대로 하룻밤 동안에 집어삼키고는, 5년 만에 그토록 거대한 영토에다가 이전에는 전혀 경험하지 못한 질서와 평화를 가져다주었다. 에너지가 넘치는 일본 민족은 이어서 칭기즈칸이나 누르하치가 그러했듯이 만리장성을 훌쩍 뛰어넘어 10개월 만에 중국을 정복했다, 운운. ―일본을 칭송하기로 그처럼 일관된 사람을 찾기도 쉽지는 않을 터였다.

그가 조선의 주체적 근대화에 대해 아예 기대조차 걸지 않았던 것은 그의 자유였겠지만, 일본이 한일 병합 이후 그들이 말하는 소위 근대화 과정에서 수탈을 일삼고 무수한 인명을 살상

한 일에 대해서도 철저히 외면한 것은 참으로 뻔뻔하고 참으로 부끄러운 일이다.

박영희도 그해 다시 도쿄 땅을 밟았다.[6] 무려 18년 만이었다. 예전에는 학생 신분이었지만, 이번에는 시국대응전선사상보국연맹을 결성할 엄중한 임무를 지닌 조선 대표단의 일원이었다. 도쿄 역에서 그는 눈앞에 우뚝 선 마루노우치 빌딩을 보고 잠시 회상에 젖었다. 그때 빌딩은 한창 층을 올리던 중이었다. 조선인 목도꾼들이 어깨에 돌을 메고 영차 소리를 내며 보기만 해도 현기가 이는 비계 위를 허적허적 올라가던 광경이 눈에 선했다. 함께 동거하던 벗 하나도 그 공사장에서 일을 했다. 그러니 저 빌딩의 광대함에는 벗의 땀과 눈물도 섞여 있을 터였다. 그 벗이 지금 더 이상 이 세상 사람이 아니라는 게 섭섭했다. 도쿄에서 그는 일본인 주최 측의 안내로 부지런히 구경을 다녔다. 그래도 꼭 다녀오고 싶었던 옛 하숙은 끝내 찾을 여가가 없었다. 그 시절 진보쵸에 나가면 모든 신간 서적이 청년의 발길을 잡아끌었다. 그만큼 다채롭고 새로웠다. 하지만 이제 다시 찾은 서점가에서 그의 시선을 끄는 책이라곤 하나도 없었다.

세상에 새 학자가 없음인가. 진리에 새 경지가 없음인가.

그는 이렇게 한탄하며 쓸쓸히 발길을 돌리고 말았다.

조선에 돌아온 그는 곧 김동인, 임학수와 함께 북지 전선의

312

황군을 찾아가는 위문단에도 참가한다. 매사에 그렇게 적극적이었다.

1939년 장혁주는 임진왜란 때 조선을 침략한 일본인 장수 가토 기요마사를 다룬 소설 『가등청정』을 발표했다. 일어로 쓴 단편 「아귀도」가 저명한 일본 잡지 『개조』의 현상 모집에 당선되면서 화려하게 등단한 그는 사실 조선 문단보다는 차라리 일본 문단에 더 널리 알려진 작가였다. 한때는 프로 문학의 맹장으로 이름을 날렸다. 하지만 세월은 흘러 그의 이력에 새로운 언어가 훨씬 더 뚜렷하게 길을 새겼다. 훗날 그가 일본에 남고 귀화하는 것도 너무나 당연한 절차가 될 만큼이었으니, 한국인으로 이제 그를 기억하는 이는 극히 드물게 되었다.

한일 양국의 근대사에서 결코 잊기 힘든 어떤 절정의 때가 다가온다.

윤동주의 시 「사랑스런 추억」(1942.5.13)에서 시적 화자인 '나'는 봄이 오는 아침, 서울 어느 쪼그만 정거장에서 희망과 사랑처럼 기차를 기다린다.

기차는 아무 새로운 소식도 없이
나를 멀리 실어다주어,

봄은 다 가고 ─ 동경 교외 어느 조용한

하숙방에서, 옛 거리에 남은 나를 희망과
사랑처럼 그리워한다.

    윤동주는 1942년 4월 도쿄의 릿쿄 대학 문학부 영문학과에
입학했다. 릿쿄 대학은 성공회에서 경영하는 미션계 사립 대학
이었다. 그는 주소를 보증인인 당숙 윤영춘이 거주하는 간다구
도쿄 기독교청년회관에 두고, 실제로는 도쿄 외곽에 따로 방을
얻어 살았다. 그의 하숙을 방문했던 용정 시절의 친구 문익환
은 그 방이 이층집에 6조 다다미방이었다고 기억했다. 하지만
그때 이미 윤동주는 교토로 이주하려고 짐을 꾸리고 있었다.
교토에는 사촌인 송몽규가 있었다. 연희전문학교를 함께 다닌
그는 같은 해 교토 제국대학 사학과에 입학했던 것이다. 윤동
주는 도쿄에서 한 학기만 마친 후 그해 가을에는 교토로 건너
가 도시샤 대학에 편입한다. 이렇게 해서 윤동주의의 짧은 도
쿄 시절은 막을 내린다.
    그렇지만 그 짧은 기간도 불후의 명시 한 편을 남기기에는
충분한 시간이었다.

    창밖에 밤비가 속살거려
    육첩방은 남의 나라

시인이란 슬픈 천명인 줄 알면서도
한 줄 시를 적어 볼까

땀내와 사랑내 포근히 품긴
보내 주신 학비 봉투를 받아

대학 노—트를 끼고
늙은 교수의 강의 들으러 간다.

생각해 보면 어린 때 동무를
하나, 둘, 죄다 잃어버리고

나는 무얼 바라
나는 다만, 홀로 침전沈澱하는 것일까?

인생은 살기 어렵다는데
시가 이렇게 쉽게 씌어지는 것은
부끄러운 일이다.

육첩방은 남의 나라
창밖에 밤비가 속살거리는데

등불을 밝혀 어둠을 조금 내몰고
시대처럼 올 아침을 기다리는 최후의 나

나는 나에게 적은 손을 내밀어
눈물과 위안으로 잡는 최초의 악수.
―「쉽게 씌어진 시」(1942.6.3)

　도쿄의 육첩방에서 시대처럼 다가올 아침을 기다리며 쓴 시
가 어디 쉽게 씌었으랴. 그럼에도 청년 윤동주는 스스로 부끄
러웠다. 어릴 때 동무들을 죄 잃어버리고 저 홀로 남의 나라에
까지 와서 무엇을 더 바라 홀로 침전하는 것인지!

　그 무렵(4월 18일) 미국은 일본의 진주만 공격(1941)에 대한
보복 차원에서 일본 본토에 기습적인 공습을 단행했다. 제임
스 둘리틀 중령이 지휘하는 B-25 경폭격기 편대가 항공 모함
USS 호넷을 출발하여 도쿄를 비롯하여 요코하마, 요코스카, 가
와사키, 나고야, 고베, 오사카 등 일본 각지를 폭격했다. 둘리틀
공습으로 불리는 이 작전으로 일본 측은 사상자가 363명 발생
했고, 주로 군 시설과 공장이 수백 동 파괴되는 손해를 입었다.
본토를 불침 항모라 호언하던 군부의 충격은 엄청났다.

　1942년 11월 1일, 가야마 미쓰로는 도쿄 역에 도착하자마자
곧바로 황거를 찾아 요배했다.[7] 때마침 가을비가 갠 저녁 어스

1942년 4월 18일 둘리틀 공습.
B-25 경폭격기들이 요코스카 해군 기지를 공습하고 있다.

름, 이야말로 맑음과 어둠이란 이름에 가까운 황혼이었다.

"보잘것없는 신하 가야마 미쓰로, 삼가 성수聖壽의 만세를 빕니다."

니주바시에서 활처럼 깊게 허리를 접어 절하는 순간, 그는 가슴 벅찬 감격에 젖었다.

스스로 제2의 고향이라 부르는 도쿄였다. 일진회의 장학금을 받고 처음 도일했을 때가 열네 살의 나이였다. 그때 이후로 몇

차례나 도쿄 땅을 밟는 셈이지만 이날처럼 뜨거운 감개를 느낀
적은 없었다. 솔직히 말해 처음에는 일본 학생들이 보내던 경
멸의 눈초리 때문에라도 도쿄가 좋을 것은 하나 없었다. 그는
어떻게든 그들을 피해 골목골목으로만 다니곤 했다. 그러나 그
는 잘 참았고 잘 버텼다. 뛰어난 벗들도 만나고 공부도 잘 마칠
수 있었다. 그렇더라도 도쿄에서 그는 다가가면 늘 무엇인가
미끈둥하고 빠져나가는 이물감을 완전히 떨궈버리지는 못했
다. 물론 메이지 학원 시절의 시로가네 교정만큼은 수시로 외
로움을 타던 조선의 고아 소년에게 큰 위안이었다. 특히 이맘
때 늦가을이면 온통 황금빛으로 물들던 은행나무들이 멀리서
보기만 해도 한없이 부푸는 꿈을 안겨주었다. 사실 "대일본 제
국을 애호하시옵소서. 이토 히로부미 공 같은 인물을 보내주시
옵소서"하는, 일본인 목사가 이끄는 기도에 크게 충격을 받은
곳도 바로 거기였다.

그러나 이제 그는 지난 시절의 그 모든 '이광수'가 아니라 성
을 새로 만들고 이름도 바꾸어 '가야마 미쓰로'로서 처음 황도
皇都를 밟은 거였다.

'나는 이제 오직 천황의 신민일진저, 내 자손도 대대손손 천
황의 신민으로 살리라.'

그랬다. 그는 이광수라는 씨명으로도 천황의 신민이 못 될
것은 아니지만, 한 발짝이라도 더 천황의 신민답고 싶은 충심

을 드러내고 싶었던 것이다. 그렇다면 어째서 가야마 미쓰로,
즉 향산광랑香山光郎인가. 혹 '가야마香山'는 우리 민족의 영산 중
하나인 묘향산妙香山에서 그 '향산'을 따온 것인가.
천만에, 아니었다.

> 지금으로부터 2,600년 진무 천황께옵서 어즉위를 하신 곳
> 이 가시하라橿原인데 이곳에 있는 산이 가구야마香久山입니
> 다. 뜻깊은 이 산 이름을 씨로 삼아 '향산'이라고 한 것인
> 데 그 밑에다 '광수'의 '광' 자를 붙이고 '수' 자는 내지 식의
> '랑'으로 고치어 '향산광랑'이라고 한 것입니다.[8]

이제 그는 그 뜻깊은 새 이름으로 제1회 대동아문학자대회
에 참석한다.[9] 조선 대표단은 다섯이었다. 유진오와 부지런한
요시무라 고도芳村香道, 박영희가 함께했다. 『경성일보』학예부장 데
라이 에이, 경성제대 교수 가라시마 다케시도 '조선 대표' 자격
으로 참석했다. 중국, 만주, 몽골, 타이완에서도 각기 대표단을
보냈다.
대회 첫날, 의장인 기쿠치 칸은 이렇게 그의 차례를 알린다.
"다음으로 가야마 미쓰로 씨에게 발표를 부탁합니다. 이분은
전에는 이광수라 불렸던 분입니다."
'출신'도 따로 말해주지 않았다. 전에 이광수로 불렸다는 가

야마 미쓰로는 너무나 자연스럽게 그런 소개를 받아들였다. 그리고 「동아정신의 수립에 대하여」라는 제목으로 이런 요지의 연설을 했다.

"일본인에게 개인주의는 없습니다. 개인의 인생 목표 자체가 없습니다. 인생 목표를 갖고 있는 분은 천황 한 분뿐이십니다. 일본인은 그렇게 믿기 때문에 자기 자신을 완전히 멸할 수 있습니다. 이것이 석가의 공적空寂에 통하고 공자의 인仁 사상의 극치라 믿습니다."

"우리들은 천황을 받들어 모시면서 죽는 자들입니다. 저는 자신을 완전히 버리고 모두 바치는 정신이야말로 대동아정신의 기본이라 생각합니다."

우레와 같은, 가장 많은 박수를 받았다. "황군이 피로써 씻어낸 동아에 진정 정명의 대동아 문화를 수립코자 함"이라는 대회의 취지에 더없이 잘 어울리는 발언이었다. '동아'의 다른 지역에서 온 대표들은 비교 불가였다. 그는 말과 혼이 완벽하게 일치된, 이제 곧 완성될 '팔굉일우'* 대일본 제국의 첫 번째 신민이기를 자청했다.

가야마 미쓰로는 이렇게 대회 첫날부터 단연 우뚝한 관심의 대상이었다.

---

* 팔굉일우(八紘一宇): 태평양 전쟁 시기 일제가 제국주의 침략을 정당화하려고 내세운 구호로 '온 세상이 하나의 집'이라는 뜻이다.

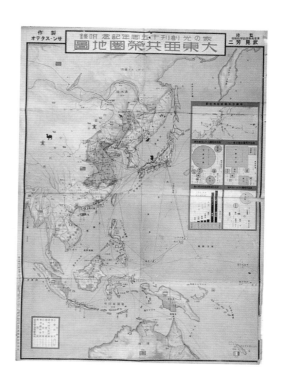

대동아공영권 지도.

유진오도 발언했다.

"영미의 식민지에 대한 우민 정책 따위를 격멸하여, 동아 10억 민중에게 문화를 철저히 전파해야 합니다. 더욱 근본적으로는 팔굉일우의 일본 건국 정신을 10억 민중에게 철저하게 가르치는 것이 필요합니다. 이를 위해 우선 일본어를 보급해야 한다고 생각합니다. 적어도 대동아 건설에서 일본어가 국제어로 서 발화되고, 각국 민족이 일본 문학을 모범으로 삼아 연구해 야만 합니다."

그 역시 커다란 박수를 몇 차례 받았다.

그렇게 도쿄 대회는 열광적인 기백 속에 시작되었다.

그건 한편으로 도쿄의 어떤 절정이었다. 그해 여름 한창 더 울 때 열렸던 한 좌담회처럼.

'근대의 초극'이라는 이름의 그 좌담회는 향후 '대동아전쟁' 내내 일본의 청년 지식인들을 매혹시킬 유행어를 탄생시킬 정 도로 이목을 끌었다.[10] 거의 전원이 도쿄 제국대학과 교토 제국 대학 출신 엘리트들로 구성된 이 좌담회는 잡지『문학계』가 주 도한 것으로, 메이지 이후 일본이 추구해온 '근대'에 대해 새삼 돌아보자는 의지의 총화였다. 다시 말해 1853년 도쿄 앞바다에 미국의 흑선이 나타난 이래 정신없이 받아들인 근대는 분명히 서양의 근대였다는 것, 하지만 이제는 1941년 12월 8일 진주 만 공습 이후로 일본이 그것을 초극하고 있다는 사실을 확인하 는 자리이기도 했다. 물론 "일본의 현대사가 곧 세계사"라는 자 부심은 참석자 모두가 갖고 있던 자부심이었다. 그리고 그 자 부심으로 미영귀축米英鬼畜의 압제 아래 신음하고 있는 아시아의 해방을 위해 일로매진하자는 총후결전의 자세가 좌담의 분위 기를 지배했다. 그게 메이지 유신 이래 가령 저 엄청난 번역을 토대로 맹렬하게 구축해왔다는 일본의 인문학적 정신사가 가닿은 최대치였다.

그해 봄에도 우에노 공원과 황거 옆 치토리가후치 공원의 벚꽃이 눈이 시리도록 환하게 만개했다. 참으로 아름다웠을 것이다.

19

도쿄의 황혼,
조선어와 일본어

11월 6일에 도쿄 대회의 모든 일정이 끝났다.[1] 문학자 대회 주최 측인 보국회 당국도 흡족해했다. 성과라면 아시아의 작가들이 모여 문학자도 사상전의 장병임을 재삼 확인한 일이었다. 가야마 미쓰로는 이제 뒤돌아보지 않고 천황의 방패로 나설 수 있게 되었노라, 인상기를 적었다. 그날 가스미가우라와 쓰치우라를 견학했다. 해군 항공대와 소년 항공대가 맹렬히 훈련을 하고 있었다. 신형 전투기들의 강하 비행은 입안의 침을 마르게 했다. 이어 셀 수 없을 만큼 많은 청년들이 나타나 집단 체조를 실시했다. 그 일사불란에도 불구하고 유연함이 놀라웠다.

"저쪽 오른쪽 몇 줄은 이미 훈련을 마쳤습니다. 내일이라도 전선에 나갈 수 있습니다. 이른바 바다의 독수리입니다. 사기가 넘칩니다."

해 질 녘에야 우에노 역으로 돌아왔다.

그날 저녁, 가야마 미쓰로는 아사히 신문사의 좌담회에 참석했다. 좌담회가 끝나자 소설가 하야시 후사오가 만주 대표인 고정과 그를 자동차에 태워 납치했다.

메구로의 어느 찻집에서 술자리가 벌어졌다. 경성에서 만난

적이 있는 문학 평론가 고바야시 히데오의 모습도 보였다. 소개가 끝나기 무섭게 술잔의 총공세가 펼쳐졌다.

하야시 후사오가 옆에 바짝 붙어 말했다.

"꼭 취해주게. 취한 이광수를 보여주게나."

중요한 장면이다.

제1회 대동아문학자대회가 끝난 후 이광수는 「삼경 인상기」라는 글을 국어(일본어)로 써서 일본의 권위 있는 순문예지 『문학계』(1943.1)에 발표했다. 필자는 '이광수'였다. 조선에서는 '향산광랑'으로도 읽히는 '가야마 미쓰로'가 아니었다.

메구로의 술자리에서 하야시가 이광수를 어떻게 불렀을까. 리 상(이광수)이라고 불렀을까, 아니면 가야마 미쓰로였을까. 사실 가야마 미쓰로는 그때면 벌써 제 옷처럼 익숙해진 이름이었을 것이다. 또 어떤 면에서 이광수라는 이름이 오히려 전당포에서 빌려온 남의 옷처럼 낯설게 느껴질 때가 있었을지도 모른다.

어쨌거나 취한 그를 보여달라고 했다. 「삼경 인상기」를 쓴 이광수는 그 말뜻을 잘 알 수 있었다. 하야시 후사오, 그는 한때 나프의 맹장이었지만 전향한 지 벌써 10년이 넘었다. 그러니 그의 말은 나도 해봐서 알지만 전향이 어디 하루 이틀의 허튼 변장술이던가, 이런 뜻일 수 있었다. 게다가 언젠가 "조선의 작가는 전향해도 돌아갈 고향이 없다"고 공언한 하야시가 아닌

가. 이광수는, 아니 이광수든 가야마든 상관없이, 그는 "그렇다면야" 하는 심정으로 권하는 족족 받아마셨다. 그래서 취기가 도는 상태에서 떠들어 마침내 하야시의 주문대로 앞뒤를 알지 못할 정도로 곤죽이 되고 말았다. 다른 방도는 없었다.

하야시는 마치 특고처럼 집요했다. 도쿄에서의 일정이 끝나자 긴키 지방으로 견학이 이어졌는데, 하야시는 거기까지 동행했다. 일본의 문인들과 만나는 교류의 자리에는 감초처럼 모습을 드러내곤 했다. 나라에서는 가와카미 데쓰타로와 함께 달을 보며 술을 마셨다. 그는 "마셔, 마셔" 하며 작정한 듯 술을 권했는데, 그것도 분명히 하야시의 수완이었다. 가야마란 자식, 한 번 속내를 드러내보라는 투였다. 좋다, 마시자. 그는 주는 대로 술잔을 목구멍에 털어넣었다. 그러면서 생각했다.

가와카미 씨도 나도 나라 시대에 아라이케 연못 기슭에서 함께 마시다 크게 취한 옛 인연이 있었는지도 모른다. 내가 백제 승 혜자이거나 고구려 승 담징이 되어 왔는지도 모를 일이다. 왕인 박사의 후손 행기와 함께 왔을지도 모른다. 훌쩍훌쩍 울고 있는 산새 소리를 미카사산에서 들었는지도 모른다. 그리하여 나는 나라가 한없이 그립다. 가와카미 씨도 도쿄에서 일부러 와서 나와 나라라는 수도의 초승달에 가슴이 뛰었던 것이다.

좋다. 마시자. 속내뿐 아니라 마음속 진흙을 토해도 좋다. 나에게는 중생에 대해 감출 어떤 일도 없다. 취해서 보여줄 추함이 있다면 그것이 나의 참모습이리라. 나에게 진심을 구하는 벗에게 내 있는 그대로를 안 보이고 어쩔 것인가.[2]

나라의 술자리는 이튿날도 이어졌다. 그 장면을 목격한 대만 대표 하마다 하야오는 이광수가 가와카미 데쓰타로와 구사노 신페이에게 양손을 붙잡힌 채 고개를 끄덕이는데, 이따금 구사노의 격한 질책의 목소리가 들렸다 했다.[3] 알고 보니 그건 우연히 '반도 작가의 괴로움'을 누설한 일을 두고 한 비판이었다. 하마다 하야오의 눈에는, 그것이 그런 괴로움을 내세워 어쩌겠다는 것인가, 문학의 괴로움이란 그런 게 아니다, 하고 야단치는 것처럼 보였다. 조선 최고의 작가 이광수는 일본의 벗들이 좌우에서 퍼붓는 질책에 눈물을 흘렸다. 그렇지만 그건 슬픔보다는 오히려 그에 대한 기대가 그만큼 크다는 격려의 뜻으로 받아들이는 것처럼도 보였다. 일본인으로 식민지 타이완의 대표로 대회에 참가한 하마다 하야오는 그처럼 일본과 조선의 대가들이 정색을 하고 자기를 모조리 털어내고 있는 광경, 그 진지함에 감격했다. 그러면서 저 같은 자는 거기 비하면 촌놈이라고 생각했다. 그는 이제 60 줄에 접어들었을, 타이완과는 또 다른 식민지인 조선에서 온 노작가가 부럽다고도 생각했다.

호류지.

이튿날 일행은 이세 신궁과 일본을 창업했다는 진무 천황을 모신 가시하라 신궁을 참배했고, 이어 호류지를 방문했다. 이광수는 불국토를 건설하려 했던 쇼토쿠 태자의 갸륵한 마음이 궁극적으로 팔굉이 일우라는 천황의 이상과 둘이 아니라고 생각했다. 그리하여 오늘의 전쟁은 아시아 10억의 백성에게 황도의 빛을 입히기 위한 성전이며, 이것이 바로 일본이 베풀어야 하는 보살행의 도리라고 여겼다. 그런 뜻으로 호류지의 참배를 마쳤고, 그다음 날은 고도 교토를 찾았다.

그렇게 모든 일정이 끝났다. 이제 제1회 대동아문학자대회의 인상기를 써서 제목을 붙일 때 하필이면 '삼경三京'의 인상기라고 했다. 야마토의 창업 조정이 있던 나라, 헤이안의 천년 도읍 교토, 그리고 메이지 유신의 도쿄까지 일본의 역사를 목격한 세 도읍을 두루 마음에 두고 쓰지 않을 수 없었던 것이다.

훗날의 한 연구자는 그 글을 마치 이광수의 정신 승리처럼 읽어낸다.[4] 특히 나라에서, 그는 이미 일본의 벗들이 도무지 따라올 수 없을 만큼의 자리로 역전된 자기를 보여주고 있다고 했다. 일본이 자랑하는 나라의 고찰 호류지, 그리고 그것을 세운 쇼토쿠 태자를 가르치고 이끈 게 누구였던가, 그는 되물었다. 백제와 고구려의 스승들이 있지 않았던가. 실제로 호류지 이후 이광수는 말이 많아졌고 자신감 또한 거침이 없었다. 그는 현해탄을 사이에 둔 국가들의 얽히고설킨 고대사를 마치 학동들에게 강의하듯 적어내려갔다. 그리하여 나중에는 교토의 야사카 신사에서 받드는 스사노오 신이 신라의 우두산, 즉 소머리산에서 유래했음을 자신 있게 풀어냈다. 실제로 『일본서기』에는 스사노오가 하늘 나라인 다카마노하라에서 추방된 후 신라국에 강림하여 소시모리曾尸茂利라는 곳에 있었다고도 나오는데, 그 소시모리가 곧 소머리산이라고 해석하는 것이었다. 이런 식의 특히 신화의 세계에 관한 한 그의 논지가 당장 확인될 성질의 것은 아니었다. 그러나 그 사실 여부와 상관없이 그는 이미 도쿄 이후 여러 차례의 술자리에서 잃었던 자신감을 온전히 되찾아내고 있었다. 그것만은 분명했다. 그는 이제 조선과 일본 두 나라의 고대사를 거슬러 올라 한 조상 한 뿌리, 즉 동조동근同祖同根의 무수한 사례를 얼마든지 찾아낼 수 있는 압도적인 지식의 우위를 확보했던 것이다. 그가 「삼경 인상기」를 일본어로 써서 부칠 때 필자의 이름을 당당히 이광수라고 적은 것도 이런 측면에서 해석이 가능하다고 했다.

나는 교토 인상기로 이 이상 더 많이 말할 수 없다. 다만 내가 역사, 민족, 특히 언어에 의해 일본과 조선 양 민족은 혈통에 있어서도 신앙에 있어서도 같은 조상 같은 뿌리이며, 일본어도 조선어도 조금만 노력하면 공통시대의 어근에 이를 수 있다는 사실을 말함에 족하다.

그는 과연 그처럼 당당했을까. 아니면 조금이라도 망설였을까. 과거로 돌아가면 갈수록 승리의 면적이 넓어진다는 것만은 분명했다. 그러나 그러면 그럴수록 현재의 패배, 그게 아니라도 최소한 수모는 어찌 감당할 것인가. 한 나라 근대 문학의 기틀을 세우고 이제 그 정점에 서 있는 저를 두고, 두 손을 양쪽에서 하나씩 꽉 붙잡은 채, 마치 이제 갓 등단한 신인에게 혹은 타이르듯 혹은 윽박지르듯 술을 먹이는 식민지 본국의 문학자들이라니!

그는 『법화경』을 잘 읽었다. 읽지 않았다 하더라도 진작 알고 있었다. 일체 분별을 다 내려놓는 날이 곧 깨닫는 날이라는 사실을. 그렇다. 일본도 없고 조선도 없다. 일본어면 어떻고 조선어면 어떤가. 이광수면 어떻고 가야마 미쓰로면 어떤가.

이처럼 한 경지에 이른 이광수와 달리 조선의 많은 문학인들은 현실의 측면에서 '말'을 두고 쟁투를 벌였다.

특히 1942년 조선어학회가 해산되고 33인의 회원들이 무더기로 체포된 것은 문학을 한다는 이들에게 엄청난 충격이 아닐 수 없었다. 조선어학회는 그저 조선어를 연구하는 한갓 단체가 아니었다. 그건 진작 국권을 상실한 상태에서 사실상의 국민국가를 대행하고 있던 셈이었다.[5] 그 보이지 않는 국가를 믿고 조선의 작가들은 『무정』 이후 줄곧 조선어로 글쓰기를 전개해왔던 것이다. 따지고 보면 그런 행위들 모두, 그렇게 해서 나온 작품들 모두가 일제의 통치에 저항하는 행위라고 여길 수도 있었다. 그러나 이제 그 조선어의 정부마저 종로경찰서에서, 함흥경찰서에서, 홍원경찰서에서 참혹한 고문 아래 무너져버렸다. 둘은 죽고, 여럿이 불구가 되었다.

이럴진대 더 이상 조선 문학이 기댈 언덕은 없었다.

국어 상용화 이후 혼란은 한층 심각해졌다. 작가들은 조선 문학의 생존 자체를 놓고 이제껏 한 번도 의문을 갖지 않던 점까지 더듬어가며 논쟁을 벌였다. 그중에는 김용제처럼 대놓고 국어(일본어)는 문화어로서 조선어보다 우월하다, 사실상 동양에서는 국제어다, 그러니 국어로 글을 쓰는 건 너무나 당연하다고 주장하는 이도 등장했다. 살아남은 거의 마지막의 문학잡지로서 『국민문학』을 주재하던 최재서는 이렇게 말했다.

> 용어의 문제가 해결되어 본지로서는 최대의 문제가 해결된 것이다. 조선어는 최근 조선의 문화인에서는 문화의 유산이라 부르기보다 차라리 고민의 종자였다. 이 고민의 껍질을 깨뜨리지 않는 한 우리의 문화적 창조력은 정신의 수인囚人이 될 터였다.[6]

『국민문학』은 1941년 창간 이후 국어판(일본어)과 언문판(한글)을 함께 냈으나, 1942년 5·6월 합병호부터는 '반도황국신민화의 최후의 결정'을 위한다는 명목으로 '언문'을 완전히 폐지했다. 최재서로서는 마음의 짐을 벗어던진 것처럼 홀가분했다. 이제 그는 "단적으로 말하면 일본 정신에 의해 통일된 동아문화의 종합을 지반으로 하고, 새롭게 비약하려는 일본 국민의 이상을 시험한 대표적 문학으로서, 금후의 동양을 인도할 수 있는 사명을 띠고 있는 것"이라고 밝혔던 창간 정신을 한 치의 주저함 없이 밀고 나갈 수 있게 된 거였다.

대동아문학자대회에서 일본어 보급과 국제어로서 일본어의 위상 강화를 주창한 작가답게 유진오는 「여름」(1940)을 필두로, 「복남이」(1942)와 「기차 안」(1941)을 거쳐 「남곡 선생」(1942)에 이르기까지 벌써 충분히 자랑할 만큼 일본어로 쓴 작품들의 목록을 지니고 있었다. 물론 폭압적인 일제 말기에 이르러서는 작가들이 더는 조선어로 글을 쓰기 어려운 상황이 도래한 것도 사실이다. 일본어로 글을 쓰느니 차라리 붓을 꺾겠다고 한 작가도 있었다. 예컨대 이태준이 쓴 「해방전후」(1946)에는, 그것이 비록 후일담이긴 하지만, 주인공 현이 붓을 꺾고 임진강변 시골로 내려가 낚시로 소일한다. 그 현이 작가의 분신임은 두말할 나위도 없다. 작품 활동을 포기하지 않을 거라면 어찌해야 하는가. 이 경우, 일본어로 글을 썼는지 아닌지 하는 사실만으로 친일 협력 혹은 훼절의 여부를 따지는 것은 위험하다. 가령 똑같이 일본어로 소설을 썼다고 하더라도 유진오와 이효석과 이석훈, 그리고 김사량의 그것들은 저마다 일정한 차이를 드러낸다. 예컨대 "단지 로컬 컬러를 중심으로 일본 문학 바깥에 서고자 했던 지금까지의 생각은 지금부터는 아무래도 용납되지 않는다"고 주장한 유진오의 그것이, "본질적인 의

미에서 생각건대 역시 조선 문학은 조선 작가가 조선어로 씀으로써 비로소 성립됨이 분명하다"고 생각한 김사량의 그것하고 구분되어야만 하는 이유는 실제 그들이 써낸 작품들을 제대로 읽어낼 때 비로소 납득할 수 있을 것이다.[7] 김사량의 경우, 국민 국가로서 조선이 전제되어 있는 발언일 텐데, 그렇다면 조선이란 나라가 망한 지 수십 년이 지난 지금은 어때야 하는가. 김사량은 조선어로도 글을 썼지만 일본어로도 글을 썼다. 그가 아쿠타가와 상 후보에 오른 데에는 도쿄 제국대학을 나온, 그것도 모자라 대학원에까지 적을 두었던 그의 일본어 능력도 한몫했을 것이다. 하지만 그가 일본어로 글을 쓸 때 그 목적은 적어도 장혁주라든지 김문집, 김용제 등과는 전혀 달랐다. 그는 스스로 밝히듯 "조선의 문화나 생활이나 인간을 보다 넓은 일본 독자에게 호소하기 위한 동기, 또 겸손한 의미에서 말하면 조선 문화를 동양 및 세계에 넓히기 위한 중계 작가의 몫을 하고자 하는 동기"를 들었다. 그런 동기가 아니라면 일본어로 창작할 이유는 전혀 없다는 뜻으로 받아들일 수도 있겠다.

민족주의의 입장에서는 이 모든 것을 일제의 조선어 말살 정책이라고 부를 수 있다. 하지만 근대 일본어, 특히 그것이 '국어'로서 형성되는 과정에 대한 한 연구에 기대면, 근대 일본이 "식민지의 언어 문제에 대해서는 어떠한 의미에서도 일관된 '정책'이라고 할 만한 것을 설정하고, 그것을 조직적으로 수행한 흔적은 없다"고 단언한다. 그렇다면 실제로 눈에 나타난 저 '조선어의 방황'은 어디에 그 근거를 두고 있단 말인가.

식민지에 있어서의 공용어는 무엇인지, 또한 재판이나 교육은 어떤 말로 행해야 하는지 등을 규정한 법률은 전혀 존재하지 않았다. 마치 일본어가 그러한 지위를 차지하는 것이 자명한 전제인 것처럼, 법률적 조치가 아니라 노골적인 강제력에 의하여 일본어가 제멋대로 식민지를 지배한 것이다. 그러한 의미에서 일본이 행한 것은 언어 '정책'이 아니라, 정책 이전의 단순한 언어 '폭력'이었다고 하는 편이 진상에 가까울지 모른다.[8]

다시 도쿄로 돌아가자.

1944년 1월 일본 도쿄의 조선문화사에서 나온 잡지 『조선화보』에는 최남선과 이광수의 권두 대담이 실렸다.[9] 사회자는 신태양사 사장으로 일본 잡지계에서도 큰 영향력을 발휘하던 아동문학가 마해송이었다. 내용 중에 조선어 글쓰기에 관해 이광수의 발언이 인상적이다. 지면에서 그는 대담 내내 '향산광랑'이라는 창씨명으로 등장함에도 불구하고, 조선어 글쓰기 문제에 화제가 미치자 전혀 뜻밖에 단호한 입장을 내비친다.

"사투리란 둘째 셋째 문제이고 무엇보다 국어(일본어)로 소

『조선화보』 주최 동경 대담 기사(1944년 1월).

설을 쓰고자 하는 것 자체가 도대체 무모하니까요."

마해송이 조선의 작가가 아무리 일본어로 글을 잘 써도 가령 일본 작가들만큼 특히 지방의 사투리를 잘 쓸 수는 없다면서 고충을 토로하자 대뜸 나온 반응이다.

이광수는 일찍이 "아이고 아파" 하고 우는 대신 "오호 통재" 하고 울 때부터, "우리 임금마마" 하는 대신 "조선 국왕 전하"라고 할 때부터 조선인은 죽었노라 했다. 즉, 타他. 남를 기己. 자기에게 동화하는 대신에 기를 타에게 동화하여 중국이 하사한 '소중화'라는 부끄러운 명칭을 받던 날, 그날이야말로 "조선인이 아주 조선을 버린 졸업일"이라며 핏대를 올린 바 있었다. 한창 팔팔하던 청춘의 시절(1917), 도쿄에서 그렇게 글을 썼다.[10] 그런데 그는 가야마 미쓰로가 된 지금도 도쿄 한복판에서 여전히 "아이고 아파" 하고 울어야 한다고 말하는 것이다. 대체 이게 무슨 뜻일까.

물론 국어로 글을 쓸 수 있을 터였다. 하지만 그는 조선인이 일본어로 쓸 수 있는 건 기껏해야 수필 따위라고 단언한다. 만일 소설을 쓰고자 한다면 일본인 아내를 얻든가, 일본에 와서 몇십 년간 살아야 한다고도 했다. 그러자 최남선은 몇십 년을 살아도 마찬가지라고, 대체 모국어가 아닌 것으로 문학을 한다는 행위가 처음부터 불가능하다는, 일본인으로 귀화한 라프카디오 헌의 말까지 인용해 이광수의 편을 들었다.

마해송의 의견도 인상적이다.

"그러나 제 생각으로는 오늘의 조선인이 일본어로 쓴다는 것은, 대단한 노력을 하고 있는 바, 그도 그럴 것이 정확한 일본어 독본의 '국어' 이외의 말이 따로 없으니까요. 어떻게 하든지 이 표준어로 쓰지 않으면 안 되지요. 일본의 작가라면 사투리로 일시 도망칠 수도 있다. 따라서 정확한 일본어로 조선인은 쓴다. 표준어라는 것은 조선인의 작가에 의해 전해지는 것이 아닐까라고."

최남선이 웃는다.

"그거 재미있는 역설이군요."

하지만 그런 재미있는 역설이 오래 이어지지는 않았다. 실은 당대 조선을 쥐락펴락하는 문사들조차 대체 앞으로는 무엇을 어떻게 쓸 수 있을지 알지 못했을 것이다.

이 대담은 1943년 11월 이광수와 최남선이 조선인 유학생들에게 학병 참가를 권유하기 위해 건너간 자리에서 마련된 것이었다. 11월 8일 서울을 떠난 이광수는 '조선장학회 파견 학도 지원병 격려대'라는 이름으로, 속칭 '일본 유학생 징병 권유단' 혹은 '영광의 사절단'으로 일본에 갔다. 대담은 이듬해 1월호 잡지에 실린다.

11월 24일에는 메이지 대학에서 조선 학도 궐기 대회가 열렸다. 이광수는 이날을 돌아보며 그런 장면은 일찍이 없었다며 감격했다.

"우리들의 지금까지의 경험으로는 참으로 내선일체가 실현된 것 같은 장면이었지요. 조선 학생들이 의견을 말하면 내지 학생들이 그것을 뒷받침하는 말을 하며, '하나가 되자'라는 그

런 생각으로 가득했지요. 일종의 극적 광경이라고나 할까. 모두
가 울고 있더군요. 황국을 위해 전장에 나가 죽자는 생각이 모
두의 얼굴에 드러나더군요. '그대들은 전장에 가서 죽겠는가.
감사한다. 감사한다'."

이어 주오 대학 강당에서도 연설회가 있었는데, 이때 문제
가 발생했다. 한 학생이 일어났다. 최남선을 가리키며, 25년 전
「독립선언문」 초안을 누가 작성했느냐고. 그러면서 송죽 같은
절개는 못 지켜도 불과 30년도 안 되는 세월에 피가 말랐는지
쓸개가 말라붙었는지, 아니면 혼이 빠져 건망증 환자가 된 건
아닌지 따지듯 물었다. 일본인 학생들은 우레와 같은 박수를
쳤고, 최남선의 얼굴은 붉으락푸르락하였다.

그는 겨우 이런 뜻으로 답변했다.

"여러분은 지성인입니다. 냉철한 사고가 깊은 안목으로 미래
를 위해서 많은 과실을 얻어야 하고 만인의 행복을 위해서는
소를 희생할 줄 알아야 합니다."

그날 밤, 이광수가 머무는 창평관으로도 일단의 조선 학생들
이 몰려갔다. 그중 한 학생이 단도를 들고 계단을 뛰어올랐다.

"역적 이광수는 나오라!"

한바탕 소동이 벌어졌지만, 이광수는 어느새 자리를 피한 뒤
였다.

육당 최남선의 삼남 최한검에 대해서는 교토의 명문 제3고

등학교를 다녔다는 설과 도쿄 제대를 다녔다는 설이 혼재한
다.[11] 한 가지 좀 더 분명한 쪽은 그가 좌익으로, 아버지의 친일
행위에 대해서도 몹시 부끄럽게 생각했다는 말이 전한다.

그렇게 도쿄에는 지식인의 염치와 수치를 둘러싸고 온갖 소
문이 무성했다.

어느덧 황혼이 물들고 있었다.

이제 곧 도쿄 상공을 새카맣게 뒤덮을 미군 B-29 편대들과
더불어 밤이 찾아올 터였다. 그리고 밤이 깊을수록 새벽은 멀
지 않을 것이었다.

마침내

조선인들의 도쿄는 이렇게 끝이 났다. 이제 오로지 '내지인'들이 감당해야 할 몫이 남았을 뿐이다.

1945년 3월 9일 밤, 미군의 제73, 313, 314, 세 개 폭격 항공단 소속 총 325대의 B-29 폭격기가 도쿄를 향해 출격했다. 목적은 주로 목조 가옥이 밀집한 시타마치* 일대와 거기에 산재하는 중소 규모 공장들까지 불태우는 데 있었다. 작전명은 미팅 하우스 2호. 미군이 이날을 작전일로 택한 것은 바람이 강할 것으로 예상된 일기 예보 때문이었다. 폭격기들은 저공으로 날았고, 일본군의 레이더는 제대로 작동하지 못했다. 3월 10일 0시 7분에 폭격이 시작되었다. 금세 화재가 발생했고, 화염은 바람을 타고 삽시간에 도심을 집어삼켰다. 후카가와를 시작으로 시작된 폭격은 니혼바시, 교바시, 간다, 시타야, 아사쿠사, 혼죠 등 시타마치는 물론이고 아자부, 아카사카, 혼고 등 도쿄의 대표적인 야마노테** 지역까지 차별을 두지 않았다. 도쿄는 말 그대로 불바다가 되었다. 잿빛 연기가 강풍에 날리는 가운데 도처에서

* 시타마치(下町): 서민들이 주로 살던 낮은 지대.
** 야마노테(山の手): 예전에 무사들이 주로 살던 고지대.

343

거대한 불기둥이 하늘을 향해 치솟았다. 화재로 인한 돌풍이 난기류를 일으킬 정도였다. B-29에 탑승한 미군 조종사와 승조원들조차 살이 타는 냄새 때문에 역겨움을 느꼈다.

오전 2시 37분 미군기들이 물러가며 공습경보는 해제되었다. 동이 트려면 아직 멀었지만 도쿄 시민들은 이미 알고 있었다. 단 2시간 30분의 폭격만으로 일본의 심장이 어떻게 초토화되었는지를.

이 공습으로 도쿄 시내의 동쪽 부분, 즉 도쿄 전체 35구의 3분의 1 이상에 해당하는 면적이 잿더미로 변해버렸다. 인명 피해는 사망 8만 4,000여 명, 부상 4만여 명에 이재민은 무려 100만 명이 넘었다. 가옥 피해도 26만여 호에 이르렀다.[1] 그밖에, 차차 밝혀지겠지만, 실종자 수도 수만 명 규모였다. 단일 공습에 의한 희생자 수로는 세계 최대였다. 1945년 2월 13일에서 15일까지 네 번의 공습을 통해 독일의 드레스덴에서 약 2만 5,000명의 사망자가 발생한 것과 비교해도 실로 엄청난 피해라 아니 할 수 없었다.

공대 출신의 미국인 커트 보니것이 포로로 붙잡혀 마침 도살장을 개조한 드레스덴의 수용소, 즉 '제5도살장'에서 그 가공할 폭격을 고스란히 체험했다. 그리고 기적적으로 살아남아 "이 모든 일은 실제로 일어났다. 대체로는"이라는 문장으로 시작하는 소설 『제5도살장』(1969)을 썼다.

드레스덴은 하나의 거대한 화염이었다. 이 하나의 화염이 유기적인 모든 것, 탈 수 있는 모든 것을 삼켰다.

다음 날 정오가 되어서야 걱정하지 않고 밖으로 나갈 수 있었다. 미국인들과 경비병들이 밖으로 나왔을 때 하늘은 연기로 시커멨다. 해는 약이 바짝 오른 작은 핀 대가리였다. 드레스덴은 이제 달 표면 같았다. 광물 외에는 아무것도 없었다. 돌은 뜨거웠다. 그 동네의 다른 모든 사람이 죽었다.

뭐 그런 거지.[2]

베트남전이 한창 진행되던 와중에 발표된 이 소설은 그러나 연합군의 드레스덴 폭격의 비극과 야만성을 고발하는 것보다는 "뭐 그런 거지"라는 문장으로 짐작할 수 있듯이 전쟁 자체의 아이러니에 훨씬 더 초점을 맞추고 있었다(소설에는 "뭐 그런 거지"가 106번 나온다고 한다).

사카구치 안고는 커트 보니것처럼 종횡무진의 신랄한 풍자로 대전大戰의 마지막 국면을 묘사할 자신이 없었다. 왜냐하면 그는 연합국이 아니라 전범국의 국민이었기 때문이다. 그래서 그는 소설「백치」(1946)에서 3월 10일의 도쿄 대공습을 이렇게 묘사한다.[3]

3월 10일 대공습이 있던 날도 이자와는 타버린 벌판으로 나가 연기가 피어오르는 잿더미 속을 정처 없이 걸었다. 인간이 새 구이처럼 여기저기에 죽어 있었다. 무더기로 죽어 있었다. 정말이지 새 구이와 다를 바 없었다. 무섭지도 않거니와 더럽지도 않았다. 개와 함께 나란히 불타 죽은 시체도 있었다. 그야말로 개죽음이라 하겠지만, 그러나 거기에는 개죽음으로서의 비통함도, 여하한 감개도 없었다. 인간이 개처럼 죽은 것이 아니라, 개와 그리고 그것과 동류의 무언가가 마치 한 접시에 담긴 새 구이처럼 나란히 놓여 있을 뿐이었다. 개도 아니고, 처음부터 사람이지도 않았던 무언가가.

이자와는 징집을 피하려고 영화사에 들어가 문화 영화를 만드는 일에 종사하고 있었다. 회사의 부장은 이 노도의 시대에 미^美가 무슨 소용이야 하는 지론을 갖고 있는 만큼, 의리와 인정으로 재능을 재단하는 국책 영화를 양산하는 데 열을 올렸다. 그래도 전황은 늘 한 발짝 앞서 나갔다. 그들이 '라바울을 사수하라!' 혹은 '비행기를 라바울로!'라는 기획을 세워 콘티를 짤 즈음이면 미군은 벌써 라바울을 통과하여 사이판에 상륙해버리는 식이었다. 그런 판에 작품의 예술성을 추구하는 이자와의 정열이 살아날 리 없었다. 그도 회사에 나가 꾸벅꾸벅 조

346

일제 말 조선군 보도부가 '애국심'과 '내선일체' 정신을 고취하는 데
목적을 두고 제작한 국책 영화 《너와 나》 포스터.

는 데 익숙해졌다. 그러던 어느 날도 퇴근해보니 집안이 이상
했다. 이부자리가 없어졌는데, 범인은 곧 밝혀졌다. 벽장 안에
쌓아올린 이불 옆에 백치 여자가 숨어 있었던 것이다. 그 여자

는 이웃집 미치광이의 아내였다. 늘 조용하고 얌전한 여자였지만, 밥도 할 줄 모르고 말도 제대로 할 줄 몰랐다. 이자와는 그런 여자가 무슨 까닭으로 자기 집에 들어왔는지 모르지만 한밤중에 이웃집 미치광이를 깨워 돌려보내는 것도 어려운 노릇이라 그날 밤을 자기 방에서 어렵사리 재웠다. 그리고 그날 이후 백치는 마치 제 집인 양 밤마다 이자와의 집을 찾아들었다. 처음에 이자와는 그 여자를 털끝 하나 건드리지 않았다. 그게 그가 배운 도덕이었다. 그러나 알고 보니 여자는 이자와가 손을 대지 않으면 자기를 싫어한다고 생각하는 거였다. 이후 밤마다 기묘한 동거가 시작된다. 그것은 한 집에 여자의 육체가 하나 늘어났다는 사실 이외에는 어떤 변화도 의미하지 않았다. 그는 매일같이 회사에 나갔고, 경계경보와 공습경보는 매일 울리다시피 했다. 백치는 집에서 오직 이자와만을 기다리는 육괴肉塊에 불과했다. 그것은 이자와의 손끝이라도 닿으면 자다가도 벌떡 살아났다. 야간 공습이 있던 어느 날, 백치는 벽장 속에서 공포에 질려 허공을 쳐다보고 있었다. 그 눈에서 눈물이 흘러내렸다. 순간 이자와는 이지理智라고는 그림자만큼도 없는 인간의 눈물이 그토록 추한 줄을 처음 알게 된다.

4월 15일, 주변의 사람들은 이제 거의 집을 떠나 소개를 시작했다. 그러나 이자와는 예술가로서 극한의 상황에서 제 자신을 응시해볼 기회를 포기하고 싶지 않다며 남기를 선택했다.

폭격은 점점 더 가까이 다가왔다. 사방이 불바다였다. 이자와는 백치를 데리고 근처 숲으로 몸을 피했다. 지친 여자는 깊은 잠에 곯아떨어졌다. 사방이 시뻘건 화염이 치솟는 상황에서 잠을 잘 수 있는 건 죽은 사람하고 그 여자뿐이었다. 이자와는 여자를 버리고 갈까 하다가 그것조차 귀찮게 생각했다. 백치 여자에게는 털끝만큼의 애정도 미련도 없었으나, 그와 동시에 버릴 만큼의 의욕조차 없었기 때문이다. 살기 위한, 내일의 희망이 없었다. 더는 생각할 일 따위도 없었다. 미군이 상륙하고 천지간에 온갖 파괴가 일어나 전쟁이 낳는 파괴의 거대한 애정이 모든 것을 심판해 줄 것이기에….

「백치」는 패전 일본의 첫 번째 자기 응시였다. 소설에서 도쿄는 미군의 계속되는 폭격에 과거의 모든 기억을 상실한 채 한낱 비루한 육괴만으로 마지막 가쁜 숨을 내뱉고 있을 뿐이었다. 사카구치 안고는 이지라고는 전혀 없는 백치 여자를 등장시켜 오히려 진정한 사랑이 무엇인지 질문을 던지고 있다. 그렇다고 해서 '영혼의 허기'가 쉽게 채워지리라 믿지는 않았다. 오히려 그는 더 정직해지기를 요청한다. 그래야만 야스쿠니 신사 아래쪽을 지나갈 때마다 전차 속에서도 머리를 숙여야 하는 게 얼마나 바보 같은 짓이었는지 뒤늦게나마 깨달을 터였다. 특공대 용사 또한 환영에 지나지 않았음도 깨달을 터였다. 전쟁 중에 일본은 거짓말 같은 이상향을 구현하며 허망한 아름다

움으로 넘쳐났다. 하지만 어떤 미사여구로 치장하더라도 그런
판타지로 승리는 불가능했다.

그렇다면 역사는 어디서부터 다시 시작될 수 있을까.

철저한 인문주의적 지식인으로서 가토 슈이치는 어떤 경우
건 '몰락'을 이해하는 것 이외에 '몰락'을 넘어서는 길은 없다
고 생각했다.[4]

사카구지 안고는 한마디로 일본인 모두가 타락함으로써만
다시 출발할 수 있음을 역설한다. 이게 바로 그의 유명한 '타락
론'이다.

> 천황제니, 무사도니, 내핍의 정신이니, 오십 전을 삼십 전
> 으로 깎는 미덕이니 하는 그런 온갖 거짓된 옷을 벗어던지
> 고 알몸이 되어 여하튼 우선 인간이 다시 출발해야 한다.
> 그렇지 않으면 우리는 다시금 어제의 기만의 나라로 되돌
> 아갈 뿐이다. 우선 알몸이 되어 우리를 사로잡고 있는 터
> 부에서 벗어나 진실한 자신의 목소리를 낼 것을 원하라.
> 미망인은 연애를 하고 지옥으로 떨어지라. 복귀한 군인은
> 암거래상이 돼라. 타락 자체는 나쁜 것임에 틀림없지만 대
> 가를 치르지 않고 진실을 찾기는 어렵다. (중략) 타락해야
> 할 때는 온전히 거꾸로 떨어져 내리지 않으면 안 된다. 도
> 의를 퇴폐케 하고 혼란을 부르라. 피를 흘리고 온몸에 독

을 바르라. 우선 지옥문을 통과하고서 천국을 향해 기어오르지 않으면 안 된다. 손과 발, 스무 개의 손톱과 발톱이 피로 물들어 다 뽑혀나가도록 천천히 착실히 기어올라 천국 가까이로 다가가는 이외에 어떤 길이 있겠는가.[5]

도쿄 대공습에도 버티자 미국은 마침내 히로시마와 나가사키에 원자 폭탄을 투하했다. 전대미문, 파천황破天荒의 불바람이 일본 본토를 강타했다.

1945년 8월 15일 히로히토 천황은 이른바 '옥음玉音 방송'을 통해 종전을 알렸다. 대체로 그 뜻을 알기 어려웠다. '서기庶幾', '여정勵精', '자손상전子孫相傳' 따위 난생처음 듣는 낱말도 수두룩했다. 그러나 수십 년을 그런 식의 언어관에 익숙해질 대로 익숙해진 일본의 '신민'들이었다. 예컨대 저들은 명령을 명령이라고 분명히 하지 않고, 대체로 '가르침'이라고 말했다. 그러다 보면 반대를 하자고 해도 애매할 수밖에 없었다. 그리고 그런 애매함이 습관이 되면 나중에는 아예 정신 구조 자체가 애매하게 되어, "의식의 표면상으로는 '가르침'을 율의律儀로 받아들이면서, 생활을 결정하는 심리와 지혜 부분에서는 원칙 없는 자연주의적 이기주의로"[6] 되고 마는 것이다. 신민들은 용케 그 어려운 옥음을 알아들었다. 그리하여 "시운이 향하는 바 견디기 어려움을 견디고 참기 어려움을 참아 만세를 위하여 태평을 열고

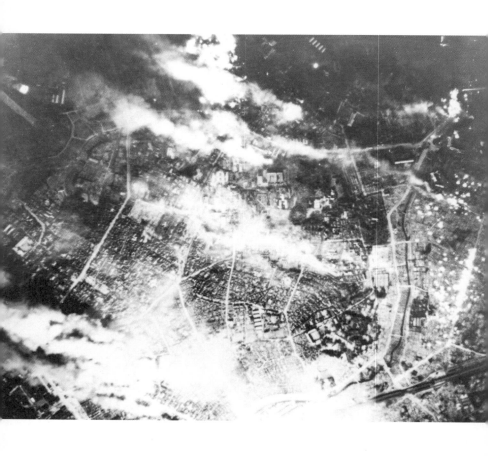

도쿄 대공습(1945년 5월 26일).

자 하노라" 하는 대목에서는 기립해서 혹은 부복해서 듣던 많은 일본 신민들의 마음이 한꺼번에 주저앉았다.

일본의 공식 항복은 그보다 한 달도 넘은 9월 20일에야 도쿄만에 정박 중인 미해군의 미주리함 선상에서 정확하게, 그리고 실감 나게 재확인된다.

도쿄에 진주한 미군은 10월 27일 천황을 살해하려 했다는 혐의를 받고 수감 중이던 조선인 아나키스트 박열을 풀어주었다. 관동 대지진 당시 체포된 지 무려 22년 2개월 만의 일이었다.

두 척의 흑선이 도쿄 앞바다에 나타난 지 100년이 채 안 되어 일본이 받아들인 근대는 말 그대로 초토화되었다. 근대의 관문이자 상징인 도쿄에는 남은 게 아무것도 없었다. 그나마 그 폐허조차 우에노나 시나가와 등 주요 역으로 정신없이 몰려드는 귀환자들, 이른바 히키아게샤(인양자)들에게 곧 빼앗길 터였다.[7]

본토에 있었든 아니면 해외 식민지에서 돌아왔든 상관없이, 그들은 이제 패배를 껴안고 살아가는 법을 배우지 않으면 안 되었다. 패배가 꼭 나쁜 것만은 아닐 터였다. 패배를 통해, 패배를 껴안으면서, 그들은, 자신들의 근대를 오로지 '성공'으로만 기술해왔던 그들은, 새삼 '다른 아주 많은 것들'을 배우게 될지 모르는 일이었다. 사카구치 안고가 말한 '타락'도 그런 뜻이지 싶었다.

하지만 패배를 인정할 수 없는 이들도 많았다. 심지어 그들 중에는 여전히 식민지에 미련이 남아 아예 지하로 들어가 권토 중래를 꿈꾸는 이들도 있었다. '총독'도 그중 한 명이었으니, 그는 식민지를 잃는 순간 제국은 정신적으로 누란의 위기에 처한다고 생각했다.

> 왜냐? 제국은 종교를 상실하였기 때문입니다. 제국의 종교는 무언가? 식민지인 것입니다. 식민지는 무언가? 반도인 것입니다. 반도야말로 제국의 종교였으며 신념이었으며 사랑이었으며 삶이었으며 비밀이었던 것입니다. 그렇습니다. 반도는 제국의 영혼의 비밀이었습니다. (중략) 반도의 영유는 제국의 비밀이었습니다. 영혼의 꿈이었습니다. 종족의 성감대였습니다. 건드리면 흐뭇하게 간지러운 깊은 비밀의 치부였습니다. 오늘날 제국은 이 비밀을 잃었습니다. 이것은 반드시 회복되어야 합니다.[8]

오랜 세월 제국의 심장이었던 도쿄에서 혹 '충용한' 누군가는 현해탄을 건너오는 전파에서 '총독의 소리'를 잡아내려고 지금도 다이얼을 섬세하게 돌리고 있을지도 모르는 일이다.

전쟁은 끝났다. 하지만 연호는 이어졌다. 1946년 1월 1일 천황 히로히토가 자신이 신이 아니라 인간임을 선언했지만, 쇼와는 여전히 쇼와였다. 그건 일본인들이 새로운 국민이나 시민으로서 자신들 앞에 다가올 시간을 온전히 자기들 뜻대로 누리게 될지 어떨지 여전히 안갯속이라는 뜻일 수도 있었다.

책 뒤에

먼저 한국 문학의 근대를 전문적으로 다룬 수많은 선행 연구자들의 작업에 경의를 표한다. 딱 하나만 예로 들자면, 서울편에서는 유진오의 미발표 장편 『민요』를 발굴한 백지혜 님의 기여가 없었다면 북촌에 대해 들려줄 이야기가 몹시 앙상했을 것이다. 이 자리를 빌려 심심한 감사의 뜻을 표한다. 다른 학자들에게도 일일이 고마움을 전하지 못하는 점, 이해를 구한다.

이 책을 쓰는 동안 동아시아의 근대 문학사를 의미 있게 만든 여러 작가들을 함께 만난 '아시아의 근대를 읽는 시간'의 동료 작가들에게 고마움을 표한다. 엄정한 코로나 시국임에도 그들의 진지한 열정이 나로 하여금 먼 길을 지치지 않고 달려올 수 있게 만들었다. 우리들이 편히 공부할 수 있게 여건을 만들어 준 익천문화재단의 길동무 김판수, 염무웅 두 어른과 송경동 시인에게도 감사의 인사를 전한다. 신의주의 염상섭이라든지 청진의 강신재에 대해서는 염무웅 선생님의 조언이 큰 도움이 되었다. 코로나 때문에 도쿄에서 오도 가도 못한 채 꼬박 2

356

년을 갇혀 지내면서도 힘든 학위 과정을 마무리한, 그 와중에도 이것저것 번역을 도와준 아들도 고생했다는 말을 받을 자격이 있다. 물론 아내의 격려가 없었다면 이렇게 네 권이나 되는 책을 쓸, 그러느라 집안 살림엔 눈을 감은 채 이런 따위 무식한 욕심을 품을 생각일랑 하지 못했을 것이다. 어서 건강해지기만을 바랄 뿐이다. 학고재 출판사는 지난번 『어제 그곳 오늘 여기: 아시아 이웃 도시 근대 문학 기행』(2020)에 이어 이번에도 손해가 불 보듯 뻔한 이 작업에 기꺼이 손을 내밀어주었다. 대표님은 물론이고, 까다롭고 어지러운 편집 작업을 섬세하게 잘 마무리해준 구태은 씨를 비롯한 편집부 식구들에게 다시 한 번 고마움을 전한다. 책마다 추천의 말을 써준 학계의 벗들에게도 이 자리를 빌려 감사드린다.

지금은 곁에 안 계신 부모님이 몹시 그립다.

내가 소설가로나 한 사람의 시민으로나 맥을 추지 못하고 있을 때, 새삼 '읽는 사람'으로서의 의무는 물론 즐거움도 함께 일깨워주신 고 김종철 선생님(1947~2020)이 아니었다면 이런 기회조차 없었을 것이다. 당신의 빈자리, 따끔한 질책조차 그립다.

19   국제일본문화연구센터国際日本文化研究センター

25   메이지가쿠인 대학

31   Old Tokyo/Steve Sundberg

37   게이오기주쿠 대학 미디어센터 디지털 컬렉션

43   독립기념관

47   서울역사박물관 서울역사아카이브

54   위키피디아

64   고이즈미 야쿠모 기념관

65   반 고흐 미술관(네덜란드)

69   위키피디아

70   위키피디아

73   위키피디아

84   위키피디아

89   위키피디아

101   김남일

103   에도-도쿄 박물관

112   위키피디아

115   위키피디아

118   위키피디아

122   위키피디아

126   일본 국립국회도서관

134   위키피디아

143   국가보훈처/재일본한국YMCA 2·8독립선언기념자료실

161   홍석표,『루쉰과 근대 한국』, 이화여자대학교출판문화원, 2017

163   『순성 진학문 추모문집』, 순성추모문집발간위원회, 1975

169   재단법인 현담문고

176 수원시립아이파크미술관

179 위키피디아

186 재단법인 현담문고

204 위키피디아

216 Old Tokyo/Steve Sundberg

219 Old Tokyo/Steve Sundberg

232 財団法人市川房記念会, NHK for School

241 『제도부흥기념첩』, 부흥국, 1930

245 일본근대문학관

251 위키피디아

255 재단법인 신문통신조사회(일본)

261 Old Tokyo/Steve Sundberg

266 Old Tokyo/Steve Sundberg

270 『문학사상』 534호, 문학사상사, 2017

275 독립기념관

280 『동아일보』, 1933

317 위키피디아

이밖에 출처를 밝히지 못한 사진들은 추후 확인 후 증쇄 때 이를 반영하고
통상의 자료비를 지불할 것임.

주

펴내며

1   E. 사이덴스티커, 허호 역, 『도쿄 이야기』, 이산, 1997.
2   이경훈 편역, 「군인이 될 수 있다」, 『진정 마음이 만나서야말로』, 평민사, 1995. 381쪽.
3   「동경대담」. 김윤식 편역, 『이광수의 일어 창작 및 산문선』, 도서출판 역락, 2007.

1   도쿄의 세 천재

1   이광수, 「일기」, 『이광수 전집』(9), 삼중당, 1976. 이하 이광수의 도쿄 시절에 대해서는 「일기」 이외에 이광수, 「그의 자서전」, 『이광수 전집』(6), 삼중당, 1976; 이광수, 「나의 고백」, 『이광수 전집』(7), 삼중당, 1976. 등 참고. 일일이 출처를 밝히지는 않는다.
2   김윤식 편역, 「동경대담」(1944), 『이광수의 일어 창작 및 산문선』, 역락, 2007. 221~222쪽.
3   이광수, 「그의 자서전」, 『이광수 전집』(6), 삼중당, 1976. 340~341쪽.
4   나가이 가후, 강윤화 역, 『묵동기담·스미다 강』, 문학과지성사, 2016. 63쪽.
5   홍명희, 「자서전」(1929), 임형택·강영주 편, 『벽초 홍명희와 〈임꺽정〉의 연구 자료』, 사계절, 1996.
6   최남선, 「소년시언: 소년의 기왕과 및 장래」, 『소년』, 1910.6. 인용자가 현대어로 약간 수정함.
7   카미가이토 겐이지, 김상환 역, 『일본 유학과 혁명운동』, 진흥문화사, 1983. 137쪽.
8   강영주, 『벽초 홍명희 평전』, 사계절, 2004.
9   이광수, 「나의 고백」(1948), 『이광수 전집』(7), 삼중당, 1976.

360

2   동경 유학생이 간다

1   田山花袋, 『東京の三十年』(1917), 岩波書店, 1985, p.7. 인용자가 번역.

2   국역 윤치호 영문 일기(한국사료총서), 제1권, 1883년 1월 16일자.

3   윤치호, 「풍우 20년: 한말 정객의 회고록」, 『동아일보』, 1930.1.11~12.

4   김을한, 『실록 동경유학생』, 탐구당, 1986. 26~27쪽.

5   김기수, 이재호 역, 『주역 일동기유(日東記游)』, 부산대학교 한일문화연구소, 1962.

6   공미희, 「개항기 제1차 수신사의 신문물 접촉 양상과 근대화와의 관계 분석」, 『아시아연구』(23 – 1), 한국아시아학회, 2020. 244쪽.

7   김기수, 앞 책. 63쪽.

8   박대양, 「동사만록」, 민족문화추진회 편, 『신편 국역 시행록 해행총재』(16), 한국학술정보, 2008.

9   이효정, 「1884년 조선 사절단의 메이지 일본 체험」, 『고전문학연구』 35호, 한국고전문학회, 2009.

10   박태원, 「낙조」, 박태원 단편선 『소설가 구보씨의 일일』(문지 스펙트럼), 문학과지성사, 2010; 박태원, 「최노인전 초록」, 『소설가 구보씨의 일일』, 문학과지성사, 1998.

11   김윤식, 『비도 눈도 내리지 않는 시나가와 역』, 솔, 2005. 91쪽.

12   유진오 역, 유치형 일기. 『법학』(24 – 4), 서울대학교 법학연구소 간행부, 1983.

13   和田博文, 「近代日本と東アジアの留學生 1867~1945」, 『〈異郷〉としての日本』, 勉誠出版, 2017.

14   이인직, 「입사설」(일어), 『미야코 신문』, 1901.11.29. 다지리 히로유키, 『이인직 연구』(국학자료원, 2006)에 번역 수록되어 있음. 인용자가 약간 손질.

15   다지리 히로유키, 앞 책, 280~281쪽.

3   메이지의 도쿄와 후쿠자와 유키치

1   국역 윤치호 영문 일기(한국사료총서), 제2권, 1893년 11월 1일자.

2   라프카디오 헌, 노재명 역, 『라프카디오 헌, 19세기 일본 속으로 들어가다』, 한울, 2010. 26~27쪽.

3   이혜임, 「빈센트 반 고흐와 자포니즘: 서간 전문 분석을 통해 본 일본 문화

의 영향」, 한양대학교 석사 학위 논문, 2012.

4   스즈키 마사유키, 류교열 역, 『근대 일본의 천황제』, 이산, 2001.

5   타키 코지, 박삼헌 역, 『천황의 초상』, 소명출판, 2007.

6   김효진, 「일본의 초기 근대 건축의 양상과 변모」, 『일본비평』(15), 서울대
    학교 일본연구소, 2016. 265쪽.

7   다케우치 요시미, 서광덕·백지운 역, 『일본과 아시아』, 소명출판, 2004.
    53쪽.

8   마루야마 마사오·가토 슈이치 공저, 임성모 역, 『번역과 일본의 근대』, 이
    산, 2009. 21쪽.

9   앞 책.

10 후쿠자와 유키치, 남상영·사사가와 고이치 공역, 『학문의 권장』, 소화,
    2003.

11 후쿠자와 유키치, 임종원 역, 『문명론의 개략』, 제이앤씨, 2012.

12 정일성, 『후쿠자와 유키치 : 탈아론을 어떻게 펼쳤는가』, 지식산업사, 2001.
    110쪽 참고.

13 엔안성, 한영애 역, 『신산을 찾아 동쪽으로 향하네』, 일조각, 2005. 15쪽.

14 쓰키아시 다쓰히코, 「조선 개화파와 후쿠자와 유키치」, 『한국학연구』(26),
    인하대학교 한국학연구소, 2012. 313~314쪽. 단어만 약간 변형.

4   도쿄와 동아시아의 근대

1   나쓰메 소세키, 「전후 문학계의 추세」, 1905.8. 윤상인, 『문학과 근대와 일
    본』, 문학과지성사, 2009. 150~151쪽.

2   가미카이토 겐이치, 김성환 역, 『일본유학과 혁명운동』, 진흥문화사, 1983.
    61쪽; 明治のネパール人留学生──なぜ日本なのか, 在ネパール日本国大
    使館, 홈페이지.

3   엔안성, 한영혜 역, 『신산을 찾아 동쪽으로 향하네』(일조각, 2005) 참고. 이
    하, 청의 일본 유학에 대해서도 별도 표시가 없는 한 주로 이 책을 참고.

4   앞 책, 49쪽.

5   和田博文·徐静波·兪在真 編, 『〈異郷〉としての日本』, 勉誠出版,
    2017. 12쪽. 엔안성의 앞 책에 기대면 1902년에는 불과 이백 수십 명이었
    다고 한다(73쪽).

6　루쉰, 「현대 중국에 있어서의 공자님」. 히야마 히사오, 정선태 역, 『동양적 근대의 창출』, 소명출판, 2000. 36~37쪽.

7　루쉰 산문 「후지노 선생」(1926) 참고. 김하림 역, 『아침 꽃 저녁에 줍다』, 그린비, 2011.

8　和田博文·徐静波·兪在真·編, 앞 책, 8~9쪽.

9　이광수, 「주인조차 그리운 20년 전의 경성」(1929), 『이광수 전집』(8), 삼중당, 1976. 398쪽.

10　유인선, 『새로 쓴 베트남의 역사』, 이산, 2002. 324쪽 이하.

11　정연식, 「Vietnamese Students in Tokyo: 1906~1909」, 『동남아시아연구』 (24-1), 한국동남아학회, 2014.

12　선저이 외, 「식민지 인도 지식인들의 한국인식 연구」, 『한중인문학연구』 (43), 한중인문학회, 2014. 347쪽.

13　岡倉天心, 『日本の目覚め』, 土曜社, 2017.

5　문명국 일본이 가르쳐준 것들 1

1　최남선, 「서재한담」(1954). 문흥술 편, 『최남선 평론선집』, 지만지, 2015. 8쪽.

2　현상윤, 「동경유학생생활」, 『청춘』(2), 1914.11. 서경석·김진량 편, 『식민지 지식인의 개화세상 유학기』, 태학사, 2005.

3　옌안성, 한영혜 역, 『신산을 찾아 동쪽으로 향하네』, 일조각, 2005. 76~77쪽.

4　이광수, 「동경잡신」(1916), 『이광수 전집』(10), 삼중당, 1976. 324쪽.

5　옌안성, 앞 책. 76쪽.

6　함동주, 『천황제 근대국가의 탄생』, 창비, 2009. 160쪽.

7　노정일, 「제2장 분투무대의 제1막」, 서경석·김진량 편, 『식민지 지식인의 개화세상 유학기』, 태학사, 2005.

8　김원극, 「아사쿠사공원 유람기」(1908), 「히비야공원 유람기」(1908); 서경석·김진량 편, 『식민지 지식인의 개화세상 유학기』, 태학사, 2005.

9　E. 사이덴스티커, 허호 역, 『도쿄이야기』, 이산, 1997. 145쪽.

10　옌안성, 앞 책. 120쪽.

11　호즈미 가즈오, 이용화 역, 『메이지의 도쿄』, 논형, 2019. 100~102쪽.

12　권혁희, 「일본 박람회의 조선인 전시에 관한 연구」, 서울대학교 석사 학위 논문, 2006.

13 『태극학보』(11), 1907.6.24. 인용문은 위 논문의 필자와 인용자가 현대 우리말에 가깝게 옮김.

14 나쓰메 소세키, 송태욱 역, 『우미인초』, 현암사, 2014. 193쪽.

6 문명국 일본이 가르쳐준 것들 2

1 이광수, 「동경잡신」(1916), 『이광수 전집』(10), 삼중당, 1976.

2 배춘희, 「니토베 이나조 연구」, 한양대학교 대학원 박사 학위 논문, 2008.

3 「조선 인민을 위해 조선의 멸망을 축하한다」, 『지지신보』, 1885.8.13.

4 「脫亞論」, 『지지신보』, 1885.3.16.『福澤諭吉著作集』(8), 慶応義塾大学出版会, 2003. 인용자 번역.

5 김보림, 「메이지 유신기 일본의 유학생 파견 연구」, 『전북사학』(49), 전북사학회, 2016.

6 나쓰메 소세키, 「문학론 서」(1906)·「나의 개인주의」(1915). 김정훈 역, 『나의 개인주의 외』, 책세상, 2004; 노재명 역, 「런던 소식」(1901), 『런던 소식』, 하늘연못, 2010.

7 나가이 가후, 정수윤 역, 『게다를 신고 어슬렁어슬렁』, 정은문고, 2015.

8 나가이 가후, 인현진 역, 『냉소』, 지식을만드는지식, 2019. 75쪽.

9 앞 책. 98쪽.

10 앞 책. 137쪽.

7 조선 학생들은 연설을 한다, 과격하게!

1 石川啄木, 「九月の夜の不平」, 『創作』(1 - 8), 1910.10.

2 나가이 가후, 정병호 역, 「불꽃」(1919), 『강 동쪽의 기담』, 문학동네, 2014. 185쪽.

3 이병기, 『가람 이병기 전집: 일기(1)』(6), 전북대학교 출판문화원, 2019.

4 나쓰메 소세키 저, 송태욱 역, 『산시로』, 현암사, 2014. 36쪽.

5 김영만, 「재일조선인 유학생의 '동경' 체험과 자아정체성의 재구성: 1905~10년 유학생 학회지를 중심으로」, 고려대학교 석사 학위 논문, 2010.

6 서은경, 「1910년대 유학생 잡지와 근대소설의 전개과정: 『학지광』·『여자계』·『삼광』을 중심으로」, 연세대학교 박사 학위 논문, 2011. 33쪽.

7 현상윤, 「구하는 바 청년이 그 누구냐?: 유학생 여러분 형제에게」, 『학지광』

(3), 1914.12. 6~7쪽. 인용자가 현대어로 정리.

8   장덕수, 「의지의 약동」, 『학지광』(5), 1915.5. 40쪽. 인용자가 현대어로 정리.

9   아사오 나오히로 외 편, 이계황 외 역, 『새로 쓴 일본사』, 창비, 2003. 479
     쪽; 강동진, 『일본근대사』, 한길사, 1985. 270~271쪽.

10   『학지광』(4), 1915.2.

11   나혜석, 「잡감」(1917), 이상경 편, 『나혜석전집』, 태학사, 2000. 186쪽.

12   나혜석, 「나의 동경여자미술학교 시대」(1938), 앞 책.

13   김을한, 『실록 동경유학생』, 탐구당, 1986. 109쪽.

14   김윤식, 『김동인 연구』, 민음사, 2000. 105~106쪽.

15   염상섭, 「3·1 운동 당시의 회고」(1954); 한기형·이혜령 편, 『염상섭 산문
     전집』(3), 소명출판, 2014. 262쪽.

16   이태준, 「사상의 월야·해방 전후」, 『이태준 전집』(3), 소명출판, 2015.

17   유진오, 「산울림」, 『창랑정기』, 정음사, 1963. 27쪽.

8   조선이 만난 세계, 조선이 만난 희망

1   德冨蘆花, 謀叛論(草稿). 靑空文庫. https://www.aozora.gr.jp/
     cards/000280/files/1708_21319.html; 김난희, 「도쿠토미 로카의 모반론
     소고」, 『일본연구』(38), 중앙대학교 일본연구소, 2015.

2   윤상인, 『문학과 근대와 일본』, 문학과지성사, 2009. 118쪽.

3   야가사키, 「기노시타의 '경애하는 조선'」, 『세계일보』, 2015.3.2.

4   김난희, 앞 글. 291쪽.

5   구노 오사무·쓰루미 슌스케, 심원섭 역, 『일본근대사상사』, 문학과지성
     사, 1994. 제1장.

6   홍명희, 「대톨스토이의 인물과 작품」, 『조선일보』, 1935.11.23~12.4; 임영
     택·강영주 편, 『벽초 홍명희와 임꺽정의 연구자료』, 사계절, 1996. 85쪽.

7   박진영, 「한국에 온 톨스토이」, 『한국근현대문학연구』(23), 한국근대문학회,
     2011.

8   이광수, 「두옹과 나」(1935), 『이광수 전집』(10), 삼중당, 1976.

9   이광수, 「나의 고백」, 『이광수 전집』(7), 삼중당, 1976. 227쪽. 대정봉환(大
     政奉還)은 1867년 일본 에도 막부가 천황에게 국가 통치권을 돌려준 사
     건을 말한다.

10 이광수, 「톨스토이의 인생관」, 『이광수 전집』(10), 삼중당, 1976.

11 전영택, 「운명」, 『화수분』, 문학과지성사, 2008.

12 몽몽, 「요죠오한(四疊半)」, 『대한흥학보』(8), 1909. 인용자가 현대어로 표기.

13 박진영, 「번역가 진학문과 식민지 번역의 기억」, 『배달말』(53), 배달말학회, 2013. 294쪽.

14 홍명희, 앞 글; 임영택·강영주 편, 앞 책. 85쪽.

15 이상, 「지도의 암실」(1932), 김윤식 편, 『이상 문학전집』(2), 문학사상사, 1998.

16 이동매, 「동아시아의 예로셴코 현상」, 『한국학연구』(45), 2017.

17 김동환, 「로서아의 맹인 시인 에레시엥코」, 『삼천리』(11), 1931.1.

18 박노자, 『우리가 몰랐던 동아시아』, 한겨레출판, 2007. 371쪽.

19 이옥순, 『식민지 조선의 희망과 절망, 인도』, 푸른역사, 2006. 168~170쪽.

20 박진영, 「번역가 진학문과 식민지 번역의 기억」, 『배달말』(53), 배달말학회, 2013. 300~305쪽.

21 앞 글.

9 도쿄, 신여성의 희망과 절망

1 최찬식 외, 『추월색』, 문학과지성사, 2007.

2 이하 김명순과 나혜석 부분은 졸고 『염치와 수고』(낮은산, 2019)도 참고.

3 염상섭, 「제야」, 『두 파산』, 문학과지성사, 2006: 이런 견해는 심진경, 「세태로서의 여성」(『대동문화연구』 82호, 성균관대 대동문화연구원, 2013.) 참고.

4 나혜석, 「경희」, 『여자계』(1918.3); 이상경 편, 『나혜석 전집』, 태학사, 2000.

5 이광수, 『이광수 전집』(9), 삼중당, 1975.

10 『창조』의 창조

1 김윤식, 『김동인 연구』(민음사, 2000)를 주로 참고. 김동인, 「문단 30년의 회고」, 『김동인 문학전집』(12), 대중서관, 1983; 요한기념사업회 편, 『주요한 문집(1)』(1982); 김병익, 『한국문단사 1908~1970』(문학과지성사, 2001) 등을 참고했다. 다만 『창조』의 발행일에 대해서는 김윤식의 기술에 혼선이 있다. 이 점, 김동인의 회고와 김병익의 기술에 기댄다. 필자의 『염치와 수치』(낮은산, 2019)에 이 내용이 이미 반영되었음도 밝힌다.

2 김동인, 「문단 30년의 회고」, 앞 책, 268~269쪽.

11 관동 대지진과 불령선인들

1 E. 사이덴스티커, 허호 역, 『도쿄 이야기』, 이산, 1997. 20~21쪽.

2 강동진, 『일본근대사』, 한길사, 1985. 315쪽.

3 吉野作造, 「朝鮮人虐殺事件について」, 『中央公論』, 1923년 11월호. 이 미경, 「관동대지진 관련 문학에 나타난 사건의 표현 양상」, 『일본어문학』 70호(일본어문학회, 2015)에서 재인용.

4 조경숙, 「아쿠타가와 류노스케와 관동대지진」, 『일본학보』(77), 한국일본학회, 2008.

5 이미경, 앞 글. 181쪽.

6 조경숙, 앞 논문. 102쪽.

7 NPO法人 国際留学生協会 · 向学新聞 https://www.ifsa.jp/index.php?Gyoshinosakuzou

8 함석헌, 『죽을 때까지 이 걸음으로』, 삼중당, 1964. 181~182쪽.

9 김응교, 「1923년 9월 1일, 토오꾜오」, 민족문학사연구소 편, 『한국문학산책: 춘향이 살던 집에서 구보씨 걷던 길까지』, 창비, 2005.

10 유진오, 「귀향」, 『별건곤』, 1930.5.

11 김동환, 『승천하는 청춘』, 신문학사, 1925.

12 노주은, 「관동대지진과 일본의 재일조선인 정책: 일본정부와 조선총독부의 '진재처리' 과정을 중심으로」, 연세대학교 석사 학위 논문, 2007.

13 강덕상, 「1923년 관동 대진재 대학살의 진상」, 『역사비평』, 역사비평사, 1998.11. 인용한 『진재일기』는 누가 썼는지 밝혀지지 않은 개인의 일기로 강덕상이 발굴해 한국에 처음 소개한 것이다.

14 염무웅, 「서사시의 가능성과 문제점」, 『한국문학의 현단계』(1), 창작과비평사, 1982.

15 강동진, 앞 책. 313~315쪽.

16 마루야마 마사오, 김석근 역, 『일본의 사상』, 한길사, 1998. 86~93쪽.

17 앞 책. 62쪽.

18 염상섭, 「숙박기」, 『두 파산』, 문학과지성사, 2006.

19 박진숙, 「이태준 초기 연보의 재구성과 단편 소설 「누이」에 대한 고찰」, 『현대소설연구』(69), 한국현대소설학회, 2018.

12 도쿄는 공상의 낙원

1 永井荷風,『摘録 斷腸亭日乘』(上), 岩波文庫, 1987. 69~70쪽.

2 다니자키 준이치로 저, 류순미 역,『도쿄 생각』, 글항아리, 2016. 27쪽.

3 磯田光一,『思想としての東京』, 国文社, 1978. 102~103쪽.

4 염상섭,「6년 후의 동경에 와서」(1926). 한기형, 이혜령 편,『염상섭 문장전집』(1), 소명출판, 2013.

5 후쿠자와 유키치, 허호 역,『후쿠자와 유키치 자서전』, 이산, 2006. 82쪽.

6 호즈미 가즈오, 이용화 역,『메이지의 도쿄』, 논형, 2019. 38~40쪽.

7 구니기타 돗포, 김영식 역,「무사시노」(1898),『무사시노 외』, 을유문화사, 2011. 47쪽.

8 안재홍,「학생 시대의 회고」(1936),『고원의 밤』, 범우사, 2007.

9 김동인,「정희」,『김동인 문학전집』(7), 대중서관, 1983. 342~343쪽.

10 앞 책, 346~347쪽.

11 백철,「동경시대」,『거북의 지혜: 나의 인생관』, 휘문, 1976. 61쪽.

12 이병주,『지리산』(1), 기린원, 1987. 272쪽.

13 제국의 뒷골목

1 강동진,『일본근대사』, 한길사, 1985. 261쪽.

2 하야시 후미코, 이애숙 역,『방랑기』, 창비, 2015.

3 앞 책, 258쪽.

4 앞 책, 259쪽.

5 앞 책, 40쪽.

6 강동진, 앞 책, 322~323쪽.

7 편집실 편역,『어느 여공의 노래』, 인간사, 1983. 72~73쪽. 金贊汀,『朝鮮人女工のうた―1930年・岸和田紡績争議』, 岩波新書(200), 1982.

8 권은,「한국 근대소설에 나타난 동경의 공간적 특성과 재현 양상 연구: 동경의 동부지역과 재동경 조선인 노동자를 중심으로」,『우리어문연구』(57), 우리어문학회, 2017.

9 송영,「늘어가는 무리」,『개벽』(1925), 박정희 편,『송영 소설전집』, 현대문학, 2010.

10 이혜진 편역,『정인택 작품집』, 현대문학, 2010.

11 하야시 후미코, 이은애 역, 『방랑기』, 창비, 2015. 300쪽.

14 붉은 도쿄

1 염상섭, 「만세전」, 『만세전』, 문학과지성사, 2007.

2 송영, 「동경·회고·동경: 2주간의 전광적 기록」, 『대조』(2), 1930.

3 권은, 「한국 근대소설에 나타난 동경의 공간적 특성과 재현 양상 연구: 동경의 동부지역과 재동경 조선인 노동자를 중심으로」, 『우리어문연구』(57), 우리어문학회, 2017. 41~42쪽.

4 송영, 「늘어가는 무리」(1925), 『송영 소설선집』, 현대문학, 2010. 17~18쪽.

5 윤영천, 『한국의 유민시』, 실천문학사, 1987. 163쪽.

6 고바야시 다키지, 이귀원 역, 『게 공선』, 도서출판 친구, 1987. 178쪽.

7 임화, 「우산 받은 요코하마의 부두」, 『임화 전집』(1), 풀빛, 1988.

8 임화, 「현해탄의 백일몽」(1934); 박정선 편, 『임화 산문선집: 언제나 지상은 아름답다』, 역락, 2012.

9 임화, 「해협의 로맨티시즘」, 『임화 전집』(1), 풀빛, 1988.

10 신은주, 「나카노 시게하루와 한국 프로레타리아 문학운동: 임화, 이북만과의 관계를 중심으로」, 『일본연구』(12), 한국외국어대학교 일본연구소, 1998.

11 고바야시 다키지, 「감방수필」(1932). 정수윤 편역, 『슬픈 인간』, 봄날의 책, 2017.

12 노마 필드, 강윤화 역, 『고바야시 다키지 평전』, 실천문학사, 2018.

13 김성수 편, 『카프 대표 소설선』(1), 사계절, 1988.

14 송영, 「교대 시간」, 『송영 소설 전집』, 현대문학, 2010.

15 송영의 계급주의적 국제주의에 대한 비판은 김재용, 「한 국제주의자의 꿈과 현실」(탄생 100주년 문학인 기념 문학제, 2003.) 발제문 참고.

15 참 치사스러운 도쿄

1 허병식, 「장소로서의 동경: 1930년대 식민지 조선작가의 동경표상」(『한국문학연구』(38), 한국문학연구소, 2015)을 많이 참고했다.

2 강동진, 『일본근대사』, 한길사, 1985. 314쪽.

3 『福生市史』(下)(1990, 디지털 자료), 第二章 東京の発展と福生. 429~430쪽.

메이지 9년(1876)의 인구는 훗사시(福生)를 비롯해 다마 지역을 도쿄부에 포함시키지 않은 통계.

4   김진섭, 「동경기행(1): 동경, 동경, 동경」, 『중외일보』, 1930.2.25.

5   磯田光一, 『思想としての東京－近代文学史論ノート』, 講談社, 1990. 108쪽.

6   이상, 「동경」(유고), 『문장』, 1939.5. 김윤식 편, 『이상문학전집』(3), 문학사상사, 1993.

7   이상, 「사신」(7), 김윤식 편, 『이상문학전집』(3), 문학사상사, 1993.

8   이상, 「동경」(유고), 『문장』 1939.5. 김윤식 편, 앞 책에서 재인용.

9   이상, 앞 글.

10   이태준, 「여잔잡기」(7)(1936), 『이태준 전집』(5), 소명출판, 2019.

11   김기림, 「고 이상의 추억」(1937), 『김기림 전집』(5), 심설당, 1988.

12   고은, 『이상평전』, 민음사, 345쪽.

13   김기림, 앞 글.

14   고은, 앞 책. 357쪽.

16 모멸의 시대

1   이미경, 「관동대지진 관련 문학으로 본 조선인관」, 『일본근대학연구』(44), 한국일본근대학회, 2014. 183쪽.

2   강덕상, 「1923년 관동대진재 대학살의 진상」, 『역사비평』, 1998.11. 63쪽.

3   가게모토 츠요시, 「부흥과 불안: 염상섭 「숙박기」(1928) 읽기」, 『국제어문』(65), 국제어문학회, 2015. 211쪽.

4   메도루마 슌, 안행순 역, 『오키나와의 눈물』, 논형, 2013. 34~36쪽.

5   우줘류, 송승석 역, 『아시아의 고아』, 아시아, 2012.

6   『동아일보』, 1933.6.15.~8.20. 박태원, 『박태원 중단편선 윤초시의 상경』, 깊은샘, 1991.

7   오선민, 「식민지 지식인의 민족적 열등감과 보복심리」, 『구보학보』(5), 구보학회, 2010.

8   이태준, 「누이」, 『이태준 단편 전집』(1), 가람기획, 2005.

9   박진숙, 「이태준 초기 연보의 재구성과 단편 소설 「누이」에 대한 고찰」, 『현대소설연구』(69), 한국현대소설학회, 2018.

10   이태준, 「묘지에서」, 『학지광』(27), 1926.5.

11   차승기, 「내지의 외지, 식민본국의 피식민지인, 또는 구멍의 (비)존재론」,
     『현대문학의 연구』(46), 한국문학연구학회, 2012. 장혁주의 르포는 張赫宙,
     「ルポルタアジュ 朝鮮人聚落を行く」, 『改造』, 1937.6.

12   박태원, 「편신」, 『동아일보』, 1930.9.26; 류보선 편, 『구보가 아즉 박태원일
     때』, 깊은샘, 2005.

13   김사량, 「빈대여 안녕」(일어, 1941), 김재용·곽형덕 편역, 『김사량, 작품과
     연구』(1), 역락, 2008.

17   '재일'의 탄생

1   염상섭, 『염상섭 전집』(6), 민음사, 2987.

2   곽형덕, 「김사량의 동경제국대학 시절」, 『김사량, 작품과 연구』(1), 역락, 2008.

3   강동진, 『일본근대사』, 한길사, 1985. 376쪽.

4   앞 책, 383쪽.

5   미즈노 나오키·문경수 공저, 한승동 역, 『재일 조선인』, 삼천리, 2016. 46쪽.

6   앞 책, 49쪽.

7   김사량, 곽형덕 역, 「빛 속으로」, 김재용 편, 『김사량 선집』, 역락, 2016.

8   김사량, 곽형덕 역, 「무궁일가」, 앞 책.

9   하야시 에이다이, 신정식 역, 『일제의 조선인 노동 강제수탈사』, 비봉, 1982.

10   강동진, 앞 책. 413쪽.

18   도쿄의 절정

1   최재서, 「사변 당초와 나」, 『인문평론』, 1940.7.

2   최재서, 「동경통신」, 『조선일보』, 1937.8.4.~8.6.

3   김윤식, 『일제 말기 한국 작가의 일본어 글쓰기론』, 서울대학교출판부, 2003.
     402쪽.

4   앞 책. 403~404쪽.

5   국역 윤치호 영문일기(한국사료총서), 1938.4.19~20.

6   박영희, 「경잡감」, 『삼천리』, 1938.10.

7   필자가 『대산문화』(74)(2019 겨울호)에 발표한 글을 정리했다. 이 부분은
     김윤식, 『일제말기 한국 작가의 일본어 글쓰기론』(서울대학교출판부, 2003)
     에 크게 기댔다.

8 「지도적 제씨의 선씨(選氏) 고심담」, 『매일신보』, 1940.1.5.

9 곽형덕 역, 『대동아문학자대회 회의록』, 소명출판, 2019.

10 이경훈 역, 「근대의 초극 좌담회」, 『다시 읽는 역사문학』, 평민사, 1995.

19 도쿄의 황혼, 조선어와 일본어

1 김윤식 역, 「삼경 인상기」(「이광수의 일어 창작 및 산문선」, 역락, 2007)에 크게 기댔다. 「삼경 인상기」는 김윤식, 『일제 말기 한국 작가의 일본의 글쓰기론』(서울대학교출판부, 2003)에도 수록됨.

2 앞 책, 376쪽. 인용자가 약간 정리.

3 김윤식, 앞 책, 99~100쪽.

4 김윤식, 앞 글.

5 김윤식, 「국민국가의 문학관에서 본 이중어 글쓰기의 문제」, 『김윤식 전집 (7): 문학사와 비평』, 솔, 2005.

6 최재서, 『국민문학』, 1942.5·6 합병호. 편집 후기.

7 김윤식, 『일제 말기 한국 작가의 일본어 글쓰기론』, 서울대학교출판부, 2003. 84~89쪽.

8 이연숙, 고영진·임경화 역, 『국어라는 사상』, 소명출판, 2006. 295쪽.

9 『조선화보』(학도병 출진 특집호), 도쿄, 1944.1. 김윤식 편역, 『이광수의 일어 창작 및 산문선』, 역락, 2007. 이하, 도쿄에서 최남선과 이광수의 행적에 대해서도 이 대담 참고.

10 이광수, 「부활의 서광」(1918), 『이광수 전집』(10), 삼중당, 1976.

11 정종현, 『제국대학의 조센징』, 휴머니스트, 2019.

20 마침내

1 강동진, 『일본근대사』, 한길사, 1985. 438쪽 각주 22.

2 커트 보니것, 정영목 역, 『제5도살장』, 문학동네, 2017. 221~222쪽. 소설에서는 사망자가 13만 5,000여 명이라는 데이비드 어빙의 주장을 인용하기도 한다.

3 사카구치 안고, 최정아 역, 『백치·타락론』, 책세상, 2007.

4 가토 슈이치, 이목 역, 『양의 노래: 가토 슈이치 자서전』, 글항아리, 2015. 209쪽.

5   사카구치 안고, 「속 타락론」; 사카구치 안고, 앞 책, 159쪽.

6   후지카 쇼죠, 김석근 역, 『천황제 국가의 지배원리』, 논형, 2009. 233쪽.

7   이연식, 『조선을 떠나며』, 역사비평사, 2012. 193쪽. 인양자(引揚者)는 해외 귀환자를 부르는 이름이다.

8   최인훈, 「총독의 소리」, 『최인훈 전집』(9), 문학과지성사, 2019. 96~97쪽.

찾아보기

한국 근대 문학 기행
도쿄 이야기

1판 1쇄 발행 2023년 4월 18일

지은이 김남일
펴낸이 박해진
펴낸곳 도서출판 학고재
등록 2013년 6월 18일 제2013-000186호
주소 서울시 영등포구 경인로 775 에이스하이테크시티 2-804
전화 02-745-1722(편집) 070-7404-2810(마케팅)
팩스 02-3210-2775
전자우편 hakgojae@gmail.com
페이스북 www.facebook.com/hakgojae

ISBN 978-89-5625-452-4 03810